Jessie Greengrass

UND DANN VERSCHWAND DIE ZEIT

Jessie Greengrass

UND DANN VERSCHWAND DIE ZEIT

Roman

Aus dem Englischen
von Andrea O'Brien

Kiepenheuer & Witsch

Aus Verantwortung für die Umwelt
hat sich der Verlag Kiepenheuer & Witsch zu einer nachhaltigen
Buchproduktion verpflichtet.
Der bewusste Umgang mit unseren Ressourcen,
der Schutz unseres Klimas und der Natur gehören zu unseren
obersten Unternehmenszielen.

Gemeinsam mit unseren Partnern und Lieferanten setzen wir
uns für eine klimaneutrale Buchproduktion ein, die den Erwerb von
Klimazertifikaten zur Kompensation des CO_2-Ausstoßes einschließt.

Weitere Informationen finden Sie unter:
www.klimaneutralerverlag.de

Die Arbeit der Übersetzerin am vorliegenden Text wurde vom
Deutschen Übersetzerfonds gefördert.

FSC
www.fsc.org
MIX
Papier | Fördert
gute Waldnutzung
FSC® C083411

1. Auflage 2023

Titel der Originalausgabe: *The High House*

Aus dem Englischen von Andrea O'Brien

Umschlaggestaltung und -motiv: Nurten Zeren/zerendesign.com
Gesetzt aus der Kepler
Satz: Buch-Werkstatt GmbH, Bad Aibling
Druck und Bindung: CPI books GmbH, Leck

ISBN 978-3-462-00196-9

Wer sang, See schluckt
Braust Brack, bricht Grus.
Steiler die Seeschwalbe.

– Basil Bunting,
Briggflatts

SALLY

Am Morgen bin ich vor den anderen wach. Ich steige in Pulli und Socken aus dem Bett, schlüpfe in den Bademantel, danach in Leggings und Stiefel. So gehe ich nach unten, es ist kalt und dunkel und sehr still. An meinen Stiefeln lösen sich die Absätze, jetzt, aber diesen Winter will ich sie noch auftragen. Pulli und Leggings sind an den Säumen ausgefranst, der Bademantel ist eine alte Decke mit Armlöchern, denn an so was wie Bademäntel hat Francesca nicht gedacht – und wir drei haben zwar einiges drauf, aber nähen kann keiner von uns.

In der Küche sehe ich nach dem Feuer im Herd, lege frische Holzscheite auf die Glut und öffne die Klappe für die Luftzufuhr, bis Flammen lodern. Den Rest vom gestern geschöpften Brunnenwasser gieße ich in einen Kessel, stelle ihn auf die Herdplatte und warte, bis es kocht. Ich schütte ein paar getrocknete Pfefferminzblätter in einen Becher und brühe Tee auf. Ich hätte Kaffee gekocht, früher. Das denke ich jeden Morgen. Ich denke es und glaube, mich kurz an den Geschmack zu erinnern, aber das alles ist schon so lange her, es könnte der Geschmack von irgendwas sein. Milch, Senf, Schinken. Egal, er macht mir auf dieselbe Weise den Mund wässrig, auf dieselbe Weise das Herz schwer.

Gestern hat es geregnet, und ich hatte meinen Mantel nicht richtig zugeknöpft. Das Wasser ist mir in den Kragen gelaufen, den ganzen Tag waren meine Sachen klamm, aber heute ist es wolkenlos, ich spüre die Kälte des klaren Himmels, vermutlich bleibt es trocken. Draußen vorm Fenster, hinter dem Obstgarten, ist es noch stockdunkel, doch schon bald wird es dämmern. Ich öffne die Tür einen Spalt, die Luft ist frisch, eisig, riecht nach Salz. Die anderen stehen erst eine Stunde nach mir auf. Caro schläft schlecht und geht nachts oft in Paulys Zimmer, legt sich auf die Matratze, die er für sie am Boden neben seinem Bett bereithält. Wenn er aufwacht, bleibt er still liegen, um sie nicht zu stören. Es ist seine Art, Frieden zu finden, sagt er, unter der warmen Decke in der Dunkelheit zu liegen und nichts tun zu müssen. Wir genießen diese Auszeiten, wann immer sie sich bieten, vor allem im Winter.

Bei so viel Platz – Haus, Garten, Wäldchen, Heide, Dünen und Strand, und niemand außer uns – sollte Alleinsein kein Problem sein, aber wir sind wie die Kletten. Hängen aneinander. Jeder von uns weiß, wo der andere gerade ist, so wie wir immer auch die Uhrzeit wissen, sie an den Lichtverhältnissen erkennen, sie instinktiv spüren, und deshalb habe ich nur in diesem Moment, frühmorgens, vor Tagesanbruch, wenn Pauly und Caro oben schlafen oder reglos im Bett liegen, das Gefühl, allein zu sein. Durch die Terrassentüren betrete ich den Garten, und um mich herum breitet sich Stille aus. Ich spüre die Leere. Die Luft wird leichter. Atem wabert. Ich gehe hinunter in den Obstgarten, durch den Bogen in der Hecke, den Weg entlang, am Gezeitentümpel vorbei, dorthin, wo der Fluss sich ausdehnt, ohne Einschnitte und Befestigungen, entfesselt, frei, seinen eigenen, trägen Weg ins Meer zu finden …

Der Frühling kommt. In der Erde steckt sein Stichwort, in den Zweigen, den grünenden Knospen, den frischen, zwischen verdorrten Gräsern hervorlugenden Spitzen – die Kälte kriecht mir unter die Kleidung, doch ich denke an die Wärme, die sie schon bald vertreiben wird. Das Gras an meinen Fußknöcheln ist feucht. Die Luft ist unbewegt. Von hier aus kann ich sehen, was von Grandys Haus übrig ist, darunter liegt der verfallene Pub, der Dorfanger. Wie ein Monument ragt das verrostete Schaukelgerüst in den Himmel. Wasser und Verwahrlosung nagen am Dorf, Jahr für Jahr ist ein bisschen weniger davon übrig. Aus Mauerritzen sprießt Gras, büschelweise. Gärten versanden. Krebse krabbeln über das zersprungene Kopfsteinpflaster der Straßen. Ich lausche dem *Ki-Kiewip* der Austernfischer und dem einsamen Ruf des Brachvogels, doch ich bin nicht unglücklich, auch wenn das vielleicht seltsam klingt. Die Dämmerung bricht an. Ich wende mich ab und kehre auf demselben Weg zurück, weg vom Fluss, hinauf nach High House, das jetzt mein Zuhause ist.

1

CARO

High House gehörte zuerst Francescas Onkel, aber der starb, kurz nachdem sie und mein Vater sich kennengelernt hatten. Weil er kinderlos geblieben war, hinterließ er alles Francesca, das Haus und das dazugehörige Grundstück mit dem Obst- und Gemüsegarten, dem Gezeitentümpel, der Mühle. Lange Zeit kümmerte sich niemand darum. Als ich das erste Mal herkam, in den Sommerferien, zusammen mit Francesca und Vater, hatten die Zimmerecken oben feuchte Flecken. Dem Dach fehlten Ziegel. Ich erinnere mich noch an die Kälte im Haus, sogar im Sommer, und daran, wie der Wind nachts durch den Kamin fegte. Der Obstgarten vor der Terrassentür in der Küche war verwildert, hinter der wuchernden Buchenhecke mit dem einst bogenförmigen, inzwischen aber überwachsenen Durchgang erstickte der Gezeitentümpel unter einem Schilfteppich. Zweimal am Tag füllte sich der Tümpel, doch das Schleusentor war schon lange zerstört, sodass das Wasser, früher gestaut, um das Mühlrad anzutreiben, bei einsetzender Ebbe einfach wieder ablief. Die Mühle war halb im Schlamm versackt. Das Rad morsch. Früher wurde hier Weizen gemahlen – heute rattert das Rad wieder, treibt unseren Generator an, der uns im nebligen Winter Licht spendet, solange wir noch Glühbirnen haben, und im Sommer unseren Kühlschrank laufen lässt. Jetzt werden die Obstbäume sorgfältig gestutzt, im Winter beschneiden wir die Apfelbäume, um Mittsommer sind die Pflaumenbäume dran, wie Grandy es uns beigebracht hat – die Baumsäge stets sauber halten und schleifen, die Schere immer an einem Band um den Hals tragen, sonst verliert man sie schnell. Jetzt ist die Hecke getrimmt. In den Beeten gedeiht allerlei Gemüse. Es gibt ein Treibhaus mit Glasscheiben, noch intakt. Damit sind wir beschäftigt, jetzt. Wir graben und jäten. Wir pflanzen. Wir lagern Saatgut, wir achten aufs Wetter, auf die ersten Anzeichen von Frost. Jetzt ist der Hühnerstall voller Hennen, die sich im Winter allerdings meist in der Spülküche aufhalten. Wir haben sogar Felder, haben sie uns genommen, weil es niemanden gibt, der sie beanspruchen könnte. In meiner Kindheit waren die Obstbäume und Gärten verwildert. Der Hühnerstall war leer. Das Haus verstaubt und ungeliebt.

i

Seinem Namen entgegen ist High House gar nicht hoch, es liegt nur höher als das Umland, und als es gebaut wurde, in der Zeit vor der Eindeichung des Flusses, als Entwässerungsgräben das Land durchschnitten, war das Haus nach heftigen Regenfällen bei Flut vermutlich fast eine Insel, damals konnte sich das Wasser ungehindert ausbreiten, nur der westliche Teil des Grundstücks wurde nicht überschwemmt, ein Dammweg verband es mit der Heide. Jetzt ist es wieder so, bisweilen ist das Haus fast eine Insel.

ii

In diesen ersten Jahren, vor Paulys Geburt, als Francesca schon bei mir und Vater wohnte, verbrachten wir häufig die Sommerferien hier, verteilten uns auf die vielen Zimmer von High House, jeder hatte seinen eigenen Bereich. Wir grenzten uns sehr voneinander ab. Francesca arbeitete in einem der Zimmer im obersten Stock, dort, wo wir jetzt Äpfel lagern, aufgereiht auf den Dielenbrettern, und Kartoffeln in Säcken. Ich streifte damals durch den Garten, baute Höhlen im Geißblattgestrüpp, das an der verfallenen Gartenmauer wucherte, schmückte mir das Haar mit Labkraut, bastelte Feenschirme aus Huflattichblättern. Vater nahm die Küche in Beschlag. Er saß im alten Sessel neben der Terrassentür und las oder stand am Küchentresen und schnippelte Gemüse fürs Mittagessen. Wenn ich genug hatte vom Alleinsein im Garten, kam ich ins Haus und heftete mich an seine Fersen, quengelte herum, ich wollte, dass er mit mir irgendwohin ging.

– Wohin denn, Caro?

– Zum Tümpel, bitte.

Der Gezeitentümpel gehörte damals zu meinen Lieblingsorten. Selbst jetzt, da wir auf ihn angewiesen sind, tut es mir leid, dass er nicht mehr so verwildert ist wie früher, bevor Francesca die Mühle restaurierte, damals war sein Ufer dicht bewachsen mit Schilf, kleine Geschöpfe raschelten darin, huschten auf geheimer Mission hinein und wieder heraus. Ich fand es wunderbar, wie ruhig er dalag, wie sich das Wasser hob und senkte, ohne Kräusel am Ufer hinaufkroch, wie die Oberfläche in der Sonne glitzerte – aber Vater hatte Angst, ich könnte hineinfallen oder im Schlamm versinken, deswegen durfte ich nicht allein in seine Nähe.

– Na gut,

sagte er, holte Jacke und Stiefel. Ich wartete im Obstgarten auf ihn, trat von einem Fuß auf den anderen, bis er endlich herauskam und wir durch die Hecke hindurch auf einem gewundenen Weg über eine Art Weide hinunter zum Tümpel gingen. Dort saß er dann und sah mir zu, wie ich durch die Gräser schweifte, mir die Schuhe auszog, weil ich spüren wollte, wie der Schlamm meine nackten Füße umschmatzte, und nach Schätzen suchte – Steine oder Federn oder einmal, wie ein Wunder, ein Nest mit Gelege, ein Ei aufgesprungen, wo das Küken geschlüpft war, aber ansonsten unversehrt, hellblau mit Tupfen, fast schwerelos in meiner Handfläche. Er sah mir zu, bis die Schatten länger wurden und den Tümpel fast bedeckten, bis ich zu zittern und zu gähnen begann, und dann sagte er

– Ab nach Hause, Caro. Zack, zack.

– Ich will aber die Schuhe nicht wieder anziehen.

– Dann geh barfuß.

Ich gab sie ihm zum Tragen und hielt seine Hand, einträchtig liefen wir zurück zum Haus, wo Francesca, allein in ihrem Zimmer im obersten Stock, immer noch arbeitete.

iii

An manchen Nachmittagen gingen Vater und ich an den Strand, wo wir Löcher gruben oder Steine ins Wasser warfen, handtellergroße Kiesel, die wie seltsam verzogene Eier entlang der Flutlinie lagen. Manchmal durfte ich seine Füße im Sand einbuddeln, und wenn es heiß genug war, trug er mich zum Schwimmen ins Meer, hielt mich unter den Achseln und ließ mich planschen. Wenn ich glaubte, dass mich unter Wasser etwas am Fuß berührte, schrie ich auf, er lachte, und ich klammerte mich an ihm fest, die Arme um seinen Hals geschlungen, die Beine um seine Hüfte. Ich hatte noch keine Angst vor dem Wasser, damals – verspürte höchstens diese angenehme Erregung, die einen unter kreischendem Gelächter zum Strand zurücksausen lässt, wenn eine große Welle auf einen zurollt, bevor man sich doch wieder umdreht und ihr hinterherjagt. In meiner Kindheit war es im Juli und August oft heiß, allerdings nicht so heiß wie später, als der Sommer das halbe Jahr andauerte, weiße Sonne am bleichen Himmel. Im Dorf gab es viele Ferienwohnungen, und bis zum späten Vormittag war der Strand voller Menschen, reihenweise lagen sie auf dem Rücken oder saßen da, umringt von spielenden Kindern, Eimer und Schaufel überall, Picknickreste, Sonnencremeflaschen, Hüte, Kleidung zum Wechseln. Francesca, im Haus, fragte oft

– Wie können sie es nur genießen, dieses Wetter?

Im Gegensatz zu uns hatte sich Francesca nicht angewöhnt, in zwei Wirklichkeiten zu denken, zwei Versionen der Zukunft zu sehen – die ganz normale, mit Sommerferien und dem herannahenden Beginn neuer Schuljahre, Weihnachtsfeiern und Geburtstagen und Kontoständen in einem endlosen Kreislauf, und die andere, die lange und leere Version der Zukunft, über die wir nur hypothetisch sprachen oder einfach gar nicht.

– Sie tun so, als wäre das alles ein Ammenmärchen, das sie erschrecken soll,

sagte Francesca,

– und nicht das bevorstehende Ende unseres verdammten Planeten,

und ich wusste, dass sie mit »sie« auch Vater meinte und mich ebenso.

iv

Das war ganz am Anfang, als wir noch unsicher waren und glauben konnten, dass alles völlig in Ordnung war, nur eine Reihe ungewöhnlich heißer Julimonate und heftige Januarstürme. Den ganzen Sommer lief ich halbnackt durch die herrlichen Tage, und als das Wetter umschlug, der Regen so heftig wurde, dass das Wasser wie lange Schnüre vom Himmel peitschte, saß ich auf High House und blickte hinaus, beeindruckt von der schieren Menge, der Kraft, mit der es alles wegspülte, womit es in Berührung kam, Chipstüten aus Hecken fegte, Gestrüpp plättete, alles vom Staub befreite – und dann, am nächsten Morgen, war es wieder heiß, aber die Luft dampfte und das Meer an der Flussmündung war mit Schlamm verschmutzt.

v

Auch Weihnachten verbrachten wir gelegentlich auf High House, es gab Jahre, da war der Strand mit Schnee bedeckt, Eis glitt in grauen Schollen den Fluss hinab, und andere Jahre, wenn sogar noch Gras wuchs und das Laub an den Bäumen kaum die Farbe gewechselt hatte. Wir aßen Risotto mit Pilzen, gefolgt von pochierten Birnen, und danach, wenn Vater das Feuer entfacht hatte, öffneten wir vor dem Kamin unsere Geschenke. Doch egal, was wir anstellten, das Haus wirkte trotzdem leer, seine Türen und Fenster waren wegen der Kälte immer geschlossen und die vielen Zimmer dunkel, und während Vater und Francesca auf dem Sofa lasen, versuchte ich, die Leere mit meiner Stimme zu füllen, aber mein Lärm allein reichte nicht aus. Es war eine Erleichterung, endlich wieder in die Stadt zurückzukehren, denn dort, um uns herum, hatte sich unser Leben geformt. Zu Hause konnte ich einsam sein, ohne dass es auffiel. Ich konnte mich beschäftigen, auf meine Weise, in meiner eigenen Welt, separat von Vater oder Francesca, privat. Zu Hause konnte ich mir genug sein. Ein paar Jahre später beschloss Francesca, High House zu vermieten. Eine junge Künstlerin zog für eine Weile ein. Francesca gefielen deren Bilder nicht, sie fand sie zu heimelig,

– Als gäbe es nichts Wichtigeres, über das wir uns Gedanken machen sollten.

Nachdem die Künstlerin ausgezogen war, wurde das Haus von einer Gruppe Studierenden von der nahe gelegenen Hochschule für Landwirtschaft bewohnt, sie bezahlten Francesca nur eine geringe Miete und setzten als Gegenleistung den Garten instand.

vi

All das geschah vor Paulys Geburt, als wir noch zu dritt waren. Francesca war nicht meine Mutter. Sie liebte mich, aber ohne Struktur. Ich liebte sie, war mir ihrer aber nie sicher. Wir berührten einander nur selten. Vater liebte uns beide, aber hintereinander – erst eine, dann die andere. Es war ihm nicht möglich, uns beide gleichzeitig zu lieben, denn wir brauchten völlig unterschiedliche Dinge von ihm. Als Dreiergespann waren wir eigentlich nicht unglücklich, aber auch nicht richtig glücklich – und obwohl es mir im Rückblick oft scheint, als hätte meine Kindheit mit Paulys Ankunft geendet, kann ich nicht behaupten, dass es mir leidgetan hätte. Es war zu still, damals, und ich zu oft allein. Es ist schwer, als Kind in Isolation. Man nimmt das Erwachsensein an wie einen Fleck.

vii

Ich war vierzehn, als Francesca Pauly aus der Klinik nach Hause brachte. Vater und ich hatten den ganzen Vormittag geputzt, poliert, gefegt und Staub gewischt, bis es in jedem Zimmer nach Bienenwachs und Essig roch. Auf dem Tisch im Flur stand ein Strauß Sonnenblumen in einem Wasserkrug.

– Sie sagt bestimmt, dass wir keine Schnittblumen kaufen sollten,

bemerkte ich, doch Vater war sicher, dass sie sich ausnahmsweise darüber freuen würde, was ich bezweifelte. Francesca war eine Woche weg gewesen. Es war eine schwere Geburt, hatte Vater mir erklärt, als er mitten in der Nacht heimkam, um Kleidung zum Wechseln zu holen. Das Baby lag ungünstig, es war über längere Zeit mit den Schultern im Geburtskanal stecken geblieben, und als es versucht hatte, sich aus dem Becken zu befreien, hatte sich die Nabelschnur um seinen Hals gelegt und mit jeder Bewegung enger zugezogen, sodass es, nachdem man es endlich befreit und mit einer Zange am Schädel herausgezerrt hatte, blaugrau und ganz schlaff war, und bevor Francesca oder Vater es noch hatten schreien hören, hatten die Ärzte es schon davongetragen, in eine andere Abteilung der Klinik, wo man es zum Schutz vor Hirnschäden in eine Kühldecke wickelte.

– Es ist ein Junge,

sagte Vater,

– und wir haben ihm den Namen Paul gegeben.

Vater sah völlig fertig aus. Immer wenn er aus der Klinik heimkam, brühte ich Tee auf, kochte ihm Nudeln mit Tomatensoße und beruhigte ihn, natürlich würde alles gut werden – aber insgeheim hegte ich Zweifel, vielleicht ging es doch nicht gut. Ich dachte an Säuglinge auf Frühgeborenstationen, an Fotos von Wohltätigkeitsorganisationen bei ihren Spendenaufrufen an Weihnachten, die winzigen Körper, greisenhaft, an Schläuche angeschlossen, kaum Mensch, Haut dünn wie Seidenpapier, über Vogelknöchelchen gespannt. Ich dachte an den Säugling Paul, meinen Halbbruder, eingemummelt in einem Brutkasten, und versuchte an Francesca zu denken, wie sie wartend neben ihm saß – aber es war unmöglich, sie in einer solchen Situation zu sehen. Undenkbar, dass sie den Ärzten ausgeliefert sein sollte, die Hand nach einem Kind ausgestreckt, das sie nicht berühren durfte. Ich konnte sie mir nicht verängstigt vorstellen, sondern erinnerte mich stattdessen an das, was sie einst zu mir gesagt hatte, als ich wissen wollte, warum ich Saft nicht direkt aus dem Karton trinken durfte.

– Wir alle müssen Opfer bringen, Caroline. So ist es nun mal.

Niemand außer Francesca hat mich je Caroline genannt.

viii

Als wir mit dem Hausputz fertig waren, aßen Vater und ich zu Mittag, dann wuschen wir das Geschirr ab, räumten alles wieder auf, fegten die Krümel weg. Beseitigten sämtliche Spuren. Vater fragte, ob ich mit ihm in die Klinik fahren wolle, aber ich lehnte ab, denn ich hatte Angst, vor dem Baby und seinen Geburtsmalen genau wie vor Francesca, vor allem, was ihr widerfahren war, und den Konsequenzen – dass sie entweder sie selbst wäre oder nicht, verändert, einen unbekannten Säugling im Arm. Vater drückte mir einen Kuss auf, dann zog er seinen Mantel an und ging hinaus zum Wagen. Ich stand auf der Schwelle und sah ihn davonfahren, und erst als er schon lange verschwunden war, schloss ich die Tür und wartete. Zuerst trat ich ins Wohnzimmer, wo die Kissen makellos auf dem Sofa lagen und jedes Buch am korrekten Platz im Regal stand. Danach ging ich in die Küche, wo keine schmutzigen Becher mehr standen, dann ins Bad, wo das Handtuch sauber und gefaltet hing und die Seife mittig in ihrer Schale ruhte. Ins Zimmer, das Francesca mit meinem Vater teilte, wo frische Laken säuberlich unter die Matratze gespannt waren. Der Wäschekorb war leer, das übliche Knäuel aus Pullovern und Strumpfhosen entwirrt, gewaschen und wegsortiert. Nebenan wartete das Kinderzimmer, perfekt, bereit für ein Baby. Sogar mein Zimmer war sauber, der Teppich freigelegt, Bücher und Kleidungsstücke weggeräumt, das Bett gemacht, alles gefegt, ordentlich und unvertraut. Ich saß am Fuß der Treppe, die Haustür fest im Blick, wartete inmitten der makellosen Leere unseres Hauses, und in diesem Moment hätte ich mir unerwünscht vorkommen können. Ausgemerzt, so als hätten Vater und Francesca mich aufgegeben, um noch einmal von vorn zu beginnen – doch in Wahrheit war ich bereit, gespannt. Ein Ende war gekommen, aber kein Beginn, noch nicht – und dann schließlich, das Geräusch eines Wagens, der Schlüssel in der Tür. Vater trat auf die Seite, um sie hereinzulassen, Francesca mit dem Baby im Arm, und es war, als wäre nicht nur mein Bruder, sondern sie beide neugeboren, die zarte Haut rosig von den ersten Sonnenstrahlen. Ich stand im Flur, spürte die ganze Welt noch immer um mich herum, als Francesca mir das Baby hinhielt und sagte,

– Schau, Caroline! Das ist Pauly ...

und ich streckte die Arme aus, übernahm ihn von ihr, und die Zeit begann von vorn.

ix

Manchmal, wenn Francesca duschen wollte, gab sie mir Pauly, und ich betrachtete ihn, seinen winzigen, rundlichen Körper, der sich in meine Armbeuge schmiegte, Arme und Beine wogten sanft wie Seegras in der Strömung. Er fühlte sich an wie ein Teil von mir, damals, und wenn wir einander mit den gleichen geweiteten Augen ansahen, dachte ich, ich würde ihn kennen und er mich – bis sein Mund zu suchen begann, er das Köpfchen hektisch von Seite zu Seite bewegte, seine gehusteten Schluchzer zu Schreien wurden und er dafür sorgte, dass Francesca rasch angelaufen kam.

x

Jeden Morgen bezog Vater am Toaster Stellung.

– Was darf es heute sein?

– Zwei Scheiben, bitte.

Ich schenkte uns beiden Kaffee ein, und einen weiteren Becher für Francesca, die im Morgenmantel herunterkam, die Augen verschwollen, das Gesicht zerknittert, und sagte,

– Frag mich bloß nicht, wie die Nacht war. Ich könnte die ganze verdammte Toastpackung leer fressen.

Sie schnallte den Kleinen in die Babywippe, setzte sich daneben und bewegte sie mit dem Fuß, tick-tick schaukelte er auf und ab, seine Hände fuchtelten im Takt vor dem Gesicht. Im Hintergrund liefen Nachrichten: *... während neue Unwetter drohen, wächst die Sorge um die östlichen Küstenregionen der USA ...*

– Mach das Ding aus!,

rief Vater, und Francesca hielt mich nicht zurück, doch sie sagte,

– Du kannst es ausmachen, aber davon geht es auch nicht weg ...

Wir schenkten uns Milch ein, reichten die Marmelade herum. Vater nahm sein Mittagessen aus dem Kühlschrank und verstaute es in seiner Tasche, suchte nach Geldbörse und Schlüssel, startklar für die Universität, wo er arbeitete.

– Noch ein Tag voller Studenten. Wann ist das eigentlich mal vorbei ...

Ich schälte eine Orange, bot sie Francesca an, die sie nahm, in Spalten teilte und sich nacheinander in den Mund schob, während Pauly sie von seiner Wippe aus beobachtete und eine Art Brummlaut von sich gab.

– Danke, Caroline.

Wir hatten uns neu aufgestellt. Zu dritt hatte uns das Gleichgewicht gefehlt, doch jetzt, durch die Schwere des Babys, war die Waage wieder ausgeglichen. Zeitweilig kam mir das alles vor wie ein Zaubertrick, geschickt ausgeführt, so rasch und raffiniert, und das beunruhigte mich, denn sollte ich je erfahren, wie der Trick mit dem Glück funktionierte, würde er nicht mehr wirken. Beim Zuknöpfen des Mantelkragens sagte Vater,

– Und? Was steht heute an?

– Doppelstunde Mathe,

antwortete ich,

– und Französisch. Ich hasse Französisch.

Francesca nahm Pauly aus der Wippe,

– Komm her, du kleines Ferkel,

sagte sie zu ihm,

– wir ziehen dir erst mal frische Sachen an …

und sie trug ihn fort, wieder nach oben, in den watteweichen Kokon seines Zimmers.

xi

Als ich von der Schule zurückkehrte, lagen Vater und Francesca im Bett, Pauly hielt sein Mittagsschläfchen und Francesca arbeitete, ein Buch in der Hand, einen Notizblock neben sich. Pauly, rosige Wangen, der Atem ging gleichmäßig, lag wie über ihren Schoß gegossen, und ich gesellte mich zu ihnen, machte meine Hausaufgaben auf dem Boden am Fußende des Betts, bis Pauly erwachte, dann spielten Francesca und ich mit ihm, stapelten Bauklötze zu Türmen, damit er sie zum Einstürzen bringen konnte, schoben Spielzeugautos über den Boden, sodass ihre Räder ratterten. Er baumelte gern kopfüber, und wenn er rückwärts über unseren Beinen hing, juchzte er erfreut. Das Telefon klingelte. Francesca ging ran, und während ich Pauly gegenüber auf dem Boden saß und ihm zeigte, wie man in die Hände klatschte, hörte ich sie sagen,

– Sie denken, das Kind sei eine Kapitulationserklärung,

und dann,

– Sie denken, mir sei jetzt alles egal. Oder ich würde nicht mehr an das glauben, was ich sage –

doch als ich sie ansah, konnte ich keine Spur von Kapitulation erkennen. Stattdessen war da eine Art grimmiger Trotz, der sie dazu gebracht hatte, dieses Kind zu bekommen, trotz allem, was sie über die Zukunft zu wissen glaubte – ein Pakt mit der Welt, bei dem sie nun, da sie ihren Einsatz erhöht hatte, alles daransetzen würde, das zu schützen, was sie zu lieben gelernt hatte.

Es fällt mir sehr schwer, mich jetzt daran zu erinnern, wie es war, in diesem Raum zwischen zwei Zukunftsvarianten zu existieren, unser ganzes Leben in die Lücke zwischen Furcht und Sicherheit zu stopfen –, doch ich glaube, es war meist wie in diesen Träumen, aus denen man unbedingt erwachen will, aber es nicht schafft, stattdessen wieder und wieder zurücksinkt auf die Matratze, die Bettdecke fallen lässt und die Augen schließt. Es gibt eine innere Barmherzigkeit, tief in uns verankert, dank derer es uns leichtfällt, für kleine, uns nahestehende Geschöpfe zu sorgen, denn wie sonst könnten wir leben? Als ich aufwuchs, rutschte die Krise von der fernen Bedrohung in eine unmittelbar bevorstehende Wahrscheinlichkeit, doch wir blendeten sie aus wie statisches Rauschen, passten uns an jede neue Normalität an und taten das, was wir immer getan hatten – Pendeln und Urlaub, Großeinkäufe am Freitag, Tagesausflüge aufs Land, Nachmittage im Park. Diese Dinge taten wir weder aus Ignoranz noch aus Gedankenlosigkeit, sondern weil uns scheinbar nichts anderes übrig blieb – und auch, weil sie wie ein kleinteiliges Beschwörungsritual wirkten, ausgeführt in Fleisch und Zeit. Das tägliche Einerlei unseres Alltags, so vertraut und schlicht, vermittelte uns Sicherheit, und sogar Francesca, die alles so deutlich vorausgesehen hatte – selbst sie, die sich nicht von der Hoffnung hatte einlullen lassen –, stand um fünf Uhr nachmittags fluchend vor dem leeren Kühlschrank, weil sie nichts zu essen hatte fürs Baby. Also fütterten wir den Kleinen mit Fischstäbchen aus dem Gefrierfach. Vater kam heim. Pauly wurde gebadet, er planschte mit geballten Fäusten im Wasser herum, nuckelte am Lappen und weinte, wenn man diesen wegzog, um ihn damit zu waschen. Bald danach, getröstet, wurde er zum Abtrocknen in ein Handtuch gewickelt. Ich drückte ihm einen Kuss aufs nasse, wirre Haar.

– Gute Nacht, Pauly.

Francesca trug ihn ins Bett. Vater bereitete das Essen zu und öffnete eine Flasche Wein, sodass schon ein volles Glas für sie bereitstand, wenn sie wieder nach unten kam, gegen das Licht anblinzelnd.

– Er ist endlich eingeschlafen, Gott sei Dank …

Währenddessen, draußen, das Ding, dem nur sie direkt ins Auge sehen konnte: die vorzeitigen Frühlinge und zu langen Sommer, die plötzlichen Wintereinbrüche, die aus heiterem Himmel kamen und Überflutungen mit sich brachten, Eis und Sturm, oder nichts davon, stattdessen schwüle Feuchtigkeit, Tag für Tag, die Blätter faulten an den Bäumen, die Vögel sangen noch im Dezember, bauten Nester, bis schließlich doch der Schnee kam, und sie, weil sie den Aufbruch in wärmere Länder versäumt hatten, auf den Zweigen erfroren und starben.

xii

Auf meinem Laptopmonitor hielt Francesca eine Rede. Pauly, noch keine sechs Monate alt, schlief in einem Tuch vor ihrer Brust, er hatte den Kopf eingezogen, seine Beine baumelten. Sie sagte: *Wir müssen erkennen, dass dies unsere letzte Warnung ist – denn wenn wir dies nicht tun und jetzt nicht handeln, werden die Konsequenzen schlimmer sein als alles, was wir bisher erlebt haben, dann haben wir unsere Chance verpasst …*

Damals waren sie ein echtes Paar, Francesca und Pauly, und als er sich entwickelte, als sich seine Persönlichkeit entfaltete wie frische grüne Blätter, wuchs er zu ihr hin, streckte die Hände aus, um zu fangen und zu klettern. Es war mir eine Freude, sie zu beobachten. Es gefiel mir, Pauly auf den Arm zu nehmen, wenn Francesca das Zimmer verließ, um etwas zu holen oder ans Telefon zu gehen, und ihm, wenn er das Gesicht verzog, ins Ohr zu flüstern, *Mach dir keine Sorgen, Pauly, sie kommt wieder …*

Es grenzte an ein Wunder, dass dieser winzige Mensch, beinah eine Persönlichkeit, dessen Bedürfnisse dermaßen dringend waren, den der Trennungsschmerz dermaßen überwältigte, so leicht wieder ins Lot kam, sobald Francesca zurückkehrte und ihn sich wieder auf die Hüfte setzte. Seine Tränen versiegten sofort, er blickte vorwurfsvoll in die Welt, verkrallte die Fäuste in ihrer Bluse – aber nichts bleibt, wie es ist. Nachts sieht es aus, als hätte die Welt lauter Kanten. Der Mond scheint durchs Fenster, offenbart Ecken und Brüche. Pauly und Sal glauben, es sei Furcht, die mich weckt, aufstehen und in den Garten gehen lässt, um in der Dunkelheit am Fluss entlangzulaufen, aber es ist keine Furcht, oder nicht nur. Es wäre ein Leichtes, sich an diesem grünen Ort einzubilden, wir hätten obsiegt – unser Geschick oder unsere Vorausschau hätte ausgerechnet uns hierhergeführt statt all die anderen, die es hätten schaffen können. Es war kein Geschick. Es war lediglich eine Chance, die Francesca uns gegeben hatte, und die Entscheidung, sie für uns zu nutzen. In Paulys Zimmer, bevor ich einschlafe, betrachte ich sein Gesicht, das Gesicht eines jungen Mannes, und versuche mir ins Gedächtnis zu rufen, wie er als Kind ausgesehen hat, aber ich habe es vergessen. Ich ziehe mir die Decke enger um die Schultern und passe meinen Atem an seinen an, bis ich schließlich einschlafe.

xiii

Eines Nachmittags, während Pauly schlief, saßen Vater, Francesca und ich im Wohnzimmer und sahen zu, wie eine Insel mitten im Pazifik versank. Wir sahen das Unwetter aufziehen, die Kameras filmten den Regen, den stärker werdenden Wind. Wir sahen, wie Türen aus den Scharnieren gerissen wurden, Palmen sich bogen und brachen. Wir sahen, wie eine ganz normale Piazza in einer fernen Küstenstadt entzweibarst, die Straßenschilder zersprangen, Laternenmasten abknickten, das Café an der Ecke zerplatzte wie ein Ei. Vater sagte,

– Wenigstens wussten sie, was auf sie zukommen würde.

Ein Auto flog über den Bildschirm.

– Ich meine, alle sind vorher rausgekommen.

Francesca, das Gesicht wutverzerrt, sprang auf, trat in die Zimmerecke und trommelte gegen die Wand.

– Das,

sagte sie, von uns abgewandt,

– geht völlig an der Sache vorbei. Außerdem,

fuhr sie fort, ihr Ton so scharf, dass ich fürchtete, sie könnte damit Löcher in Putz und Wände reißen, um dadurch aus dem Zimmer zu fliehen, aus unserem Leben,

– gibt es immer Menschen, die bleiben. Warum nicht? Wo sollen sie sonst hin? In ein beschissenes Flüchtlingslager? Während sich der Rest der Welt darüber streitet, wer sie aufnehmen soll? Gestern hatten sie ein Leben, jetzt sind sie nur noch Gesichter in einer gottverdammten Schlange.

– Ich weiß,

sagte Vater,

– tut mir leid.

– Das sagen sie alle ...

Am nächsten Morgen schalteten wir den Fernseher wieder ein, das Unwetter war abgezogen, und auf den Satellitenbildern war dort, wo einst die Insel gewesen war, nichts als nackte Erde zu sehen und ein Fleckchen Ozean, schmuddeliges Wasser, auf dem Trümmer trieben. Die Menschen, die dort gelebt hatten, waren in Notunterkünften untergebracht, hieß es, auf dem nächstgelegenen Festland, Tausende Meilen von dort entfernt, wo noch vor einer Woche ihre Heimat gewesen war. Niemand wusste genau, wie viele geblieben waren.

Am Nachmittag stellte Francesca ihren Laptop auf den Küchentisch, und während sie Pfannkuchen machte, aß ich, die Beine auf Paulys Hochstuhl gelegt, die verschütteten Rosinen und sah in den Nachrichten Bilder von Familien, unter Zeltplanen zusammengekauert. Sie blickten resigniert in die Kameras, als hätten sie das, von dem sie nun ein Teil waren, bereits verstanden, und ich drängte meine Tränen zurück, beschämt, denn sie fielen nicht aus Mitleid, Menschlichkeit oder Mitgefühl, sondern weil ich Angst bekam, plötzlich und unmittelbar, um mein Leben.

xiv

Es war Abend, und Francesca packte. Vater folgte ihr auf den Fersen, während sie von Zimmer zu Zimmer lief, Pullover, Ladegeräte, eine Zahnbürste zusammentrug.

– Was ist mit uns?,

fragte er.

– Was ist mit Pauly?

– Paul wird das schon schaffen.

Francesca schob den Reisepass in die oberste Tasche ihres Koffers. Vater sagte,

– Er braucht dich.

– Er hat dich,

antwortete Francesca, dann verschwand sie in ihrem Arbeitszimmer und schloss die Tür hinter sich.

Später, als sie aufs Taxi wartete, kniete sie sich vor Pauly hin, um ihn auf die Stirn zu küssen, und sagte

– Es tut mir leid.

Zu wem von uns dreien sie das sagte, blieb unklar.

– Wenn ich irgendwie helfen kann, irgendwas tun kann, ist es meine Pflicht zu gehen.

– Ja,

sagte Vater,

– natürlich musst du gehen.

– In ein paar Tagen bin ich wieder zurück. Vielleicht eine Woche. Ich muss da hin. Muss es mit eigenen Augen sehen. Es muss Zeugen geben.

– Ja,

wiederholte Vater.

– Wir können dieser Sache nicht einfach den Rücken zukehren.

In jener Nacht wollte Paul einfach nicht einschlafen. Er stand an seiner Zimmertür, das Gesicht tränenüberströmt und verschwitzt, heulte und jammerte, als hätte er Schmerzen. Ich wollte ihn auf den Arm nehmen, trösten, aber er wand sich, trat mir gegen das Schienbein, bis ich ihn losließ und mich stattdessen neben ihn setzte, auf den bunten Teppich, immer wieder flüsterte,

– Schon gut, Pauly, alles gut. Es wird alles gut. Ich hab dich lieb. Alles gut …,

doch es war fast Mitternacht, als er endlich einschlief, erschöpft, auf der Türschwelle. Erst als ich sicher war, dass er nicht wieder aufwachen würde, trug ich ihn ins Bett. Ich zog den Schlafanzug an, putzte mir die Zähne, holte ein Glas Wasser, dann – zu seinem Trost, oder zu meinem – kroch ich zu ihm ins Bett, und dann, als ich seine kleinen Füße an meinem Bauch spürte, schlief auch ich ein.

xv

In einer Zeitungskolumne schrieb Francesca:

Als Mitglieder der wissenschaftlichen Gemeinschaft sind wir es gewohnt, unter uns zu bleiben. Wir reden uns ein, unsere Aufgabe bestehe darin, Beweise zu präsentieren – aber Neutralität ist zur Fantasie geworden. Der Zug ist abgefahren.

Jeden Tag ging Vater an die Universität und hielt seine Seminare. Abends kam er heim, korrigierte Hausarbeiten und ging in der verbleibenden Zeit seiner Forschung nach – daher war es schwer, Francescas Worte nicht als persönlichen Seitenhieb zu verstehen, eine Facette ihrer Beziehung, auf die öffentliche Bühne gezerrt. Sogar damals verstand ich genug, um zusammenzuzucken, aber da war Pauly, jemand musste sich doch um ihn kümmern – möglicherweise waren ihre Worte nicht als Angriff gemeint, sondern als Entschuldigung dafür, dass sie die hypothetischen, allgemeinen Bedürfnisse der Gesellschaft höher wertete als die ihrer Familie, obwohl sie real und spezifisch waren. Hatte sich ihre Aussage nicht außerdem als zutreffend erwiesen?

Am Ende ist Vater natürlich mitgegangen – das letzte Jahr vor ihrem Tod sind sie zu Konferenzen gereist, zu Krisenstäben, Gipfeltreffen. Ich frage mich heute, wie es ihm in diesen letzten Monaten gegangen sein mochte – welche Schuldgefühle ihn geplagt haben, weil er zu lange gewartet hatte, um das Ruder herumzureißen, nur damit Pauly oder ich nicht unglücklich wären. Diese Schuldgefühle verspüre ich jetzt, begründet in dem Wissen, dass ich am Ende nichts tat, mich nur nach High House rettete, um die Situation dort auszusitzen. Nachts versuche ich oft mir vorzustellen, wie es für sie gewesen sein mag, für Francesca und Vater, in den letzten Augenblicken, ging es langsam oder schnell, kam der Tod durch einen Sturz, wurden sie von Trümmern erschlagen, oder sind sie ertrunken? Hatten sie große Angst? Und es gibt Momente, da denke ich, sie sind gar nicht tot, sondern noch irgendwo da draußen, womöglich arbeiten sie an einem Ort, der ihnen wichtiger ist als dieser hier.

xvi

Ich saß im Garten neben Pauly, er klammerte sich an meiner Schulter fest, um nicht umzufallen. Ich pflückte Gänseblümchen, streckte sie ihm hin, gerade so, dass er sie nicht greifen konnte, ließ sie tanzen, mit den Köpfchen nicken, bis er juchzte vor Vergnügen. Er ging in die Hocke, zog ein Grasbüschel mit Wurzeln aus dem Boden und hielt es mir hin, die plumpen Finger zur schmutzigen Faust geballt.

– Danke, Pauly,

sagte ich zu ihm, nahm es, drehte es in der Hand um und bot es ihm wieder an.

– Willst du?

Dieses Spiel bereitete ihm damals große Freude, das Hin und Her – aber dieses Mal hielt er mitten im Greifen inne, seine Handbewegung wurde durch etwas unterbrochen, das er entdeckt hatte, und statt das Grasbüschel zu nehmen, zeigte er in einen Baum und sagte mit seiner taufrischen Stimme,

– Vogel.

Ich rief Francesca, die tags zuvor aus Paris zurückgekehrt war, wo sie sich einem Protestmarsch von Studierenden angeschlossen hatte, von Kopf bis Fuß in Schwarz gekleidet. Ihre Botschaft: *Wenn wir heute hier trauern, dann um eine Zeit, in der wir es uns leisten konnten, uns einfach abzuwenden …* Jetzt gerade buk sie Brot, und als sie mich rufen hörte, kam sie durch die offene Terrassentür aus der Küche in den Garten, wischte sich die Hände an der Jeans und hinterließ dort zwei weiße Mehlspuren.

– Was ist los?

– Er hat ›Vogel‹ gesagt …

Ich zeigte hinauf in den Baum.

– Da ist er, Pauly,

sagte ich,

– er sitzt noch da, schau. Was ist das? Was siehst du da?

Doch Pauly, wieder verstummt, lächelte uns nur an und hielt mir die Faust mit dem Büschel hin. Francesca sagte,

– Ich muss mich wieder ums Mittagessen kümmern,

wandte sich ab und kehrte zurück ins Haus.

xvii

Pauly und ich, auf dem Teppich im Wohnzimmer, bauten Türme aus Holzklötzen, nur um sie einstürzen zu lassen. Die Tür stand einen Spaltbreit offen. Dahinter hörten wir Francesca herumhantieren.

– Pauly,

sagte ich,

– willst du eine Geschichte hören?

Ich las ihm etwas vor. Er saß auf meinem Schoß und verfolgte die Geschichte, Seite für Seite, und als wir das Bild vom Wolf aufschlugen, juchzte er erfreut, genau wie ich es erwartet hatte, und zeigte auf sein aufgerissenes grinsendes Maul,

– Große Zähne!,

rief er.

– Große Zähne! Der Wolf!

Hinter der Tür zog Francesca zischend den Atem ein. Sie hielt kurz inne, dann entfernten sich ihre Schritte, und plötzlich bekam ich Gewissensbisse. Wie warm Pauly war, auf meinem Schoß, angekuschelt, weich, und wie sehr muss es Francesca damals geschmerzt haben, dort allein im Nebenzimmer die Wahrheit zu erkennen, nämlich dass Pauly durchaus sprach, nur eben nicht mit ihr.

xviii

Im Sprechzimmer des Therapeuten saßen wir aufgereiht auf Stühlen, Francesca, Vater und ich. Durch ein großes Fenster in der Wand sahen wir Pauly im Nebenzimmer auf einem Flickenteppich spielen. Mit ihm im Zimmer war die Logopädin, sie kniete neben ihm auf dem Boden, wo sie eine Murmelbahn gebaut hatten. Pauly wirkte entspannt. Sie waren in ein Spiel vertieft, die Frau hielt eine Murmel am Ende der Bahn in die Luft und zeigte auf Pauly, dann ließ sie sie um die Kurven sausen und unten aus der Bahn hervorschießen, sodass Pauly losrennen und sie wieder einsammeln musste. Ich hatte befürchtet, dass die Leute ihn verurteilen, ihm suggerieren würden, es sei seine Schuld, aber das alles kam mir eher vor wie eine sehr exklusive Spielgruppe. Vater und Francesca kamen schon seit einem Monat mit Pauly hierher, zur Familientherapie. Francesca reiste oft nur deswegen an, morgens mit der Bahn, und fuhr im Anschluss direkt wieder ab, sodass ich sie gar nicht sah, weil ich die ganze Zeit über in der Schule war, aber jetzt waren Ferien, und sie hatten mich gebeten, auch mitzukommen. Ich dachte an die anderen aus meiner Klasse, und daran, was sie wohl so taten im Gegensatz zu mir – aber mein Leben mit Francesca darin hatte sich schon immer von ihrem unterschieden, jetzt sogar noch drastischer, was hätte ich also sonst tun sollen? Vielleicht mit Pauly im Garten sitzen. Mit ihm in den Park gehen, Enten füttern. Ich mochte nicht von ihm getrennt sein, es könnte doch sein, dass er nach mir rief, und dann wäre ich nicht für ihn da.

– Manchmal,

unterbrach der Therapeut die lange Stille im Zimmer,

– sind Kinder eine Art Wetterfahne. Sie reagieren auf Turbulenzen in der Familie und … leben sie aus.

– Geben ihnen eine Stimme,

sagte Francesca, als würde sie mir etwas erklären, die Brauen gehoben.

– Oder eben nicht.

Der Therapeut lächelte, ein wenig schmal, ein blässlicher Mann im blässlichen Pullover mit einer schwarzen, kantigen Brille halb auf der Stupsnase. Er nahm mich ins Visier.

– Würdest du eure Familie als ängstlich bezeichnen?

Danach gingen wir Mittag essen. Während wir auf die Bestellung warteten, saß Pauly auf meinem Schoß und malte mit Buntstiften auf dem Papier, das Francesca von zu Hause mitgebracht hatte. Ich nahm mir eine der Zeichnungen und wendete das Blatt. *Eine Analyse gegenwärtiger Klimatrends und die erhöhte Wahrscheinlichkeit von Extremwetterereignissen*, las ich. Francesca legte die Stirn in Falten.

– Sie verstehen offenbar nicht,

sagte sie,

– dass Angst eine vollkommen rationale Reaktion ist auf das, was wir gerade erleben.

Pauly malte Menschen, mondgesichtige Strichmännchen, Riesenfüße an spindeldürren Beinen. Vater sagte,

– Pauly ist nur ein Kind, und er spürt deine – unsere – Ängste …

Er setzte neu an,

– Wir müssen uns zumindest bemühen, daran zu glauben, dass wir eine Chance auf ein normales Leben haben.

Francesca sagte,

– Wir müssen nichts dergleichen,

und für einen kurzen Augenblick klaffte eine Lücke in ihrem Zorn, sie sah weder wütend aus noch moralinsauer, sondern eher traurig – als könnte sie schon jetzt erkennen, dass sie auf ganzer Linie versagt hatte, und nun blieb ihr nur noch zu wünschen, dass das Ende kommen und uns alle befreien möge.

xix

Vor der Schule ging ich mit Pauly zum Kindergarten, seine Hand in meiner. Ich brachte ihn hinein, half ihm aus dem Mantel, sah zu, wie er ihn an seinen Haken hängte. Ich gab ihm die Tasche und atmete den Kindergartengeruch ein, gekochte Karotten, Desinfektionsmittel, feuchte Kleidung. Die Kindergärtnerinnen waren nett zu mir, behandelten mich genauso wie die echten Eltern – und obwohl ich wusste, dass ihr Verhalten nur aufgesetzt war, wusste ich es zu schätzen. Nachmittags holte Vater ihn auf dem Weg von der Universität ab, aber wenn er länger arbeiten musste, übernahm ich das.

– Wo ist Daddy?,

fragte Pauly, die Augen geweitet, die Schultern vorgebeugt.

– Es ist alles okay, Pauly,

sagte ich,

– er kommt so in einer Stunde. Er muss noch unterrichten. Wollen wir in den Park gehen?,

und kaum saß er auf der Schaukel, war seine Angst vergessen, und ich schubste ihn an, bis es spät genug und Vater sicher zu Hause war.

Abends, wenn Pauly im Bett lag, saßen Vater und ich zusammen vor den Nachrichten. In Bangladesch war wieder kein Regen gefallen. In Japan herrschte Überschwemmung. Abgesandte von der versunkenen Insel waren bei den Vereinten Nationen eingetroffen, um Entschädigungszahlungen einzufordern. In Zentralaustralien wüteten Feuer, und in Teilen Chinas war es im Sommer neuerdings so heiß und schwül, dass dort kein Leben mehr möglich war. Irgendwo, dem Chaos zugeschaltet, sahen wir Francesca in einem Fernsehstudio, ein Mikro am Revers ihres Blazers. Ihre Stimme, aufgenommen und wiedergegeben, klang seltsam, nicht unvertraut, aber auch nicht ganz echt, als würde sie sich selbst nachahmen.

– Ich dachte, sie ist in Berlin,

sagte ich. Wir schalteten den Fernseher ab, ich machte die Hausaufgaben zu Ende, dann ging ich zu Bett, und wenn Pauly wach wurde, was häufig geschah, in den frühen Morgenstunden, ließ ich ihn zu mir ins Bett kriechen.

– Kann ich deinen Arm haben?,

fragte er, und ich streckte ihn übers Kissen aus, damit er den Kopf darauflegen konnte.

– Jetzt musst du aber schlafen, Pauly,

sagte ich, und das tat er dann auch.

xx

Es war damals so, dass Pauly mich brauchte, und daher sorgte ich für ihn. Für mich war das ganz einfach, er war die Frage, ich die Antwort, nie war mir in den Sinn gekommen, dass auch ein kleiner Mensch die Antwort sein könnte. Jetzt ist es genau anders herum. An schlimmen Tagen, wenn ich unter Strom stehe, Kopfweh habe und schlafen will, aber nicht kann, mich so sehr nach Vater und Francesca sehne, dass ich es fast nicht ertragen kann, verfolge ich Pauly auf Schritt und Tritt. Beschatte ihn. Ich weiß, dass er es anstrengend findet. Ich weiß, dass ich mich zusammenreißen sollte.

– Mach dich nützlich, Caro,

sagt er und drückt mir einen Spaten in die Hand.

– Die Anstrengung wird dir guttun.

Ich fange an zu graben. Manchmal hat Pauly sogar recht, und das Graben hilft – wenn nicht sofort, dann später, wenn ich ein bisschen besser schlafen kann. Es gibt aber auch Tage, an denen mir vom Graben nur die Hände wehtun, und Pauly mir den Spaten wegnimmt und sagt,

– Warum gehst du nicht eine Runde laufen?,

also tue ich, was er sagt, schnüre die von mir wieder und wieder geflickten Laufschuhe, denn in der Scheune stehen keine mehr, und ich laufe weg von High House, aus dem Obstgarten hinaus, weg vom Gezeitentümpel, weg von den Dingen, die erledigt werden müssen, weg von Pauly und seinem schrägen Sorgenblick und weg von Sally, die ständig befürchtet, wir könnten nicht genug zu essen haben, nicht genug Holz für den Winter, hinaus in die leere Landschaft, die still daliegt und sich nicht für mich interessiert. Es tut gut, allein zu sein, wenn ich laufe, und danach geht es mir eine Weile lang besser. Pauly wartet schon am Haus, sichtbar erleichtert, weil ich es bin. Jetzt brauche ich ihn. Brauche seine Bodenständigkeit und Sicherheit. Brauche seine Genügsamkeit. Doch manchmal, wenn ich nachts auf seinem Boden liege und meine Atemzüge zähle, um den Schlaf heraufzubeschwören, und spüre, wie er mich beobachtet, kommt mir der Gedanke, dass ich ihn vielleicht schon immer gebraucht habe, sogar, als er noch klein war – sogar, als es anders herum war, denn er verleiht mir Form und Substanz, denn gebraucht zu werden, heißt, verankert zu sein.

xxi

Nachdem die Studierenden der Agrarwissenschaften High House verlassen hatten, stand es leer. Francesca verbrachte ihre Wochenenden dort – oft auch die ganze Woche –, und es fiel mir schwer, das nicht als Abkehr zu verstehen, von uns, Pauly und mir. Oft ging Vater mit ihr. Ich fragte nicht, was sie taten. Ihre Abwesenheit machte mich zornig, aber es war auch irgendwie einfacher, wenn sie nicht mehr da waren und wir unter uns. Ich konnte mich entspannen. Eine Welt, die nur uns enthielt, war kleiner, aber leichter. Ich vermisste Vater, aber nicht die Anstrengung, für ihn so tun zu müssen, als wäre ich glücklich, auch Francesca fehlte mir, aber ich konnte gut auf das Gefühl verzichten, das sie uns vermittelte, wann immer sie das Zimmer betrat: dass wir alle scheiterten an unerreichbar hohen Maßstäben. Verzichten konnte ich auch auf ihre Angst, das ständig präsente Wissen um die Konsequenzen, die sie uns weder vergessen noch ignorieren ließ. Sogar Vater schien sich jetzt an allem zu reiben, zu Hause war er kribbelig, als wäre er lieber woanders, mit Francesca zusammen, und nicht mit uns eingesperrt in unserer langweiligen Routine.

Falls ich überhaupt darüber nachdachte, ging ich vermutlich davon aus, dass sie verschnauften, dort auf High House. Ich nahm an, sie fänden dort Frieden, nur zu zweit, so wie Pauly und ich ohne sie Frieden fanden. Damals war

Pauly fast vier und fremdelte noch, doch wenn wir allein waren, konnte er ganz in seiner Freude aufgehen. Nachmittags, wenn ich ihn vom Kindergarten abgeholt hatte und auf dem Herd das Nudelwasser brodelte, lagen wir kichernd auf dem Wohnzimmerboden, taten, als wären wir Fische, oder wurden abwechselnd zu Löwen, versteckten uns zwischen den in der Trockenkammer aufgehängten Kleidern und brüllten. Er spielte gern mit den kleinen Figuren aus der Puppenstube, die ich ihm zu Weihnachten geschenkt hatte, jede bekam eine eigene Stimme, er ließ sie miteinander plaudern, streiten, sich trennen und wieder versöhnen, einander trösten. Samstagmorgens nach dem Einkaufen bereitete es ihm große Freude, Kekse zu backen, er zerbrach Eier, von denen nur ein Teil in der Rührschüssel landete, der Rest kleckerte auf den Tisch, er steckte die Finger in die Zuckerdose, wenn er sich unbeobachtet wähnte ...

– Wenn du den ganzen Zucker naschst, backen wir nicht mehr weiter, Pauly –

Wie sehr ihm Versteckspielen gefiel, obwohl er nie lang genug ausharrte, sondern sofort aus der Ecke hervorsprang, sobald ich das Zimmer betrat, und rief,

– Hier bin ich, Caro! Hier!

Alles war so einfach, wenn ich mit ihm zusammen war, dass ich es umso brutaler empfand, wenn die Welt da draußen in unser Leben eindrang. Bisweilen, wenn ich im kleinen Laden an der Ecke Milch oder Brot kaufte und mein Blick auf die Titelseite einer Zeitung fiel, überraschten mich Bilder von Menschen, die knietief im Schlamm steckten, Kinder auf Matratzen, in Reih und Glied auf dem Boden, riesige Augen in kleinen Schädeln, und in diesen Momenten erwischte mich eiskalter Terror, versetzte mir einen solchen Schlag in die Magengrube, dass ich rasch die Augen zusammenkniff. Dieses Gefühl beschlich mich, wenn ich draußen war: dass da stets etwas lauerte am Rand meines Sichtfelds, um mich zu erschrecken oder abzustrafen. Zu Hause mit Pauly, in trauter Zweisamkeit, war ich in Sicherheit – zumindest vermeintlich – oder konnte dem Schrecken den Rücken kehren. Sechs Monate trennten mich von meinem achtzehnten Geburtstag, die Schulzeit war fast vorbei. Um mich herum schien die Welt zu versinken, zu erfrieren oder zu verbrennen. Ich hatte keine Ahnung, was ich als Nächstes tun würde, und wenn ich darüber nachdachte – über irgendetwas nachdachte außer über Pauly und die Akribie unseres gemeinsamen Alltags –, überfiel mich nacktes Entsetzen, das sich an den Rändern wutrot verfärbte.

xxii

Francesca kehrte für ein paar Tage zurück, um an der Universität zu arbeiten. In ihrer Gegenwart verstummte Pauly. Er beobachtete sie. Sie wurde hektischer als sonst, versuchte, in ein paar Tagen zu erledigen, was eigentlich Wochen erfordert hätte – kochte Aufläufe und Nudelsoßen vor, die sie einfror, damit wir während ihrer Abwesenheit gesundes Essen hätten, pflanzte Bohnen im Garten, band Himbeerzweige an Stockreihen fest, strich die Haustür an der Stelle, wo Pauly sie mit seiner hölzernen Nachziehente lädiert hatte. Ich wünschte, sie würde wieder abhauen. Ich vermisste die Tage, wenn wir statt Gemüse Honigtoast aßen, vermisste die stockende Hektik am Morgen, das Herunterfahren am Abend, Pauly in der Badewanne, der bettelte *Kommst du zu mir rein, Caro?,* während ich auf den Fliesen neben ihm saß, mit dem Handtuch bewaffnet – und dann die Geschichten, der Gutenachtkuss, die plötzliche Stille, wenn er eingeschlafen war, aber das Haus noch so voll von ihm, dass ich mich überhaupt nicht einsam fühlte. Ich vermisste, dass er nachts zu mir ins Bett kroch, dass ich irgendwann erwachte, seine Füßchen im Rücken. Ich vermisste den morgendlichen Kampf beim Anziehen, wenn er auf einmal tausend Arme und Beine hatte, die in alle Richtungen ausschlugen. Wenn Francesca da war, sagte sie,

– Zieh jetzt bitte deine Hose an, Pauly,

und er gehorchte, stieg, einen Fuß nach dem andern, direkt ins korrekte Hosenbein. Sie brachte ihn ins Bad, putzte ihm die Zähne, stand über ihm, während er sich die Hände wusch.

– Ich bringe dich heute zum Kindergarten.

Pauly nickte. Ich folgte ihnen, auf Abstand, sah in der Kindergartentasche nach, ob er sein Buch, eine Ersatzhose, sein Butterbrot dabeihatte. Francesca ging auf die Knie, um ihm die Gummistiefel anzuziehen, mit dem Rücken zu mir.

– Er hat die Hose gern in die Stiefel gesteckt,

sagte ich,

– sonst rutschen ihm die Socken runter,

und sah, wie sich ihre Schultern und der Nacken verkrampften. Ich hatte eine diebische Freude daran, ihr wehzutun.

xxiii

Scham kommt aus heiterem Himmel. Meine Gedanken gleiten darauf aus wie auf dem Eis, von Weitem unsichtbar, bringen mich aus dem Gleichgewicht, ins Rutschen und Schlittern – doch damals kam es mir vor, als bemesse Francesca ihre Liebe für Pauly an ihrer Fähigkeit, ihn wieder zurechtzurücken. Dann, als sich herausstellte, dass es nichts zu rücken gab, weil er gar nicht verrückt war, sondern einfach ein kleiner Junge, der bisweilen Angst hatte, so wie wir alle Angst hatten – ließ sie ihn links liegen, genau wie sie es mit mir getan hatte. Ich war wütend, dass sie uns nicht wollte. Wütend, dass sie sich weigerte, uns zu schützen, bei jedem Besuch Gedanken an Dinge ins Haus schleppte, von denen ich nichts wissen wollte, und dann wieder abhaute, in einer schier endlosen Reihe von Taxis zum Bahnhof und wieder zurück.

Die ganze Zeit, wenn sie mit Vater auf High House war, dachte ich, die beiden hätten sich dorthin verzogen, weil sie ohne uns glücklicher waren. Ich wusste nicht, wie viel Arbeit sie ins Haus steckten, den Gezeitentümpel wieder freilegten, die Schleusentore reparierten, den Generator installierten. Ich wusste nicht, dass sie die Scheune mit Vorräten füllten. Ich wusste nur, dass sie bei ihrer Rückkehr die Furcht mitbrachten, sie einschleppten wie Dreck auf dem Teppich.

xxiv

Am Mittag meines achtzehnten Geburtstags verließ ich für immer die Schule. Ich ging heim. Das Haus war leer. Ich hatte keine Pläne, weder für den Nachmittag noch für die Zeit danach – mein Leben, das sich blank vor mir ausbreitete. Oder auch nicht. Mittlerweile war jedem klar geworden, dass alles schlimmer wurde. Im vergangenen Winter wurde Gloucestershire zu weiten Teilen überschwemmt, und das Wasser, das einfach nicht mehr ablief, hatte ein neues Fenn gebildet, darunter lagen Häuser, Felder, Straßen, Schulen. Hügel spitzten wie Inseln daraus hervor. In York war ein Fluss über die Ufer getreten, das Stadtzentrum war verschwunden, Mauern, die fast zwei Jahrtausende überstanden hatten, wurden mitgerissen und fast bis nach Hull gespült. Die Menschen sagten nicht, dass diese Orte verschwunden sind. Sie sagten nicht, dass Familien in Wohnwagen an Rastplätzen entlang der M5 leben, aufgereiht auf Parkplätzen, versorgt von freiwilligen Helfern, die auf Tankstellenvorplätzen notdürftige Versorgungsstationen betrieben. Stattdessen sagten sie,

– Sie hätten doch wissen müssen, dass ihre Häuser nicht sicher waren ...

Wir wurden geschützt von unseren Häusern, unserer Bildung, unseren Einkaufspassagen. Uns waren Glück und Macht zur Gewohnheit geworden, dass wir kein Recht darauf hatten, konnten wir nicht verstehen. Wir erkannten, dass die Lage dramatisch war, woanders, aber die Dinge würden sich doch sicher fügen, so war es schließlich immer gelaufen, für uns. Wir waren gelähmt, unfähig zu planen, weder für eine Zukunft, in der alles gut wäre, noch für eine gegenteilige.

– Ich gehe nicht zurück,

sagte ich zu Vater, der mich schon an der Tür empfing, weil die Schule ihn auf der Arbeit von meiner Abwesenheit unterrichtet hatte.

– Was willst du stattdessen tun?,

fragte er, und ich zuckte die Schulter und wandte den Blick ab. An Weihnachten blühten im Park die Osterglocken. Der Küstenweg war in den vergangenen drei Jahren an sechs Stellen neu kartiert worden.

– Ich muss los, Pauly abholen,

sagte ich,

– es sei denn, du willst es machen,

und ging den kurzen Weg zum Kindergarten, wo Pauly bereits wartete, am Tor, in Mantel und Mütze und Handschuhen.

– Du hast die Schuhe falsch herum angezogen,

sagte ich.

– Gar nicht.

– Na gut, wie du meinst. Was gab's zum Mittagessen?

– Weiß nicht mehr. Erdbeerkuchen zum Nachtisch.

– Lecker. Ich hab dich lieb, Pauly.

– Ich dich auch. Kann ich zu Hause einen Film anschauen?

– Nein. Pasta mit Pesto zum Abendessen.

Er ergriff meine Hand, und die Besorgnis löste sich auf wie Nebel in der Sonne.

xxv

An diesem Abend kam Francesca heim. Ich weiß nicht woher, aber sie stank nach Schimmel und fauligem Wasser und war erschöpft. Mager sah sie aus. Als Pauly im Bett war, setzte ich mich mit ihr und Vater an den Küchentisch.

– Was willst du tun?,

fragte Vater mich erneut, und Francesca sagte,

– Das ist in dieser Situation eine ziemlich dämliche Frage.

Vater seufzte.

– Wir können nicht einfach alles aufgeben.

– Natürlich nicht,

sagte Francesca, und dann, mir zugewandt,

– aber du musst dich natürlich um Pauly kümmern.

In diesem Moment wusste ich mit absoluter Klarheit, dass sie aufgegeben hatte.

xxvi

Später ging ich, weil ich nicht einschlafen konnte, nach unten, um mir ein Buch zu holen, und hörte sie im Flur miteinander reden, Vater und Francesca. Die Tür war angelehnt, ich schob sie weiter auf und beobachtete sie durch den Spalt. Sie saßen immer noch am Küchentisch, genau wie ich sie zurückgelassen hatte, Seite an Seite vor meinem leeren Stuhl. Vater fragte,

– Bist du so sicher?

– Ja,

erwiderte Francesca,

– bin ich. Ich glaube schon. Wir wussten immer, dass es einen Kipppunkt geben würde. Es überrascht mich, wie lange es dann doch gedauert hat.

– Du könntest aufhören,

sagte Vater.

– Wenn es nichts mehr bringt. Wir könnten zusammenbleiben, zumindest eine Weile lang. Caro ist unglücklich. Paul auch, vermutlich, obwohl es schwieriger zu erkennen ist, da gebe ich dir recht.

Lange schwiegen sie, während ich mäuschenstill im Flur stand und an Pauly dachte, daran, wie er im Schlaf zuckte, wie er sich verkrampfte, sobald Francesca in seine

Nähe kam, und dass ich es überhaupt nicht schwierig fand zu erkennen, ob er glücklich war oder nicht. Schließlich sagte Francesca,

– Vielleicht täusche ich mich ...

Wieder Schweigen, ich wartete. Vater sagte,

– Wir könnten eine Familie sein ...

Als Francesca antwortete, klang ihre Stimme scharf und spitz wie eine Reißnadel.

– Wenigstens,

sagte sie,

– sind sie dann beide in Sicherheit.

Als ich am nächsten Morgen nach unten kam, saß Vater in der Küche beim Kaffee und Francesca war weg.

– Ihr Flieger ging sehr früh,

sagte er.

– Ich soll Grüße ausrichten.

– An mich?,

fragte ich,

– oder an Pauly?

– An euch beide, natürlich ...

Pauly stürmte nach unten, direkt in meine Arme und rief,

– Caro! Caro! Ich hab geträumt, ich wär ein Roboter!

Der Tag begann.

xxvii

Pauly ging nur noch vormittags in den Kindergarten, in der Zeit konnte ich aufräumen, Wäsche waschen, einkaufen. Kurz vor Mittag holte ich ihn ab, Hand in Hand gingen wir den kurzen Weg nach Hause, hielten an, wenn etwas sein Interesse erregte, Blätter oder Käfer, Nummernschilder, weggeworfene Chipstüten.

– Ach, Pauly. Lass das liegen, bitte. Das ist schmutzig.

– Aber Caro, es ist *grün* …

Mittags aßen wir belegte Brote, spülten gemeinsam das Geschirr und gingen anschließend in den Park. Schaukeln. Heim. Abendessen. Spielen. Badewanne. Vorlesen. Bett. Wenn er dann schlief, waschen, bügeln, saugen. In der Routine verlor sich meine Furcht. Die Zukunft lag nur in den Wochen bis zu den Ferien mit den bereits geplanten Ausflügen zu Museen, städtischen Bauernhöfen und Kinos, bis der Kindergarten wieder losging. Der Alltag war eine Bahn, auf der wir durch die Tage glitten, die Zukunft wurde unwichtig, obwohl ich wusste, was mit uns geschehen würde, bereits auf uns zukam, während ich Karotten schnippelte, wir die Enten fütterten, Fangen spielten, wunde Knie mit Pflaster verarzteten. Ich passte mein Leben an Paulys an, weil er mich brauchte – oder ich ihn, der mir direkt ins Gesicht blickte und lächelte, der mir eine Ausrede lieferte: Ich könnte unmöglich woanders sein, denn ich war hier. Das ist das Absurde daran: Ich konnte Francesca nicht vergeben, weil ihr die Welt wichtiger gewesen war als Pauly, und jetzt kann ich mir nicht vergeben, weil es bei mir nicht so war. Ich bin nicht mehr wütend auf Francesca. Irgendwo entlang der unzähligen Kilometer, die ich zwischen High House und dem Fluss zurückgelegt hatte, dem Fluss und dem Meer, begann ich zu verstehen, was sie versucht hatte, doch wer ist jetzt noch da, um dasselbe für mich zu tun? Was bleibt den Überlebenden am Ende übrig, als die Erbärmlichen zu sein, die kein Erbarmen verdient haben? Diejenigen, die an unserer statt hätten leben können, sind verschwunden, oder sie verhungern, während wir hier auf High House harren und Kartoffeln aus der weichen Erde ziehen.

xxviii

Im Frühling, bevor Pauly und ich High House bezogen, waren Vater und Francesca fast ständig weg, und es war heiß, von der letzten Februarwoche an, den ganzen März und April hindurch bis in den Mai, jeder Tag strahlend hell wie ein erinnerter Sommer, nur dass es nicht Sommer war. Nachmittags spielte Pauly nackt im Garten, stocherte im Gebüsch nach Insekten oder schüttete mir kaltes Wasser aus der Gießkanne über die Füße, bis ich kreischte oder lachte. Ich trug Francescas breitkrempigen Sommerhut, und wenn wir rausgingen, beide in Shorts und Sandalen, sausten wir durch die sichelschmalen Schatten der Häuser auf den Gehwegen und spürten die Wärme, die uns vom Boden entgegenschlug. Wir wussten, es handelte sich um Fieberhitze, ein Krankheitszeichen, die Luft war zu dünn, die zementierten Flächen zu dick, die ganze Stadt ein Wärmespeicher, dennoch streckten wir uns zu ihr hin, zur Sonne, die in unsere Körper eindrang und sie wachsweich machte. Die Leute machten früh Feierabend, um in den Parks zu faulenzen. Kinder saßen auf Stufen vor den Häusern und lutschten Wassereis. Fahrgäste in Bussen lächelten einander zu. Es steckte so viel Freude darin, im Licht und in der Wärme, als wären wir dem Winter entkommen. Pauly und ich machten Tagesausflüge in den Wald im Osten der Stadt, um zu spüren, wie die Bäume sich Abkühlung verschafften, oder in den Westen, zum Schwimmen im Fluss. Fern der Gehwege, weg von endlosem Beton, war die Hitze schwächer. Wo wenige Menschen waren, fiel es leichter, das Märchen von der Normalität zu glauben – aber auf der hochgewachsenen Wiese des Tiergartens suchten wir vergeblich nach Grashüpfern.

Keine Biene summte. Die Vögel waren stumm. Ich nahm Pauly mit dorthin, wo ich einst mit Vater gewesen war und wo, wie ich mich erinnerte, ein Reineclaudenbaum stand. Vater hatte mich auf seine Schultern gehoben, sodass ich mir eine der weichen Früchte abpflücken konnte, ich weiß noch, wie süß sie schmeckte, Saft rann mir übers Handgelenk – doch jetzt war der Baum kahl, die Zweige brüchig, das Laub ein brauner Teppich auf dem ausgedorrten Boden.

xxix

Ich lag im Bett, Pauly hatte sich an mich geschmiegt und schlief. Das Fenster stand offen, um den schwachen Lufthauch hereinzulassen, Stadtgeräusche drangen zu mir herein, das Hupen und Dröhnen des Verkehrs, das Heulen der Sirenen, das Rattern der Züge. Irgendwo fand eine Party statt, stampfende Bässe, gelegentliches Gelächter. Jemand rief etwas Unverständliches. Neben mir klingelte das Handy, eine Auslandsnummer. Ich stand auf und verließ rasch das Zimmer, bevor ich ranging, um Pauly nicht zu wecken ...

– Hallo?

– Caro, ich bin's. Dad.

Er klang müde. Es war fünf Stunden früher, wo er und Francesca sich aufhielten, an der Ostküste der USA, also war es dort erst früher Nachmittag, aber womöglich war er die ganze Nacht wach gewesen, hatte irgendwo in einem Konferenzzentrum an einem Tisch gesessen und zum zigsten Mal versucht, Einsicht zu erzwingen, wo sie nicht erwünscht war.

– Dad!,

rief ich, und hörte ihn seufzen.

– Leider müssen wir doch länger bleiben als gedacht …

Ich setzte mich auf die oberste Stufe und lehnte den Kopf an die Wand.

– Tut mir leid,

sagte er und klang auch so.

– Was ist los?,

fragte ich, doch statt einer Antwort, sagte er,

– Ich will, dass du Paul nach High House bringst. Pack deine Sachen, sofort. Fahr gleich morgen früh los, hörst du! Nimm den ersten Zug …

– Was ist los? Was ist passiert?

Irgendwo hinter ihm ertönte ein Klicken, eine Tür wurde geöffnet, und eine Stimme rief seinen Namen …

– Ja, gleich,

sagte er, und dann zu mir,

– Ich muss los. Ich habe dich lieb, Caro. Und Pauly auch. Sag ihm …

Dann quer durch den Raum zwischen uns, bevor er auflegte, hörte ich Francesca sagen *Es bleibt keine Zeit mehr …*

Ich verharrte auf der obersten Stufe in der Dunkelheit, bis ich sicher war, dass er nicht noch einmal anrufen würde, erst dann kehrte ich zurück ins Zimmer, wo sich Pauly, im Tiefschlaf, wie ein Stern quer übers Bett ausgestreckt hatte.

xxx

Während Pauly schlief, packte ich einen Wanderrucksack, stopfte Hosen hinein, T-Shirts und Socken, Zahnpasta, Zahnbürsten, Seife. Pauly hatte seinen eigenen Koffer, ein Marienkäfer auf Rädern, der auch als Sitz genutzt werden konnte, in den ich nun seinen Regenmantel und Gummistiefel packte, dazu ein paar Spielsachen. Ich schmierte Brote für die Reise und verstaute sie in einer Umhängetasche. Nicht gepackt hatte ich ein Foto von Vater. Auch nicht die Halskette meiner Großmutter oder die Geburtstagskarte, die Pauly mir vor einem Jahr gebastelt hatte – aber im Nachhinein, was hätten uns diese Dinge genützt, selbst wenn ich sie mitgenommen hätte? Ich wünschte, ich hätte das *Penguin Book of English Verse* eingesteckt. Eine Knoblauchpresse. Die Schere, mit der Francesca Pauly immer die Haare geschnitten hat.

xxxi

Bevor ich ins Bett zurückkehrte, mich vorsichtig neben Pauly kuschelte, sanft seine warmen Füße wegschob, ging ich nach unten und schaltete den Fernseher ein. Über der Karibik hatte sich ein Tropensturm gebildet, der plötzlich nach Westen gezogen war und nun voraussichtlich in den nächsten Stunden mit so einer Stärke über Florida hinwegfegen würde, die nicht mehr in Maßeinheiten ausgedrückt werden konnte. Momentan herrschten dort schon schwierige bis extreme Wetterbedingungen. Evakuierungsmaßnahmen seien zwar ratsam, könnten sich aber bereits als unmöglich erweisen.

– Wie kann es sein,

fragte ein Anzugträger im Fernsehstudio,

– dass die Warnsysteme so spät Alarm geschlagen haben?,

und die Frau ihm gegenüber, das Haar nicht mehr ganz glatt, die Bluse schief, als hätte sie sich überstürzt angezogen, in Gedanken noch ganz woanders, antwortete,

– Wir haben es mit noch nie dagewesenen Bedingungen zu tun, es gibt keine Vorhersagemodelle, die diese Situation erfassen könnten.

– Wollen Sie damit sagen,

drängte sie der Mann,

– dass wir zukünftig nicht mehr rechtzeitig vor Extremwetterereignissen gewarnt werden könnten?

– Ja,

sagte die Frau,

– genau das will ich damit ausdrücken.

xxxii

Nie kam mir in den Sinn, dass Francesca in Gefahr schweben könnte, auch Vater nicht, schließlich war er mit ihr zusammen. Francesca war wichtig. Man würde dafür sorgen, dass sie sich in Sicherheit befand. Es gab garantiert einen Plan, dachte ich, oder eine Schutzstation, einen Bunker – hinterher dachte ich bisweilen, womöglich war es von Anfang an ihre Absicht gewesen, nun, da all ihre Hoffnung zerschlagen war: zu demonstrieren, dass solche Ausnahmen, bisher als selbstverständlich hingenommen, jetzt nicht mehr galten. Niemand von uns würde verschont bleiben, nicht mal sie – keine Macht, kein Reichtum oder Name oder bequeme Gewohnheit würde uns am Ende retten –, nur dass sie in diesen letzten Monaten und Wochen eine Ausnahme für Pauly geschaffen hatte, damit er, im Gegensatz zu allen anderen, in Sicherheit leben könnte. Wir alle sind dem Wetter ausgeliefert, aber nicht alle gleichermaßen wehrlos.

xxxiii

Am Morgen half ich Pauly beim Anziehen und frühstückte. Während Pauly sich die Hände wusch, schaltete ich die Nachrichten ein, erfuhr aber nur, dass der Sturm offenbar mit bemerkenswerter Heftigkeit über das Land hinweggefegt war und sein Epizentrum sich direkt über der Stadt befunden hatte, in der Francesca und Vater sich aufhielten. Von ihnen selbst hatte ich keine Nachricht bekommen. Pauly war schlecht gelaunt – bockig, aufsässig –, was es mir erleichterte, über unser Gezänk um Toast, den er nicht essen wollte, Kleidung und Schuhe, die er nicht anziehen wollte, meine Sorgen zu vergessen und mich nur auf uns zu konzentrieren.

– Aber ich will nicht weg,

jammerte er.

– Es geht nicht anders, Pauly.

– Warum? Warum geht es nicht anders?

– Weil Vater es so gesagt hat. Es wird ein Abenteuer ...

– Gar nicht.

– Na gut, dann eben nicht, aber wir müssen trotzdem gehen, also zieh dir die Schuhe an.

An der Bushaltestelle hockte sich Pauly auf seinen Koffer und schob sich damit im Kreis herum. Wir stiegen ein, stiegen aus. Wir betraten den Bahnhof. In der Halle herrschte dichtes Gedränge. Ich ließ Pauly mit unserem Gepäck an der Säule neben einer Sandwichtheke stehen und ging zum Fahrkartenschalter; in der Schlange bemühte ich mich krampfhaft, nicht auf den großen Bildschirm zu schauen, wo Nachrichtenbilder liefen, von windgepeitschten Bäumen und Wellen, die über eine Küstenpromenade krachten. Wir hatten noch eine Dreiviertelstunde bis zur geplanten Abfahrt. Ich ging mit Pauly in ein Café, wo wir Smoothies aus Plastikflaschen tranken, *Pain au Chocolat* aus kleinen Tüten aßen; ich habe den Geschmack noch heute im Mund, billige, tranige Schokolade in spundigem Blätterteig, altbacken in der Verpackung, vertraut. Pauly wollte seines nicht aufessen, also ließen wir es liegen, als unser Gleis ausgerufen wurde – wie unglaublich verschwenderisch wir doch waren, wie achtlos. Wir hatten ja keine Ahnung, was auf dem Spiel stand, und wie lang ist es jetzt her, seit wir irgendein anderes Brot gegessen hatten als diese platten, staubigen Laibe, die Pauly manchmal backt, aus selbst angebautem, selbst geerntetem und gemahlenem Weizen? Wie lang ist es her, seit wir Essen stehen lassen konnten, einfach, weil es uns nicht schmeckte?

– Los, Pauly,

sagte ich,

– beeil dich. Wir wollen den Zug nicht verpassen.

Wir drängten uns durch die Halle, fanden das Gleis, fanden den Zug. Fanden Plätze. Setzten uns.

xxxiv

Mit jeder Station leerte sich der Zug. Wir fuhren gen Osten, dem letzten Teil des Vormittags auf den Fersen, dann weiter in den Nachmittag, ratterten durch die Vororte, durchs Hinterland auf das zu, was danach kam, eine Abfolge von Städtchen, die Straßen mit Wimpeln geschmückt, dann Felder, Wälder, die Biegung eines Flusses und Kinder auf einer weiß gekalkten Brücke, ein Dorffest, ein Hof mit Pferden. Pinkfarbene Häuser standen allein zwischen Hecken. Unvertraute Haltebahnhöfe, unberührt. Schließlich gab es nur noch uns beide und eine andere Frau, zwei Plätze vor uns, die sich jetzt umwandte und mich anstarrte. Pauly blies eine Wolke an die Scheibe und malte mit dem Finger ein Gesicht hinein.

– Hör auf, Pauly,

sagte ich, schärfer als beabsichtigt, denn ich spürte die Missbilligung der Frau, aber es war nicht Paulys Schuld, dass er sich langweilte, und sofort schämte ich mich dafür.

– Tut mir leid, Pauly. Ich wollte dich nicht so anmotzen.

Er stellte sich auf seinen Sitz.

– Setz dich hin,

sagte ich, und er plumpste auf den Platz zurück, die Arme verschränkt und schmollend, bis er vor dem Fenster einen weißen Vogel erblickte.

– Schau, Caro! Ein Silberreiher!

– Ist das ein Guter?,

fragte ich, und er nickte.

Im vergangenen Winter hatte Pauly auf dem Regal zu Hause einen Naturführer über Vögel entdeckt und seitdem Stunden damit verbracht, ich sollte ihm die Vogelnamen vorlesen, ihre Erkennungsmerkmale, die Beschreibung ihrer Eier – all das war mir schon wieder entfallen, so wenig greifbar wie Wasser, doch Pauly hatte die Information abgespeichert, hatte alle Einzelheiten parat.

– Er ernährt sich von Fischen und Würmern,

sagte er.

– Ach, ist er nicht wunderschön ...,

und genau das war er, bleich wie ein Geist, aufgerichtet und still stand er am Seeufer. Wir bewunderten ihn, bis er aus dem Sichtfeld verschwunden war.

Am vorletzten Bahnhof stieg die Frau aus, dann waren wir allein.

– Gleich sind wir dran, Pauly,

sagte ich.

– Fast da.

Wir standen auf. Ich nahm unsere Sachen aus der Gepäckablage. Der Zug wurde langsamer, hielt an den Prellböcken, wir stiegen aus, streckten die Beine auf dem leeren Bahnsteig, und um uns herum, in der brütenden Hitze, herrschte vollkommene Stille.

xxxv

Die Stadt lag mehr als zwölf Kilometer landeinwärts von High House entfernt, allein bis zum nächstgelegenen Ort, wo die Hauptstraße verlief, war es gut einen Kilometer, und ich hatte mir überlegt, ein Taxi zu nehmen, aber es war noch früher Nachmittag, ein Wochentag, der Bahnhof wie ausgestorben, genau wie die Straße davor. Es war menschenleer, kein Auto weit und breit. Ich sah aufs Handy, aber hier gab es kein Netz. Am Bahnhof gab es keinen Schalter, nur einen Automaten mit Kartenzahlung und ein Fenster mit heruntergelassenem Rollo. An einem Aushängebrett hing ein Zettel mit der Nummer eines Taxiunternehmens, doch als ich sie wählte, informierte mich eine mechanische Stimme, dass die Nummer nicht erreichbar sei. Die Luft flirrte vor Hitze, es roch nach alten Möbeln und Lavendel.

– Wir können den Bus nehmen,

sagte ich zu Pauly, meine Stimme überschlug sich fast vor aufgesetzter Unbekümmertheit, doch als ich endlich den Aushangfahrplan fand, stellte ich fest, dass der nächste Bus erst am folgenden Tag fuhr. Ich stapelte unser Gepäck im Schatten des Vordachs und setzte Pauly obendrauf.

– Beweg dich nicht von der Stelle,

sagte ich,

– ich versuche, uns ein Taxi zu organisieren. Bin gleich zurück.

So schnell ich konnte, marschierte ich durch die angrenzenden Straßen, aber es gab keinen Taxistand, und ich wollte Pauly nicht zu lange allein lassen, schließlich könnte er doch beschließen, einfach herumzulaufen, oder jemand könnte vorbeikommen und sehen, dass er ganz allein war. Ich fand eine Post, eine Frau saß am Schalter, sie scrollte auf ihrem Handy herum.

– Entschuldigung?,

sagte ich,

– wissen Sie, wie ich hier ein Taxi rufen kann?

Die Frau zuckte die Achseln, blickte kaum auf, gab mir aber eine Nummer, nicht die, die ich am Bahnhof probiert hatte, es klingelte und klingelte.

– Es geht niemand ran,

sagte ich.

– Was soll ich tun? Ich habe ein Kind dabei.

– Die Frau zuckte erneut die Achseln.

– Würd's mal im Pub versuchen,

sagte sie.

– Der Sohn vom Wirt fährt manchmal Leute wohin.

Ich stand kurz vorm Heulen. Nur der Gedanke an den wartenden Pauly brachte mich dazu, meinen Stolz zu überwinden und den Pub nebenan zu betreten, wo es kühl und düster war, ein paar Männer saßen um die runden

Tische herum, ihre Gläser umklammernd, und starrten auf den Bildschirm, ein Foto von Francesca war dort zu sehen, im Hintergrund liefen Aufnahmen eines Hotels mit aufgerissener Fassade. Durch die Lücke waren Betten zu erkennen, Kleiderschränke, Sofas. Als die Kamera weiter herauszoomte, sah ich Metallstreben, die wie gebrochene Knochen aus dem geborstenen Beton ragten. Braun schäumendes Wasser voller Trümmer schwappte durch die großen Fenster ins Restaurant und strudelte wieder hinaus. *Umweltaktivistin und Professor vermisst, vermutlich tot,* lief über den Ticker am unteren Bildschirmrand, *nach einem unerwartet heftigen Unwetter ...*

– Kann ich dir helfen, Schätzchen?,

fragte jemand von ganz weit weg, zu weit weg, außerdem wusste ich keine Antwort. Ich wandte mich ab und lief zurück auf die Straße, zurück in den Sonnenschein, zurück zum Bahnhof, wo Pauly auf seinem Koffer saß und mit den Fersen gegen den Gehsteig trat.

– Ich kann kein Taxi finden,

sagte ich.

– Wir müssen wohl zu Fuß gehen ...,

und vertrauensselig, klaglos, sah er zu mir auf, kletterte vom Gepäckstapel und lächelte.

– Ist es weit, Caro?

– Nein, nicht besonders.

Wir liefen los.

xxxvi

Bisweilen, kurz vorm Einschlafen, kann ich sie hören, Vater und Francesca. Vater sagt, *Ich habe dich lieb, Caro*, und Francesca unterbricht ihn, *Es bleibt keine Zeit mehr ...*

Erstaunlich, wie schnell am Ende alles den Bach runterging. Die Stadt, die noch tags zuvor so uneinnehmbar wirkte, funkelnd vor Glas und Macht, wurde vom Meer verschluckt. Das Land, auf dem sie gebaut war, für immer verloren. Vater und Francesca für immer verloren. All diese Dinge, verwirkt, und mit ihnen das Urvertrauen, dass alles gutgehen würde, egal, was geschah.

xxxvii

Wir folgten dem Fluss aus der Stadt, immer in Richtung Meer, zuerst durch die Vororte, vorbei an Neubausiedlungen, Spielplätzen, Grundschulen, einem Supermarkt mit Parkplatz, einem Drive-through-Schnellrestaurant und einer Tankstelle. Pauly trabte neben mir her, seine Hand in meiner.

– Ich hab Durst,

sagte er, und ich gab ihm den Rest Wasser aus der mitgebrachten Flasche, lauwarm, denn meine Tasche hatte in der Sonne gelegen. Zuerst war der Weg asphaltiert, und der Fluss floss träge und braun in seinem betonierten Bett, doch schon bald kamen wir hinaus auf die Felder, es grüßten grün die Runkelrüben, Mais und Weizen. Der Fluss wurde breiter. Es gab einen Damm, auf dem wir weitergingen, der Pfad wurde zunehmend schmaler und furchiger. Mein Rucksack war schwer. Pauly schluffte vor mir, sein Koffer rumpelte auf kleinen Rädern hinter ihm her, blieb hie und da an Grasbüscheln hängen. Er stolperte, immer wieder.

– Du machst das richtig gut,

sagte ich.

– Es ist jetzt nicht mehr weit …

Doch in Wahrheit hatte ich keine Ahnung, wie lange wir noch unterwegs sein würden. Die Sonne brütete. Ich meinte, das Meer zu riechen. Aus Feldern wurde Heide, dann Wald. Pauly begann zu weinen.

– Ich bin zu müde, Caro. Mir tun die Füße weh.

– Dann setz dich kurz hier hin,

sagte ich.

– Ruh dich aus. Es dauert nicht mehr lang.

Ich ließ ihn im Schneidersitz zurück, nahm unser Gepäck, ging weg vom Fluss, vom Damm, hinunter in den Wald, dort, am Rand, kämpfte ich mich durchs Dickicht, wo aus dem Brombeergestrüpp elastische Schösslinge hervorsprossen, wo wilde Eichen wuchsen, die Stämme tief gespalten, Flechtenbärte an den Ästen, die so lang gewachsen waren, dass sie sich ineinander verkeilten. Ich stopfte meine Tasche in eine trichterförmige Buchtung, wo sie hoffentlich geschützt und trocken blieb, und hievte Paulys Koffer obendrauf. Als das erledigt war, verharrte ich kurz, umgeben von den Geräuschen des Waldes, dem Rascheln und Huschen, dem Gesang unzähliger Vögel, und fragte mich, wie ich es schaffen sollte, weiterzumachen – doch was blieb mir anderes übrig? Ich kletterte zurück auf den Damm, wo Pauly mit tränenverschmiertem Gesicht auf mich wartete, nahm ihn Huckepack, seine Arme an meinen Hals geklammert, seine Beine zwischen meinen. Ich setzte mich wieder in Bewegung, einen Fuß vor den anderen, in diesem Moment dachte ich nicht an Vater oder Francesca, sondern konzentrierte mich auf das Brennen in den Beinen, im Rücken, den Schmerz, wie heiße Drähte, in meinen Armen, der steinharte Boden unter den Füßen, und dann verschwand die

Zeit. Verschwand die Welt. Da waren nur Pauly und ich, der Weg. Unsere Taschen sind geblieben, ich habe sie nie abgeholt.

xxxviii

Es wurde bereits dunkel, als ich das Meer sah, eine schmale graue Linie am Horizont, Pauly war eingeschlafen, sein Kopf lag schlaff auf meiner Schulter. Der Fluss bewegte sich nur noch sehr träge, auf beiden Seiten lag Weideland, grün und leer, darüber der endlose Himmel – und dann, endlich, sah ich den vertrauten Pfad, er führte vom Fluss weg hinunter ins Schilf, wo Holzstege die vielen kleinen Wasserläufe überbrückten, die die Landschaft kreuz und quer durchschnitten, still und dunkel und tief. Die ersten Sterne funkelten am Himmel. Jeder Schritt schmerzte, aber irgendwann kamen wir an den Gezeitentümpel, und ich sah zum ersten Mal, dass er offen dalag, vom vertrauten Gestrüpp und Schilf befreit. Weiter hinten die Taxushecke, die den Obstgarten begrenzte, auch sie war ordentlich gestutzt. Ich war zu müde, um mich zu wundern, doch als ich durch den Bogen trat, sah ich dort, wo ich einen verwilderten Garten und ein düsteres Haus mit geschlossenen Fensterläden erwartet hatte, eine saftig grüne Wiese, auf der Apfelbäume standen, und ein Haus, durch dessen Fenster Licht hineinfiel. Ein Mädchen lief auf mich zu. Sie war aus dem Haus gekommen, um mich zu begrüßen, und als sie vor mir stand, nahm sie mir Pauly vom Rücken, so sanft, dass er nicht aufwachte, und ging mit ihm vor mir her, und ich folgte ihr, durch den Garten, ins Haus. So sind wir hier angekommen und nie wieder gegangen.

2

SALLY

Mit sechs Jahren lief ich von zu Hause weg, nahm den Weg von Grandys Cottage in die Heide, allein, meinen alten braunen Koffer in der Hand. Ein Strom von Tagesausflüglern kam mir entgegen, sie wanderten ins Dorf, an der Kirche vorbei, um Blumen aus Vorgärten zu rupfen und nach dem Eisessen ihren Müll rund um die Schaukeln zu verteilen, sich über die Hafenmauer zu beugen und sich wie aufgereiht an den Strand zu legen. Der Koffer war unhandlich und schwer, denn ich hatte alles reingestopft, was ich zu brauchen glaubte – einen Haufen Spielzeug, mein bestes rosafarbenes Kleid, mein Badetuch mit Kapuze und Kaninchenohren –, und die Kanten schlugen mir bei jedem Schritt ans Bein. Am alten Schulhaus nahm ich den Weg, der sich an der Marschgrenze entlangwand, bis ich durch Gestrüpp und Unterholz in die offene Landschaft trat. Die Sonne schien. Kaninchen stutzten das Gras. Ich trug meine Sonntagsschuhe, denn sie hatten nicht mehr in den Koffer gepasst, und ich wollte sie auf keinen Fall zurücklassen, aber wegen der steifen Sohlen und dem harten Leder hatte ich mir schon bald an Fersen und Zehen Blasen gelaufen.

An der Stelle, wo Grandy und ich an sonnigen Tagen manchmal ein Picknick machten, eine Senke, wo eine Eiche wuchs, die Äste lang und tief hängend, sodass sie den Boden mit Schatten sprenkelten, setzte ich mich hin und aß die beiden Kekse, die ich mir aus der Speisekammer gemopst hatte. Schokolade verschmierte mir Gesicht und Finger. Die Kekse machten mich noch durstiger, als ich nach der langen Wanderung ohnehin schon war, doch zum Trinken hatte ich nichts mitgenommen. Die Hitze brütete. Ich war müde. Mein Trotz war verpufft. Ich zog meine abgeliebte alte Babydecke aus dem Koffer, legte mich damit ins Gras und rieb den weichen Stoff an meine Wange. Die Insekten summten, es roch nach Ginster. Ich schlief ein.

Als Grandy kam, war ich schon wieder wach, saß neben meinem Koffer und wartete auf ihn. Es war Nachmittag geworden, und ich weinte vor Hunger.

– Da bist du,

sagte er, nahm mich auf den Arm und trug mich heim, den Koffer an zwei gekrümmten Fingern, ich schmiegte den Kopf an seine Schulter, und wir schwankten bei jedem Schritt.

– Grandy,

sagte ich,

– Ich bin weggelaufen.

– Ja, Sal, Liebes. Ich weiß.

Zu Hause steckte Grandy mich in die Badewanne, dann ins Bett, im frisch gewaschenen Nachthemd, von frisch gewaschener Bettwäsche bedeckt, als wäre ich krank, und ich lag still in diesem seltsamen Unterwasserlicht, das an strahlendhellen Tagen in einem schattigen Zimmer herrscht, und lauschte den Geräuschen von unten, wo er herumwerkelte. Das Fenster stand offen. Ich roch den Sommergarten. Hörte die Bienen summen, die Tauben gurren. Ein Motor startete. Grandy schloss eine Tür. Ich schlief wieder ein.

i

Grandy war eine Art Faktotum. Er kümmerte sich ums Dorf, das sich in den rund fünfzig Jahren, die er auf der Bank am Dorfanger gesessen und den Männern vor dem Pub beim Streiten zugehört hatte – waren nun die Fischer am ärmsten dran oder die Knechte? –, so verändert hatte, dass es bis zum Zeitpunkt meiner Einschulung fast nur noch aus Wochenendhäusern und Ferienwohnungen bestand, Cottages, in denen man zwei Wochen verbringen konnte, fast fünfzehn Kilometer vom Supermarkt entfernt oder weiter, wenn man die kurvenreichere Straße wählte. Grandy hielt alles am Laufen, wenn die Besitzer anderswo weilten. Er pflegte die Gärten. Stellte die Mülltonnen an die Straße. Reinigte die Regenrinnen und passte auf, dass den Dächern keine Ziegel fehlten. Er strich zum Schutz vor Feuchtigkeit die Rahmen der Schiebefenster, kehrte im Herbst das Laub zusammen, und sammelte es, statt es zu Matsch werden zu lassen, in Tüten, die er sorgfältig mit Jahreszahlen versehen lagerte, bis der Inhalt zu feinem, schwarzen Humus zerfallen war, den er jeden Frühling auf dem Boden verstreute.

Nach den Stürmen, die in Herbst und Winter vom Meer her übers Land hinwegfegten, sammelte er Totholz zum Heizen, zersägte die herabgestürzten Äste und lud sie in den Anhänger seines Quads, mit dem er herumfuhr, bis er zu alt dafür war.

– Spare in der Zeit, so hast du in der Not, Sal,

sagte er, als er mir eine Tasche zum Reisigsammeln in die Hand drückte.

– Aber lass noch ein paar Zweige liegen. Die Asseln brauchen auch ein Heim, genau wie wir, und momentan haben wir es nicht so bitter nötig, dass wir alles mitnehmen müssen.

An Wochenenden und in den Ferien begleitete ich ihn auf Schritt und Tritt und half, stand ihm im Weg herum oder legte mich auf den weichen Rasen und las, während er arbeitete. Das Dorf war sein Reich. Er hegte und pflegte es. Die im September in sämtlichen Gärten reifenden Äpfel gehörten Grandy, genau wie die Birnen, und er lagerte sie in den Schuppen, wo er noch Platz fand, legte sie in Reih und Glied nebeneinander, sodass sie sich nicht berührten, und im Winter konnte er sich nach Herzenslust aus dem Vorrat bedienen – er machte Most und presste die Apfelmasse, die in Plastikeimern in seinem Schuppen fermentierte, später dann durch alte, zuvor an Haken in der Küche aufgehängte Kissenbezüge. Der so gewonnene Saft überwinterte in Gärballons im Wäschetrockenschrank. Stand man davor, hörte man ihn sanft vor sich hinmoussieren. Dieses Geräusch hatte stets etwas Tröstliches.

Abends, nach dem Essen, saßen wir Seite an Seite auf der Bank im Garten mit Blick über den Rasen bis zum Kräuterbeet oder, im Winter, vor dem Ofen, und er hörte mir beim Lesenüben zu.

– Auf geht's, Badewanne,

sagte er, wenn ich fertig war, holte Handtuch und Schlafanzug, während ich herumplanschte und so tat, als wären meine Knie Inseln. Ich kroch ins Bett.

– Jetzt bin ich dran mit Lesen,

sagte er, und machte verschiedene Stimmen nach, selbst wenn ich ihn bat, es nicht zu tun.

ii

Alle vierzehn Tage mähte Grandy im Sommer den Rasen auf dem Friedhof hinter der Kirche. Ich lag neben der Eibe im Gras und blickte hinauf zur Turmspitze, wo die Wolken über den Himmel jagten.

– Hi–Ho, Sally!,

rief Grandy, wenn er auf seinem Rasenmäher vorbeituckerte und tat, als säße er zu Pferd.

iii

Nach dem Mähen stand er oft zwischen den Grabsteinen und zeigte mir ein paar, auf denen unsere oder Namen fernerer Verwandtschaft standen, und ich las die Inschriften vor – diese kleinen, traurigen Anzeigen eines verlorenen Lebens: *liebender Vater und Ehemann; meine geliebte Frau, mögen Engel dich begleiten; unsere liebe Tochter; das Meer nahm dich von uns …*

– Die armen Teufel,

sagte Grandy, und dann, als müsste er sich rechtfertigen,

– Vergänglichkeit und Fortdauer, Sal. Wir alle werden sterben, aber das Land, das wir hinterlassen, bleibt bestehen, zumindest hoffen wir das.

iv

Im Sommer schlenderten Ausflügler durch die Grabreihen oder schwangen auf dem Friedhofstor herum. Sie setzten sich ins Kirchenportal, um sich die Schuhe zu schnüren oder ihre Brote zu essen, hinterließen Krümel auf den Steinplatten und schoben den Müll in den Opferstock.

– Ein bisschen Respekt würde ihnen nicht schaden,

sagte Grandy zum Pfarrer, mit dem er befreundet war.

– Ja, ja,

sagte der Pfarrer,

– wer von uns will sich anmaßen, über sie zu richten?

– Na, ja, du bist schließlich der Pfarrer hier,

sagte Grandy,

– aber im Endeffekt bin ich derjenige, der ihre Krümel auffegen muss,

und sie lachten beide über den kleinen Scherz.

Im elften Jahrhundert war die Kirche bis auf die Grundmauern abgebrannt und erst Anfang des sechzehnten Jahrhunderts wiederaufgebaut worden, mit einem höheren Turm, und zu der Zeit wurden auch die Dachsparren mit Schnitzereien verziert und bemalt. Sie steht noch heute, ihr Fundament liegt über dem Wasserspiegel, dort, wo sie einst als Refugium erbaut wurde, für den Leib ebenso wie für die Seelen, die in ihrem Inneren Schutz fanden. Jetzt gehört sie mir. Der Schlüssel zum Tor, aus Schmiedeeisen und so lang wie meine Hand, der Zylinder daumendick, liegt in der mittleren Schublade der Kommode auf High House, und ich nehme ihn heraus, wenn ich mich zurückziehen will von Pauly und von Caro. Dann gehe ich am Fluss entlang bis zur einzigen Brücke, die noch über der neuen Flutmarke aufragt, und gehe ans andere Ufer. An der Kirche angekommen, sperre ich das Tor auf und trete ein, hier im Inneren herrscht eine ganz eigene Stille, anders als die, die sich da draußen über alles gesenkt hat. Sie hat sich über so lange Zeit verdichtet, dass sie mehr ist, und sie ist frei von Traurigkeit. Nicht wie im Dorf – oder was davon übrig ist –, denn dort herrscht die Stille der Abwesenheit, das klanglose Klingen der Dinge, die wir verloren haben.

Ich glaube nicht an Gott, aber an dieses Gebäude, das überlebt hat, von denjenigen getragen, die in diese Kirche gekommen sind, wie nun ich gekommen bin – jede Hand, die das Altargeländer polierte, jeder Fuß, der über die Steinplatten schritt, dort Spuren hinterließ, sodass sie in der Mitte Vertiefungen haben. Ich leiste meinen Beitrag wie andere vor mir. Ich kehre den Boden. Jede Woche bringe ich Heckenblumen und stelle sie in einen Krug mit frischem Brunnenwasser auf die Stufen vor dem Altar. Diese Kirche war früher eine Pilgerstätte, der Endpunkt eines Wegs, der auf den Spuren ihres Gründers nach Osten verlief. Während meiner Kindheit mit Grandy tauchten übers Jahr nur vereinzelt Leute hier auf, zu Ostern aber strömten sie in Scharen herbei, meist in Wandershorts und festem Schuhwerk, doch einige kamen barfuß oder in Ordenskleid und Knotenstrick. Die Übrigen waren Touristen, sie standen mit ihren Reiseführern bewaffnet im Kirchenschiff und betrachteten die Dachsparren, die schwebenden Holzengel mit ausgebreiteten Schwingen, deren uralte Gesichter von oben zu ihnen hinabblickten, das Blattgold auf ihren Trompeten und Flugfedern gerade noch zu erkennen, wenn durch das Glasfenster über der Kanzel Licht einfiel. Damals war die Kirche noch in Verwendung. Einmal im Monat wurde hier das Abendmahl gereicht, aber die Messe fand wöchentlich statt, und oft kamen Chöre, um hier zu singen, obwohl nur Grandy und ich als Gemeinde vor ihnen standen.

v

Vor der Messe kam der Pfarrer häufig zum Cottage, er und Grandy wandelten durch den Garten, inspizierten die Pflanzen und begutachteten das Wachstum des Gemüses.

– Ein gutes Jahr für Dicke Bohnen. Und hier, sieh dir diesen Kopfsalat an.

– Klar,

sagte der Pfarrer,

– du hast ja auch Zeit für so was,

und Grandy warf lachend den Kopf in den Nacken.

Danach schlenderten wir zu dritt zur Kirche, bei gutem Wetter nahmen wir den längeren Weg am Fluss entlang zur Brücke, dann über die Heide und über einen gewundenen Pfad hinunter durchs Tor zum Friedhof, wo wir unserer Wege gingen – der Pfarrer in die Sakristei, ich auf die Kirchenbank, wo ich las, bis es so weit war, und Grandy, sowohl Küster als auch Glöckner, zum Glockenseil, wo er, wie er mit gehobener Braue sagte, die Gerechten zum Gebet rief.

– Und werden sie kommen?,

fragte ich.

– Bei dem Regen,

antwortete Grandy,

– wohl kaum,

und ging kichernd davon.

vi

Im Sommer meines fünften Geburtstags brachte Grandy mir das Schwimmen bei. An ruhigen Tagen gingen wir hinunter an den Strand und wateten hinaus, bis Grandy hüfttief im Wasser stand, ich bis zu den Schultern, dann sagte er,

– Los!,

und ich hechtete vor, Grandy hielt mich am Rumpf fest, damit ich nicht unterging, und ich schlug so wild um mich, dass ich das Wasser zum Schäumen brachte.

– Treten! Treten! Treten!,

rief er,

– Treten, Sal, du musst treten!,

und ich gab mir wirklich Mühe, aber wochenlang strampelte ich nur träge herum, bis ich eines Tages den Bogen raushatte, Kraft und Auftrieb perfekt koordiniert, und auf einmal glitt ich durch das Wasser dahin. Danach schwammen wir oft zusammen. Grandy am liebsten täglich, nur nicht, wenn der Wellengang gefährlich heftig war, doch selbst dann watete er ein Stück weit hinein, bis zu den Knien in der brodelnden Brandung, in die Wellen gelehnt, die an ihm zerrten und rissen, versuchten, ihm die Füße wegzuziehen. Sogar mitten im Winter ging er ans Meer, sprang direkt in die eisigen Fluten, damit er, wie er mir erklärte, gar nicht erst zum Zögern kam, und schwamm zehn Züge hinaus, zehn Züge zurück, während über ihm die Wellen brachen und der Regen auf ihn niederpeitschte oder wie feiner, eisiger Nebel in der Luft waberte. Danach rannte er am Strand auf und ab, der Regen wusch ihm das Salz vom Körper, von der Kälte war seine Haut krebsrot, dann zog er sich wieder an und marschierte zurück zum Cottage, wo er brühend heißen Tee mit einem Teelöffel Scotch trank.

– Das ist besser,

sagte er.

– Es geht nichts über ein Bad im Meer, das weckt die Lebensgeister.

Ich schwamm lieber an klaren Tagen, wenn ich mich bei rollender Dünung auf den Rücken legen und treiben lassen konnte, mit den Wellen, auf und ab. Bei gutem Wetter, wenn der Regen keinen Flussschlamm ins Meer spülte und kein Wind den Boden aufwirbelte, war das Wasser so klar, dass man bis zum Grund sehen konnte, von Kräuselungen verzerrt, gebogen, schimmernd, und ich fand es wunderbar, wie die Reiher einfach still dazustehen und zu warten, bis sich das Leben aus dem Sand wagte und mir um die Beine huschte.

– Schau, Grandy!,

rief ich.

– Eine Krabbe!,

und ich sah sie an mir vorbeisausen, die langen Beine grün und zart, seitwärts über den Seegrund, wie beim Tanz auf einer Bühne.

vii

So rufe ich ihn mir in Erinnerung, wenn es mir gelingt – als den Mann, der am Strand entlangrannte, der schwamm, der Witze riss und wusste, was Sicherheit bedeutet. Der mich, wenn nötig, auf Schultern trug, der anscheinend immer wusste, wie die Dinge funktionierten. Ich versuche, nicht an ihn als alten Mann zu denken. Ich versuche, nicht daran zu denken, wie er auf High House im Obstgarten saß, eine Decke über den Beinen, oder sich die Treppe hochquälte. Vor allem aber versuche ich, nicht an die letzten Tage zu denken – daran, wie der Schmerz ihn verfolgte und ich mich dumm stellte, als er mir sagte, was zu tun war.

viii

Nachdem ich schwimmen konnte, brachte Grandy mir das Segeln bei. An der Flussmündung hatte er ein Boot vertäut, eine kleine Jacht mit winziger Kajüte und einem Motor.

– Können wir nicht einfach den Motor anmachen, Grandy?,

fragte ich, als er versuchte, mich in die Mysterien der Segel und Seemannsknoten einzuweihen.

– Und wo bleibt dann das Vergnügen?,

fragte er und überließ die Jacht dem Wind, der uns dorthin hinausblies, wo der Fluss ans Meer stieß. Ich war nie eine gute Seglerin, allerdings wurde ich später, als es die Umstände erforderten, etwas besser darin.

– Als ich ein kleiner Junge war,

sagte Grandy,

– gab es so große Makrelenschwärme, dass einige der Fische glatt ins Boot sprangen. Wie Lametta glänzten sie unter der Wasseroberfläche, eine Täuschung durchs Licht, dann kamen die Möwen, im Handumdrehen hatte ich genug Fische für eine Mahlzeit und noch welche auf Vorrat, und damit hatte es sich. Es war Zeit, umzukehren, und der ganze Nachmittag lag noch vor mir.

Grandy brachte mir bei, wie man die Angelschnur mit dem silbernen Köder auswarf, ihn im Wasser zucken und schlingern ließ, um Sprotten und Sandaale nachzuahmen, denen die Makrelen nachjagten. Wenn wir nach ungefähr einer Stunde vielleicht ein paar kleine Fische gefangen hatten, fand Grandy, es reiche nun, wendete das Boot für den Heimweg, während ich, erschöpft, vom Wind zerzaust, auf dem schmalen Deck lag und das Meer vorbeigleiten ließ. Ich mochte den Geschmack der Fische. Lieber als den der Strandkrabben, die wir in Reusen fingen, denn ich musste immer daran denken, wie sie in Bewegung ausgesehen hatten, wenn sie über den Sand vor mir wegliefen.

ix

Im Winter mummelten wir uns in mehrere Schichten ein, T-Shirts und Pullover, darüber Regenkleidung, und gingen hinaus wie sonst auch, Grandy, weil er zu tun hatte, ich, weil ich noch zu jung war, um zu wissen, dass ich eine Wahl hatte. Grandy hatte einen Wachsmantel, der ihm bis zu den Knöcheln reichte, darunter trug er Stiefel mit dicker Sohle und Überschuhe, zwei Hosen und mehrere Pullover übereinander. Ich hatte Schneeanzüge in aufsteigenden Größen, bis ich schließlich alt genug war, dass Grandy mir einen eigenen Wachsmantel kaufte, und ich war zu stolz, um zuzugeben, wie sehr mir die mollige Wärme in den Anzügen fehlte. In den Gärten gab es viel zu tun, sogar im Winter, dann waren da noch löchrige Dächer, verstopfte Regenrinnen, und selbst wenn nichts Dringendes anlag, ging Grandy raus, solange es noch hell genug war, dann spazierten wir gemeinsam am Dorfrand entlang, über Heide und Salzmarschen, durch die Dünen zum Strand und schließlich zurück entlang der Uferböschung, die den Fluss in seinem Bett hielt. Häufig nahmen wir einen Eimer mit und sammelten Strandschnecken und Napfschnecken, Herzmuscheln und Miesmuscheln, die wir spülten, putzten und aßen, aus den Schalen gepult und in Mayonnaise gedippt, und ich bin jetzt dankbar für dieses Wissen, denn Schalentiere sind eine gute

Nahrungsquelle im Winter, wenn wir Hunger haben. Man muss sie nur einsammeln, was Pauly und ich nun gemeinsam tun, wir klettern über Felsen, lesen sie aus Lachen, schieben Seetang beiseite, damit die Einsiedlerkrebse wegkrabbeln und die glänzenden runden Gehäuse der Strandschnecken freigeben, obwohl es nicht mehr so viele sind wie früher. Caro kommt nicht mit. Sie behauptet, es sei wegen ihrer Hände, ihre Haut ist oft aufgesprungen und sie neigt zu Frostbeulen, daher wäre es nicht gut, sie ständig in die eisigen Lachen zu tauchen, aber wir wissen beide, dass sie eigentlich Angst vor dem Meer hat.

Wenn Grandy und ich unseren Spaziergang beendet hatten und der Abend dämmerte, kehrten wir zurück zum Cottage und schürten die Glut, aßen einen von Grandys sämigen Eintöpfen aus dicken Schüsseln, mit dem Löffel geschöpft, auf Fleisch und Gemüse auf Kartoffeln aus dem Ofen verteilt.

– Das hält uns die Kälte vom Leib,

sagte Grandy, und ich frage mich heute, ob so viele meiner Erinnerungen mit Essen zu tun haben, weil wir jetzt an nichts anderes mehr denken können. Jeden Tag, den Pauly und Caro und ich auf High House verbringen, sind wir nur damit beschäftigt, genug Essen zu besorgen, damit wir bis zum folgenden Tag durchhalten, um wieder genau dasselbe zu tun. Wir müssen immer abwägen, ob sich der Aufwand für den jeweiligen Gegenwert lohnt – es ist schlimmer, Nahrungsmittel anzubauen, bei denen man mehr Energie verbraucht als gewinnt, als sie zu verschwenden. Dieser ewiggleiche Kreislauf erschöpft uns, geistig wie körperlich, aber wir machen trotzdem weiter. Ich glaube, wir tun das, weil wir so eng miteinander verbunden sind, und ich frage mich, ob Francesca auch das vorhergesehen hat. Jeder von uns ist für den anderen, die andere verantwortlich, und deswegen können wir die Sache nicht beenden. Außerdem ist dieser Ort wunderschön. Es gibt Momente, selbst dann, wenn meine Hände vom Eintauchen in eisige Pfützen taub sind, da hebt sich beim Anblick des ablaufenden silberfarbenen Wassers und des rosig-grauen Winterhimmels, wenn die Austernfischer und Wasserläufer und Brachvögel um mich herum picken, mein Herz – Momente, wenn ich Kartoffeln aus der Erde ziehe und mich Zufriedenheit erfüllt, darüber, dass wir nichts Nützliches verschwenden, die Erde umgraben und sie mit selbst gemachtem Kompost düngen. Das sind die Momente, an denen wir uns festhalten, die wir so sorgsam hegen wie alles andere auch, damit sie uns weitertragen.

x

Hatte Grandy mir all das beigebracht, weil er geahnt hat, was auf uns zukommen würde? Manchmal glaube ich, diese Frage hätte ich ihm stellen sollen, als es noch ging – aber ich glaube auch, er hätte geantwortet, das sei einfach unsere Lebensweise. Genügte nicht als Handlungsmaxime die Routine und das ganz besondere Glück des eigenen Heims?

xi

– Maisies Mom hat einen Kühlschrank, der Eiswürfel macht, wenn man auf einen Knopf drückt,

erzählte ich Grandy.

– Und sie haben einen Fernseher, wenn man dem sagt, was man sehen will, kommt automatisch der Film. Maisie macht das dauernd so. Und Emma hat ihren eigenen Laptop im Zimmer. Wir haben nicht mal einen Computer.

Er musterte mich.

– Weißt du, was das Wort ›Anachronismus‹ bedeutet?,

fragte er.

– Ja, das habe ich in einem Buch gelesen. Redest du von uns oder vom Kühlschrank?

Grandy lachte.

– Na gut,

sagte er,

– Zeit fürs Abendessen.

xii

Wenn ich für die Hausaufgaben einen Computer brauchte, machte ich sie in der Schule. Die Lehrer erlaubten mir, nach dem Unterricht zu bleiben. Oder ich ging in die Bibliothek und wartete dort auf Grandy, damals, als ich noch in der Grundschule war und er mich abholen musste, in seinem altersschwachen Volvo, den er zu dieser Zeit fuhr. Die Dorfschule hatte schon Jahrzehnte zuvor die Tore geschlossen. Später, als ich die große Gesamtschule auf dem Hügel über der Stadt besuchte, kam mich in der Früh ein Bus abholen und brachte mich am Nachmittag wieder nach Hause, und Grandy verkaufte den Wagen.

– Da lohnt sich das Benzin nicht,

sagte er, als er dem neuen Besitzer hinterherwinkte, der gekommen war, um ihn wegzufahren.

Unser Dorf war die letzte Haltestelle auf der Busstrecke und ich das einzige Kind, das dort wohnte, daher fragte mich der Fahrer täglich, ob es mir etwas ausmachen würde, bei der Kreuzung an der Hauptstraße auszusteigen statt weiter unten, denn die Dorfstraße endete in den Dünen, das ganze Dorf war eine riesige Sackgasse und es gab kaum Platz zum Wenden. Überhaupt nicht, sagte ich, ging den Rest über die Heide, scheuchte Fasanen auf. Als ich auf dem Weg zu Grandys Cottage durchs Dorf ging, kam ich an der alten Schule vorbei. Dort war jetzt ein Ferienhaus, und im Garten, unter dem eckigen Spalier, wo dank Grandy Geißblatt und Klematis rankten, stand ein Whirlpool.

xiii

An Winterabenden las Grandy mir vor, während ich malte oder mit Lego spielte.

– Schau, Grandy,

sagte ich und zeigte ihm mein Machwerk,

– ein Einhorn …

Und dann, eine Weile später,

– eine Einhornfamilie.

Dasselbe tat ich mit Pauly, in den langen Winternächten vor dem Herd in der Küche, dem einzigen warmen Zimmer im Haus, wo wir möglichst lange ausharrten. Angekokelte Zweige wurden zu Kohlestiften, mit denen Pauly auf dem Schieferboden malte, und ich machte ein Spiel daraus, alles wieder abzuwaschen, oder er baute wie ich zuvor Dinge aus Lego, wir hatten meine alten Sachen vom Dachboden geholt, im Sommer, als Pauly nach High House kam, und sie zusammen mit den von Francesca gekauften und zuvor im Schuppen gelagerten neuen Legosets in einem roten Koffer unter dem Sofa verstaut. Im Zimmer, das Francesca für Pauly eingerichtet hatte, im Jahr, bevor er und Caro kamen, stand ein Regal voller Kinderbücher, bei Paulys Ankunft noch nagelneu, die Buchrücken ungeknickt, und in diesen dunklen Winternächten, als wir das Letzte aus dem Strom im Generator herausholten, lasen Caro und ich ihm im trüben Licht oder im Schein der Kurbellampe abwechselnd daraus vor. Als Pauly älter war, brachten wir ihm Kartenspiele bei, und Caro zeigte ihm, wie man Schach spielte – und an ihren guten Tagen, den fröhlichen, wenn sie vom Joggen am Fluss zurückkehrte, unbeschwert und frei und voller Energie, spielten sie Verstecken, sausten durch die lichtlosen Zimmer, verkrochen sich in dunkle Winkel, während ich ihnen hinterherdackelte, genervt, ausgegrenzt, und die Türen wieder schloss, um die Wärme nicht herauszulassen.

xiv

Grandy erzählte mir, dass das Dorf damals in seiner Kindheit nur eins von vielen gewesen sei, die sich an der Küste aufreihten wie die Perlen einer Halskette, alle jedoch einzigartig, jedes habe seinen eigenen Pub gehabt, sein eigenes Postamt, seine eigene Schule; jedes habe über eigene Fischerboote verfügt, eigene Höfe – doch als ich auf die Welt kam, waren sie bereits so ausgehöhlt wie unseres. Die Höfe gab es zwar immer noch, doch bewirtschaftet wurden sie nicht mehr von Leuten aus dem Dorf. Maschinen brachten die Ernte ein, die Besitzer lebten von der Hand in den Mund, hangelten sich von einer Saison zur nächsten, von nassem Herbst zum späten Frühling, auf Gedeih und Verderb ausgeliefert – oder sie waren fest in der Hand der Großunternehmen, Kapitalgesellschaften mit Büros in einer fernen Stadt. Im Hafen dümpelten nur noch einige Freizeitboote wie Grandys Jacht, die im Sommer zum Vergnügen der Touristen auf Robbenschau hinausfuhren, knallrot, mit offenem Deck.

– Überlegen sich die Leute eigentlich nicht, woher ihr Essen kommt?,

fragte Grandy, als sich eine Frau im Radio über die gestiegenen Brotpreise beschwerte.

– Glauben sie, es fällt in einer Kapsel auf die Erde?

xv

Im Sommer merkte man kaum, dass das Dorf eigentlich leer stand. Dann nämlich tummelten sich auf dem Dorfanger die Besitzer und Mieter der Wochenendhäuser und Ferienwohnungen. Die Stammgäste schienen einander zu kennen. Sie organisierten Veranstaltungen im Gemeindehaus, wo ich früher als Kind für Grandy Theaterstücke aufgeführt hatte, auf den verschrammten Brettern schlüpfte ich in sämtliche Rollen. Es gab Sportwettbewerbe und Verkleidungspartys. Horden von Kindern tobten herum, auf dem Anger, wo die Schaukeln standen, oder unten am Strand, tauschten Eis und Witze, die Jüngeren mit Eimer und Schaufel, die Älteren in den Dünen, eng umschlungen, Beine, Arme verknotet. Wie sie hießen, habe ich nie erfahren. Sie lächelten mir im Vorbeigehen zu, luden mich aber nicht zum Mitmachen ein, und ich war zu stolz, sie zu fragen. An warmen Abenden, wenn das Licht der schräg stehenden Sonne den Rasen vergoldete und die Mauersegler kreischend durch die Luft sausten, wirkte das Dorf wie ein Paradies, alle waren gesund und glücklich, alle Türen frisch gestrichen, alle Gärten voller Blumen.

– So eine wunderbare Gemeinschaft,

hörte ich einen Mann sagen, der an einem Julinachmittag in der Schlange stand, um eine Postkarte zu kaufen.

– Schon möglich,

sagte seine Begleiterin,

– aber hast du gesehen, was die Häuser hier kosten? Und das ganze Jahr über kannst du hier nicht wohnen. Stell dir vor, es ist Winter, und du musst kilometerweit fahren, nur weil du einen Liter Milch brauchst ...

Genauso war es an Weihnachten, wenn Lichterketten von Haus zu Haus gespannt waren, an Heiligabend versammelten sich alle auf dem Dorfanger, standen vor dem großen Weihnachtsbaum, tranken Glühwein und sangen Lieder, aber bis Dreikönige waren alle wieder verschwunden. Danach kam oft das schlechte Wetter, nach den klirrend kalten Wintertagen, wenn der Frost die Erde zum Leuchten brachte und die tiefstehende Sonne alles – See, Himmel, Fluss – in bleiches Licht tauchte. Das war die letzte Pracht des scheidenden Jahres, bevor sich ein neues über die Türschwelle schlich, graue Monate im Gepäck, wenn der Regen geräuschvoll gegen Fensterscheiben prasselte oder Nebel alles in sein klammes Leichentuch hüllte, die See rau und unwirtlich war, meterhoch Tang an den Strand spülte, wo er verrottete und stank. Dann trat der Fluss aus, überspülte, wo er konnte, die Marschen oder rieb sich an den Poldern, die ihn zurückhalten sollten, und auf Schritt und Tritt spürte ich das Wasser lauern. Ging man an einem späten Januarnachmittag durchs Dorf, wurde schnell offenbar, wie leer es war, die Häuser verrammelt. Die Fenster blind, und wenn vom Meer her die Dämmerung herankroch, spürte man den Frosthauch, der von ihnen ausging, die Vorhänge in den kalten Zimmern nicht mehr zugezogen, die Kamine ohne Rauch – doch es ist viel einfacher, das Zerbrochene zu lieben als das Heile. Man braucht sich nur Paulys Liebe zu Caro anzusehen, die Art, wie er sie beobachtet, wie behutsam er mit ihr umgeht. Genau wie ich behutsam mit ihr umgehe. Ich ermahne sie zu essen, sich auszuruhen, sich wärmer anzuziehen oder an ihre Handschuhe zu denken, und an ihren guten Tagen erfüllt es mich mit Stolz, sie glücklich zu sehen.

xvi

Im Endeffekt war es so: Neuneinhalb Monate im Jahr gehörte das Dorf uns, mir und Grandy, und wenn ich daran zurückdenke – an die leeren Tage, die wie Wellen vom Sonnenaufgang zu Sonnenuntergang rollten, die See und der Himmel nah, und wir beide dazwischen – dann erscheint es mir sogar im tiefsten Winter wie ein Paradies, das überdauerte, bis der Sündenfall kam.

xvii

An lauen Sommerabenden machte ich die Hausaufgaben auf der Gartenbank, die Beine übereinandergeschlagen, die Bücher neben mich hingeworfen, während Grandy im Garten herumpuzzelte, Blätter anhob, den Boden begutachtete, Schere und Schaufel in den Taschen seiner Gärtnerweste, und wenn ich fertig war, setzte er sich neben mich, wir streckten die Beine aus, seine lang, meine kürzer, aber noch nicht ausgewachsen. Manchmal gönnte sich Grandy ein Glas selbstgekelterten Apfelwein oder wir tranken beide Tee. Vor der Bank fiel der Rasen ab, weiter unten lag ein Kräutergarten, danach kamen die Gemüsebeete, reihenweise Bohnenstangen und die grellgelben Blüten des Topinambur, die buschigen Zucchini, die Kartoffelpflanzen, die Obstkäfige um die rankenden Himbeeren, Sommer und Herbst, an Holzpfählen festgebunden, Stachelbeeren und Johannisbeersträucher – dahinter die steinerne Gartenmauer, aus der ein Rosenstrauch spross, und auf der anderen Seite des Dorfs das bunte Durcheinander der Ziegeldächer zwischen Fluss und Meer. Gern sahen wir zu, wie das Licht schwand, wenn die Sonne hinter uns versank, das Baumgeäst vergoldete, und gern sahen wir den Schwalben zu, wie sie kreisten, sausten, hinabstürzten, um die Insekten zu fangen, die über den Wasserläufen summten – bis zu dem Jahr, als sie nicht mehr kamen. Aus Mai wurde Juni, aus Juni wurde Juli, und Grandy und ich warteten, aber der Himmel blieb leer, bis auf die Möwen, die gemächlich kreisten, weit oben, und mit ihren weißen Bälgen das Sonnenlicht zu uns hinabreflektierten.

– Vielleicht kommen sie diesmal später,

sagte ich, und dann,

– vielleicht sind sie dieses Jahr woandershin geflogen.

Grandy zuckte die Achseln. Ich sagte,

– Sie kehren sicher zurück.

– Natürlich,

sagte er,

– natürlich werden sie das …

aber in jenem Jahr blieben sie fern, und im folgenden Jahr ebenso, und ich warte noch heute. Jeden Frühling halte ich Ausschau nach ihnen, vor dem Küchenfenster auf High House. Ich stehe dort am frühen Abend, wenn das Licht schwindet, wenn die Insekten sich aufmachen, immer noch zu wenige, in die sich trübende Luft, und ich sehne mich nach ihnen, ihren pfeilschnellen Körpern, der Art, wie sie im Licht aufblitzen, ihre Rasanz und Eleganz – doch der Himmel ist noch immer leer. Vielleicht gibt es keine Schwalben mehr.

xviii

Danach fehlte immer mehr, oder wir bemerkten, wie viel bereits verschwunden war. Insektenbrummen verstummte, man fand Bienenschwärme im Sterben am Fuße der Bäume, in denen sie ihren Staat errichtet hatten. Wir vermissten die Fledermäuse, die früher in der Abenddämmerung von der Kirche herbeigeflattert waren. Eine Eiche, die auf der Heide wuchs, ihr Stamm so dick, dass ich sie nicht umarmen konnte, trug im Frühling kein frisches Laubkleid mehr, und der nächste Herbststurm blies sie um.

xix

Als ich auf die weiterführende Schule kam, kaufte Grandy mir einen Laptop.

– Den wirst du brauchen, für die Hausaufgaben,

sagte er, und beim Anblick des schlanken silberfarbenen Geräts auf unserem Küchentisch fiel ich ihm dankbar um den Hals – um das Ding dann, Dankbarkeit erledigt, sofort einzuschalten. Im Dorf war die Internetverbindung gut, schließlich brauchten das die vielen Sommergäste für ihre Arbeit, und jetzt wurde das Internet zu meiner zweiten Welt, die ich besuchte, wenn Grandy zu Bett ging. Der Computer verband mich mit dem, was außerhalb des Dorfes lag, außerhalb der Stadt – außerhalb der Bibliothek, die mir nicht alles lieh, was ich lesen wollte, denn ich war noch zu jung, und außerhalb der Schule, wo man mich schief ansah, wegen der Dinge, die ich nicht wusste, und der meisten Dinge, die ich wusste. Spät in der Nacht beim Scrollen durch die Nachrichtenseiten las ich von den Ereignissen, die woanders bereits um sich griffen. In jenem Winter waren auf der südlichen Erdhalbkugel Waldbrände bis zu einer Stadt vorgedrungen und hatten ganze Vororte vernichtet. Ich sah Menschen aus ihren Häusern fliehen. Ich sah sie hustend in Rauchwolken stehen. Ich sah sie an einem Strand auf Rettung warten, während alles hinter ihnen lichterloh brannte. Sie gingen ins Meer und harrten bis zur Hüfte im Wasser aus, weil ihnen kein anderer Fluchtweg mehr blieb.

– Wir haben alles verloren,

sagte ein Mann an Deck des Militärschiffs, das ihn und alle anderen gerettet hatte,

– was werden sie tun, um uns zu helfen?

Sein Gesicht war rußverschmiert, seine Hand ruhte auf dem Kopf eines Kindes, das stumm und wachsam neben ihm stand. Danach sah ich ein Erdbeben, dann kam ein Choleraausbruch, Überschwemmungen, Dürre. Jedes Mal spendeten die Menschen eine Weile, dann kam was Neues und das Alte war vergessen, von allen außer denjenigen, die vermutlich noch mittendrin weiterexistierten. Es wurde mir zur Gewohnheit, ein Hobby, mir diese Katastrophen anzusehen, und ich hielt mich für klug, denn wenigstens wusste ich, was los war – aber hat mein Wissen etwas daran geändert? Draußen, im Garten, ging alles weiter wie zuvor. Die Eulen riefen. Ein Fuchs bellte. Morgens aß ich mein Porridge und zog mich für die Schule an. Wir waren nicht besser als alle anderen, Grandy und ich. Wir nahmen die Veränderungen wahr, banalisierten sie aber oder redeten uns ein, es sei nur Teil einer zwangsläufigen Entwicklung, denn die Welt ändert sich doch sowieso ständig, irgendwie. Verlust war uns vertraut. Die Situation des Dorfes war schon immer prekär gewesen, dementsprechend reagierten wir, als die Dünen erodierten, die Salzmarschen einen Monat früher als gewöhnlich überschwemmten, das Schilf in der sommerlichen Dürre spröde wurde und brach – als Grandy in seinem kleinen Boot an guten Tagen ungewöhnliche Fische fing oder gar nichts – als drei tote Delfine an den Strand geschwemmt wurden und dort verwesten –, wir schüttelten den Kopf, wir waren traurig, aber wir redeten es uns schön, solche Dinge passieren eben, wenn man am Meer lebt. Wir meldeten der Küstenwache die toten Delfine, dann, unsere Pflicht getan, vergaßen wir sie wieder.

xx

Jahre später, an einem dieser seltsamen Tage direkt nach dem Unwetter, als ich das Gefühl hatte, auf irgendwas Unbestimmtes zu warten, saß ich neben Grandy in seinem Zimmer auf High House. Damals war er schon zu krank, schaffte es nur noch bis zu seinem Stuhl am Fenster, jeden Morgen half ich ihm dabei, zog einen zweiten Stuhl heran, damit wir Seite an Seite sitzen konnten, die Hände auf den Knien. Gemeinsam blickten wir hinaus in den Garten, die kahlen Äste des Apfelbaums ragten knorrig in den Himmel, dahinter die geschnittene Hecke, eine akkurate Linie.

– Lass das Gras wachsen,

hatte Grandy gesagt, bei unserer Ankunft auf High House.

– Rasen mähen ist Energieverschwendung. Im Schuppen steht eine Sichel. Damit machst du's zweimal im Jahr ein bisschen kürzer. Die Bäume kommen schon klar damit …,

und so wurde aus dem Rasen eine Weide, wildwachsendes Wintergras, nach sechs Wochen oder länger andauernden Regenfällen plattgebügelt, aber ansonsten nicht weiter beschädigt, scheinbar – nur jetzt, da es aufgehört hatte, die Folgen schwerer Regengüsse, der Geruch von nasser Erde und das Geräusch von Wasser, tropfend. Wir sahen Pauly zu, der in seinem Regenoverall und leuchtend blauen Mantel im Zickzack durch die Baumreihen marschierte, vertieft in seine Mission.

– Ich habe mir das angesehen,

sagte ich.

– Das Dorf steht unter Wasser.

Grandy schaute stur hinaus, zu Pauly. Ich war nicht sicher, ob er mehr hören wollte. Nach einer Weile sagte er,

– Es wird wieder zurückgehen. Aber nicht viel. Ich nehme an, der Fluss bleibt jetzt für immer dort. Man kann ihn nicht mehr zurückführen. Nicht ohne neue Deiche, und selbst dann …

Pauly hielt etwas in der Hand. Als er uns am Fenster sah, hielt er es hoch, die gekrümmten Finger der einen Hand schützend über die andere gelegt, aber er war zu weit weg, wir konnten es nicht erkennen.

– Die Telefonleitungen wurden runtergerissen,

sagte ich.

– Und das Internet ist nicht stabil. Soweit ich es mitbekommen habe, steht das halbe Land unter Wasser. Die Themse ist über die Ufer getreten und hat das Sperrwerk überschwemmt. Es heißt, in den Niederlanden sei es noch schlimmer, genau wie in Belgien und Deutschland. Die Schweiz hat ihre Grenzen dichtgemacht. Die französische Regierung hat verlautbaren lassen, man habe selbst große Schäden erlitten und keine Ressourcen für Hilfseinsätze in anderen Ländern. Die Menschen können nirgendwohin. Einige haben sich auf ihre Dächer geflüchtet und mit ihren Handys gefilmt, wie das Wasser gestiegen ist. Andere haben einfach gewartet, bis sie sterben. Grandy …

aber ich konnte meine Gedanken nicht in Worte fassen. Den ganzen Morgen über hatten mich trotz der großen Erleichterung über unsere erfolgreiche Flucht und den plötzlich wieder heiteren Himmel, das Ende des Regens nach wochenlangen Unwettern, immer wieder Wellen der Verzweiflung erfasst.

– Wir hätten versuchen müssen …

– Was versuchen?,

fragte Grandy, und ich wusste, dass er recht hatte, aber das wusch uns trotzdem nicht rein von Schuld.

xxi

Es geschah allmählich, doch dann kam alles auf einmal. Ich erinnere mich nicht mehr daran, wie Grandy gealtert war, aber als ich so um die fünfzehn war, ging er nicht mehr täglich schwimmen. Auf Leitern war er sehr vorsichtig. Er benutzte einen Spazierstock. Oft, wenn er im Garten auf Knien zwischen den Kohlköpfen Unkraut jätete, hielt er kurz inne, bevor er sich wieder aufrichtete, und kam dann auch nur langsam hoch, Stück für Stück, die Hände am Boden abgestützt, dann auf den Knien und am Ende mit einem letzten Schnaufen nach oben. Diese Dinge fielen mir so nebenbei auf – bei einem flüchtigen Blick durchs Fenster, wenn ich unerwartet um die Ecke bog oder sah, wie er sich auf dem Friedhof an einen Grabstein lehnte. Dann bemerkte ich, wie weiß sein Haar geworden war, welch seltsame Proportionen sein Körper angenommen hatte, die Arme verlängert, der Rücken verkürzt, die Beine gebogen, und erst da wurde mir klar, wie lange ich ihn schon nicht mehr hatte rennen sehen – aber offenbaren sich Veränderungen nicht immer auf diese Weise? Nach Jahren des fast unmerklichen Wandels steht man da, umgeben von seinen Bequemlichkeiten, und wundert sich zum ersten Mal, wie es so weit hatte kommen können.

xxii

Am Abend bevor ich mein erstes Semester an der Universität antrat, bereitete Grandy einen am selben Tag gefangenen Fisch zu, frische Makrele mit eingemachtem Rhabarber. Er machte Bratkartoffeln. Wir aßen im Garten am Klapptisch, den ich aus dem Schuppen geholt hatte. Grandy war am Nachmittag mit dem Bus in die Stadt gefahren und mit Wein zurückgekehrt.

– Ein edles Tröpfchen,

sagte er, als er mir die Flasche zeigte.

– Kein selbst gemanschtes Gesöff mehr für dich.

Nachdem er mir eingeschenkt hatte, füllte er sein Glas, hob es und sah mich an.

– Auf dein Wohl,

sagte er.

– Ich bin stolz auf dich, Sal …

Dann, später, stieß er einen Seufzer aus.

– Ich wünschte, ich hätte auch studiert. Aber damals war alles anders. Ich habe mir mein Wissen selbst beigebracht, und unterm Strich habe ich das gut hingekriegt, glaube ich zumindest. Aber trotzdem …

Es war mir überhaupt nicht in den Sinn gekommen, dass Grandy oder irgendwer sonst sein Leben als Enttäuschung empfinden könnte. Nie hätte ich erwartet, dass er etwas anderes wollte als das, was er hatte. Ich war einfach davon ausgegangen, dass er glücklich war, ob das auch zutraf, daran hatte ich gar nicht zu fragen gedacht.

– Natürlich,

sagte ich,

– ganz hervorragend hast du das hingekriegt,

aber meine Worte klangen falsch, als würde ich lügen, und ich ärgerte mich, dass ich sie ausgesprochen hatte.

xxiii

Ich studierte Geschichte, und es machte mir Spaß – ich genoss das Lernen und nach den vielen Jahren im Dorf auch die Gesellschaft anderer Menschen, die Fähigkeit, leicht Freundschaften zu schließen, Leute spontan zu besuchen – aber ich vermisste Grandy, allerdings nicht so sehr, dass ich die Gelegenheit ausschlug, Weihnachten mit anderen aus meinem Semester in einer Hütte im New Forest Nationalpark zu verbringen. Ich bat Grandy um Geld, das er mir gab, obwohl ich nicht wusste, woher es kam – sein Erspartes vermutlich, denn später, als das Dach undicht wurde, konnten wir die Reparatur nicht mehr bezahlen, sondern mussten das Tropfwasser in Eimern auffangen und hoffen, dass es nicht schlimmer wurde.

Die ganze Zeit, die ich weg war, das erste Semester, Ferien, das zweite Semester, schrieb er mir Briefe, einen pro Woche, auf liniertem A4-Papier, säuberlich gefalzt und mit einer schönen Briefmarke beklebt. Im Winter wurde der Dorfbriefkasten nur einmal pro Woche geleert, im Sommer hingegen täglich, wegen der Urlauber und ihrer vielen Postkarten – und ich kann mir vorstellen, dass er zwischen Januar und Mai nur Grandys Briefe enthielt. Er schrieb über den Garten und das Meer, die Vögel, die er zählte, die Busfahrten ins Dorf, wo er seine Einkäufe erledigte, wen er dort traf. *Als ich Bücher aus der Bibliothek abgeholt habe, bin ich deiner früheren Lehrerin Mrs Baker in die Arme gelaufen,* schrieb er. *Ich soll dir ausrichten, dass sie sehr stolz auf dich ist.* Seine Handschrift war verschnörkelt, altmodisch und schwer zu entziffern, ich musste seine Briefe langsam lesen, in gutem Licht. Ich habe sie noch heute. Sie liegen in einer Keksdose, die früher in Grandys Speisekammer stand und jetzt unten im Kleiderschrank meines Zimmers auf High House, aber ich hole sie selten hervor, denn ich habe Angst, dass sie, wenn ich sie zu häufig lese, ihren Zauber verlieren, die Kraft, ihn oder einen Teil von ihm zu beschwören. Wenn ich es dennoch tue, entdecke ich in ihnen das, was ich damals übersehen hatte oder nicht sehen wollte – seinen Stolz auf mich und seine Entschlossenheit, mir die Freiheit zu schenken, mein Leben zu meistern, aber auch seine Sorge, die Angst, weil sich um ihn herum alles veränderte, rasant, ungezügelt, die Jahreszeiten fielen zusammen, die fein austarierten Systeme, die er sein Leben lang beobachtet hatte, gerieten ins Wanken. *Heute bin ich in den Dünen spazieren gegangen,* schrieb er, *und habe gesehen, dass das*

Gras an vielen Stellen ausgedünnt ist, an manchen Stellen sogar komplett abgetragen. Die Flut steigt immer höher. Seit Neujahr warte ich auf Überschwemmungen, aber bis jetzt haben wir Glück gehabt. Wie geht es voran mit deiner Seminararbeit? Der junge Knoblauch sprießt bereits, ein bisschen früher als erwartet, aber ich fürchte, dass bei diesem milden Wetter, dazu der viele Regen, mindestens die Hälfte verfault. Als ich von meinem Kontrollgang aus dem Garten hinterm Schulhaus kam, habe ich auf dem Weg einen Dachs gesehen, ein wackerer Bursche, aber zu früh aus dem Winterschlaf erwacht, wie mir scheint. Letzte Woche habe ich in der Stadt ein paar Dosen Katzenfutter gekauft und ihm ein bisschen davon hingestellt. An Ostern müssen wir endlich mit dem Boot rausfahren. Es ist schon Monate her, seit ich den letzten Fisch gefangen habe – und am Rand, ein mit Tinte gezeichneter Dachs, die Schnüffelnase zwischen den Zeilen. Darunter hatte Grandy geschrieben: *Ein wackerer Bursche* – in meinem Zimmer auf High House sitze ich auf der Bettkante und reibe mit der Fingerspitze über die Buchstaben, den schraffierten Dachsrücken, seine Streifen, seine Krallen, als könnte ich so die Hand berühren, die sie einst aufs Papier gebracht hatte.

xxiv

Ich schrieb zurück, aber nicht jede Woche, und im Gegensatz zu Grandys Briefen waren meine kurzgehalten. Wie gern würde ich behaupten, dass ich damals nicht gedankenlos war – aber im besten Falle wäre das eine Halbwahrheit. Ich vermisste Grandy, doch ich hatte viel um die Ohren, und wenn ich ihm schrieb, dann ging es um Partys, Nervenkrisen wegen Seminararbeiten, um

Freunde und die Freunde von Freunden, Theaterproben, Klubs, um die durchgängig geöffnete Universitätsbibliothek, und einmal schilderte ich ihm, wie ich dort auf einem Sofa eingeschlafen und erst am nächsten Morgen wieder aufgewacht war. Wenn ich meinte, es sei genug, schrieb ich meinen Namen darunter, schob das gefaltete Blatt in den Umschlag und spürte, wie meine Gewissensbisse etwas nachließen. Ich wollte ihm nicht wehtun, aber er war mir so fern. Wie sollte ich ihm erklären, dass ich aufgeregt und besorgt zugleich war, denn das, was ich tat, machte mir zwar Spaß, ich steckte mehr Arbeit hinein, als ich zugab, doch ich fand mich partout nicht darin wieder. Keine Spur von Grandy in den Texten, die man mir vorsetzte, nichts von dem, was er mir so sorgsam beigebracht hatte – die lange, ruhige Beständigkeit des Dorfs –, die vielen Male, die es sich gekrümmt und vorangeschleppt hatte, ohne die Mittel, über sich hinauszuwachsen, aber doch nie ganz verschwunden war. Nirgends fand ich etwas darüber, dass ein derart kleines Überleben vielleicht an sich schon genug sein könnte – eine Lebensweise, die wenig Aufsehen erregte, nichts erreichen wollte, aber auch nicht mehr nahm, als sie zurückgeben konnte, wirtschaftliche Kosten nicht woandershin verschob, unser Leid nicht, wie so oft, an andere delegierte. Einmal versuchte ich, das alles in einem Seminar zu erklären, doch in diesem Moment bemerkte ich, dass Grandy in meinem Vortrag ein anderer wurde – bewundernswerter, aber weniger er selbst, und ich stammelte, verstummte und verließ schließlich schamerfüllt den Raum.

xxv

Ich weiß nicht, ob ich Zeit habe fürs Boot, schrieb ich Grandy, *weil ich noch viel tun muss für die Prüfung* – doch kaum nahte das Ende des Frühjahrssemesters, zählte ich bereits die Tage. Ich packte meinen Rucksack. Ich sperrte meine Zimmertür zu. Stieg in den Zug, und als er Richtung Küste ratterte, Städte zu Dörfern wurden, der Abstand dazwischen immer länger, die Felder vertrauter, hob sich mein Herz. Ich verließ meinen Platz und stellte mich in den Gang zwischen zwei Wagen, damit ich besser hinaussehen konnte. Ich schob das Fenster auf, um die frische Luft zu spüren, unser Bahnhof kam schon in Sichtweite, und ich beugte mich vor, als könnte ich den Zug auf diese Weise vorantreiben, und als er ans Gleis kam und hielt, ruckelte ich ungeduldig an der Tür, bis sich die Verriegelung endlich löste. Rasch durchquerte ich den Bahnhof, nahm den Bus ins Dorf, und da war Grandy, er wartete an der Haltestelle, die Hände in den Hosentaschen, sein alter brauner Hut auf dem Kopf, und ich, die Tasche über die Schulter geschlungen, eilte auf ihn zu, denn ich liebte ihn, hatte ihn vermisst – doch als wir Seite an Seite über den schmalen Weg liefen und Grandy mich über das Semester ausfragte, fiel mir auf, dass die Stimme, mit der ich ihm antwortete, die Stimme aus meinen Briefen war.

Wir kamen ans Cottage, das genauso aussah wie immer, doch es wirkte kleiner und kälter, fühlte sich blank an, als würde es mir etwas verheimlichen. Als ich sah, dass Grandy aufgeräumt hatte, spürte ich ein Ziehen im Magen. Ich ging nach oben und packte meinen Rucksack aus, stellte die Universitätsliteratur neben das eselsohrige Exemplar von *Der Löwe, die Hexe und der Kleiderschrank,* und dann war es schon Zeit fürs Abendessen, ich kam in die Küche, die so heimelig war wie immer, erfüllt von Essensduft. Nachdem ich Grandy auf die Wange geküsst hatte, ging es mir besser, obwohl mir das Glas mit der Instantsoße auffiel, der bereits gemahlene Pfeffer.

xxvi

Ich blieb einen Monat, die gesamten Semesterferien, und während ich dort weilte, kehrte auch der Sommer ein und mit ihm die Menschen, denen die Ferienhäuser gehörten. Ich hörte ihre Stimmen in den schmalen Gassen, sah sie, wenn ich zum Strand hinunterging, sie trampelten durchs Dünengras – und Grandy hatte recht, es wirkte tatsächlich ausgedünnt, an manchen Stellen war es komplett verschwunden, sodass der Sand herabrieselte und in den Dünen tiefe Furchen entstanden. Ich ging nicht oft hinaus, verbrachte die meiste Zeit in meinem Zimmer und lernte. Zum Boot ging ich gar nicht. Grandy brachte mir Tee, jedes Mal erwartete ich eine Bemerkung, ich würde zu hart arbeiten, doch er sagte nichts, und dann waren die Ferien vorüber, ich stand an der Bushaltestelle, den Rucksack zu Füßen, und war erleichtert, dem zu entkommen, was so komplex war.

xxvii

Nach den Osterferien nahm ich regelmäßig an Veranstaltungen von Umweltorganisationen und Klimaaktivisten und Aktivistinnen teil, zwei, drei Mal die Woche fanden sie im Versammlungsraum der Studierenden statt. Ich saß hinten und hörte zu, wie die Vortragenden einer nach dem anderen eindringlich darüber sprachen, welche

Auswirkungen jener Kunststoff oder diese Chemikalie auf die Umwelt hatten und welche Maßnahmen man ergreifen wolle, um die Universität von der Nutzung fossiler Brennstoffe abzubringen. Man schlug Sit-ins vor und wollte die Vorlesungen bestreiken. Es herrschte eine heitere Stimmung, Freude am Gemeinsamen. Ich kam mir vor wie auf einer Party, es war eine Möglichkeit, Menschen kennenzulernen und sich zusammenzuschließen, sich als bestimmter Typ auszuweisen, und ich dachte an zu Hause. Ich dachte an den Strand und an die blauen Plastikfetzen, die zweimal täglich mit der Flut hereingespült wurden und die Grandy und ich immer eingesammelt hatten, wenn wir dort spazieren gingen, uns damit die Taschen vollgestopft und den Gedanken verdrängt hatten, dass wir den Berg niemals abtragen könnten. Meine Beschränktheit beschämte mich, doch ebenso beschämt war ich, als ich inmitten der Protestgesänge und mit Pflanzenfarbe bemalten Postern feststellte, dass die Aktionen den Teilnehmenden zwar vorübergehend die Ängste nahmen, aber ansonsten nichts bewirkten. Die Kunststoffe wurden weiterhin produziert. Die chemischen Düngemittel immer noch verwendet. Die Universität gründete ein Komitee, um Möglichkeiten zur Veränderung der Investitionsmuster zu diskutieren, aber derlei Diskussionen, sagte man uns, seien ernst, und obgleich man unsere Einwände zur Kenntnis nehme, würden Entscheidungen nicht durch Erpressung erzwungen. *Ich weiß nicht,* schrieb ich an Grandy, *wer hier an wem vorbeiredet.*

xxviii

Das Semester endete, am nächsten Tag stand ich früh auf und nahm den ersten Zug, um keine Zeit zu verschwenden. Wochenlang hatte ich an das Dorf gedacht, die langen Tage, das besondere Licht. Ans Schwimmen hatte ich gedacht und ans Spazierengehen, daran, Grandy im Garten zu helfen, mit dem Boot hinauszufahren. An ellenlange Abende, die wir auf der Gartenbank verbrachten, und keine Prüfungen, um die ich mir Sorgen machen musste, sicher war nun endlich genug Zeit, dass Grandy und ich wieder zu uns zurückfanden.

– Du willst bestimmt raus,

sagte Grandy, gleich nachdem er mich begrüßt und mir dabei zugesehen hatte, wie ich meine Tasche an der Treppe abstellte.

– So ein schöner Tag. Ich habe dir Brote geschmiert.

Ich nahm sie dankbar entgegen, wusch mir Gesicht und Hände, ging hinaus in den hellen Sonnenschein und fühlte, wie sich mein Herz öffnete.

Erst am späten Nachmittag machte ich mich auf den Weg zurück zu Grandys Cottage. Ich war im Meer geschwommen, hatte Kreis um Kreis gezogen, bis ich das Gefühl hatte, nach vielen Monaten endlich wieder sauber zu sein, danach ging ich durch die Dünen zurück, folgte dem Verlauf ihrer Zerstörung. Nach so langer Abwesenheit war es schwer zu erkennen, ob sich alles beschleunigt hatte – die Erosion des Bodens, die Auflösung des normalen Wettergeschehens – oder ob ich alle Veränderungen durch den zeitlichen Abstand auf einmal sah und nicht wie sonst erlebte, als allmähliche, Tag für Tag voranschreitende und kaum merkliche Verschlechterung. Ich war müde, vom Schwimmen und von der Sonne, die den ganzen Tag herunterbrannte, meine Haut spannte, meine Glieder hingen bleischwer herab. Mein Haar war nass. Ich roch nach Meer. Zurück ging ich den langen Weg, der mich oben am Rand der Heide entlang hinab zu Grandys Cottage führte, so mied ich die scharenweise im Dorf umherstromernden Urlaubsgäste und Tagesausflügler, die ihr Eis auf den Gehweg fallen ließen, den Pub-Garten und Dorfanger bevölkerten und einander laut zuriefen, als wären sie alle in einem großen Vergnügungspark, einer Spielzeugwelt, nur für sie gebaut. Ich freute mich aufs Abendessen, auf Kopfsalat und Erbsen und neue Kartoffeln aus dem Garten, daher war ich überrascht, als ich das Tor aufschob und an der Seite vom Cottage vorbei nach hinten kam, dass er dort auf der Gartenbank saß – und neben ihm eine Frau mit langem Haar.

– Sal!,

rief Grandy, als er mich erblickte,

– Sal, das ist Francesca. Francesca – meine Enkelin Sal …

und da sah ich sie zum ersten Mal, und selbst damals war ich unsicher, hatte keine Ahnung, was ich sagen sollte.

PAULY

Vor dem Fenster: Tauben, Krähen, Stare. Im Garten: Spatzen.

Das ist alles, was ich von der Stadt noch weiß. An meine Mutter erinnere ich mich überhaupt nicht mehr.

SALLY

– Es ist alles eine Frage der Vorbereitung,

sagte Francesca. Das war am Ende der ersten Woche nach den Sommerferien, und sie saß, wie jeden Abend seit meiner Rückkehr, auf Grandys Gartenbank. Sie sah völlig unauffällig aus, dachte ich, mit dem weißen Leinenhemd, der blauen Shorts und den Ledersandalen, sie hätte sich locker ins Heer der Frauen einreihen können, die hier im Dorf Urlaub machten – aber ich kannte sie von den Nachrichtenseiten im Internet, Studierende sprachen über sie, und ich hatte ihre Artikel und Vorträge gelesen. Damals hatte ich sie bewundert, diese leidenschaftliche, zornige Wissenschaftlerin, die so war, wie wir alle werden wollten – aber jetzt, da sie meinen Platz auf der Bank einnahm, war ich nicht mal sicher, ob ich sie mochte.

– Wir können sicher sein,

fuhr sie fort,

– dass die nächste große Flut kommen wird. Daran besteht kein Zweifel. Uns bleibt nur, das zu schützen, was vielleicht gerettet werden kann. Es hat keinen Zweck, auf Maßnahmen der Regierung zu warten, denn die wird nichts tun, jedenfalls nichts, das die Katastrophe verhindert. Ich habe gesehen, was Überschwemmungen anrichten. Das Wasser hat eine unvorstellbare Kraft. Es reißt alles mit, was ihm im Weg steht.

– Nur dich nicht,

murmelte ich.

i

Seit ich Francesca bei meiner Rückkehr neben Grandy auf der Gartenbank angetroffen hatte, schien sie ständig in der Nähe zu sein. Ich bemühte mich, ihr aus dem Weg zu gehen, machte nachmittags Spaziergänge in den Dünen oder am Fluss, schwamm im Meer – doch wenn ich von diesen Ausflügen zurückkehrte, das Tor öffnete und nach hinten in den Garten kam, wartete sie schon auf mich.

– Sal!,

rief Grandy dann,

– Du bist zurück! Du hast nicht zufällig vor, Tee zu kochen?

und jedes Mal ging ich in die Küche, setzte Wasser auf, zog das Tablett hervor. Zwei Becher holte ich vom Regal, beim dritten zögerte ich kurz, war immer wieder unsicher – doch so sehr ich mir auch wünschte, ich könnte Grandy und Francesca allein im Garten sitzen lassen, und sei es nur, um ein Zeichen zu setzen, ich brachte es einfach nicht fertig. Also stellte ich drei Becher aufs Tablett, trug alles hinaus und setzte mich so hin, dass ich lauschen konnte. Es kam mir damals vor, als hätte Grandy in Francesca etwas gefunden, das er bei mir vergeblich gesucht hatte. Er begegnete ihr – reflektiert, ernsthaft – auf Augenhöhe, und sie hörte ihm zu, den Becher umklammernd. Er sprach über sich und das Dorf, welche Belastungen es hatte aushalten müssen und wie sehr er es liebte. Damals, als ich die beiden aus meiner Ecke im Garten mit bösen Blicken bedachte, kam es mir nicht in den Sinn, dass das, was ich da mitbekam, eine Art Vorstellungsgespräch darstellte – Francesca vergewisserte sich, dass Grandy der Richtige war, und anders herum.

Ich fragte mich auch nicht, warum Francesca ausgerechnet Grandy ausgewählt hatte, oder was die beiden wohl voneinander wollten. Ich sah nur, dass sie in unser Leben getreten und mir den Platz weggenommen hatte. Fast ein Jahr lang hatte ich Grandy zurückgelassen, doch erst jetzt verstand ich, dass er nicht gewartet hatte.

ii

Eines Morgens, als Grandy am Herd stand und im Porridge rührte, fragte ich,

– Was macht Francesca überhaupt hier?

Grandy zuckte die Achseln.

– Sie arbeitet an High House, restauriert es. Ich finde es gut, dass es wieder bewohnt wird.

– Das meinte ich nicht,

sagte ich.

– Was macht sie hier, bei uns? Ständig hängt sie hier rum. Was will sie?

Grandy hob die Brauen, schwieg aber. Kaum hatte ich mein Porridge gegessen, zog ich ab, lief am Fluss entlang zur Heide hinauf, wo ich blieb, schmollend, bis der Hunger mich wieder nach Hause trieb.

iii

Den ganzen Tag hatte ich in der Sonne verbracht. Vom Laufen auf dem Kiesstrand taten mir die Füße weh, und ich hatte Durst. Francesca saß an ihrem gewöhnlichen Platz auf der Bank, Grandy pflückte weiter hinten im Garten Bohnen. Als er mich sah, winkte er und hielt ein Büschel Bohnen in die Höhe.

– Für Francesca,

rief er – dann, als er meine Miene sah oder erriet, fügte er hinzu,

– Wir haben sowieso zu viel davon.

– Ich wollte ihm ja beim Pflücken helfen,

sagte Francesca,

– aber er hat mich nicht gelassen.

Ich zuckte die Achseln.

– Haben Sie nicht irgendwo einen Sohn?,

fragte ich und wandte mich ab, bevor sie antworten konnte.

iv

Vielleicht gab es Abende, an denen Francesca nicht kam und wir unter uns blieben, nur Grandy und ich. Oder Zeiten, zu denen sie über etwas anderes sprachen als Grandys Leben und das Dorf – beides ist möglich, aber ich kann mich nicht mehr daran erinnern. Ich weiß nur, dass ich auf dem Rasen saß, ein Buch vor mir, und tat, als würde ich lesen, und wie still es war, nur ihre Stimmen waren zu hören. Ich glaube, damals verachtete ich mich und Francesca gleichermaßen – mich, weil ich diesen Zwang, sie zu belauschen, nicht kontrollieren und nicht einfach höflich sein konnte, sondern nur dasaß und laut die Seiten meines Buchs umblätterte, und Francesca, weil sie all diese Fragen stellte, auf die ich nicht gekommen war, und Grandy sie beantwortete.

– Sie erinnern sich bestimmt an die letzte große Flut,

sagte Francesca.

– Wie alt waren Sie damals? Sieben? Acht?

– Ja, so ungefähr,

sagte Grandy.

– Wir dachten damals, das war's mit uns, aber irgendwann ist das Wasser abgelaufen. Der Fluss ist in sein Bett zurückgekehrt.

v

Tagelang versuchte Francesca, Grandy über die Zeit auszufragen, als das Dorf das letzte Mal unter Wasser gestanden hatte, aber darüber schwieg er sich aus. Ich war froh darüber, denn obwohl ich in der Schule eine Menge darüber gelernt, im verdunkelten Klassenzimmer Schwarz-Weiß-Filme von überschwemmten Feldern gesehen hatte, tote Kühe, die sich im Strudel im Kreis drehten, oder Hausdächer, die wie Schiffsflotten aus dem Wasser ragten, wo einst Dörfer gewesen waren, während die Bewohner am Rand des Wassers kauerten, hatte ich mir damals nie klargemacht, dass Grandy einer von ihnen gewesen war. Zwischen dem, was im Klassenzimmer unterrichtet wurde, und unserer eigenen Geschichte schienen Welten zu liegen – und es erfüllte mich mit Scham zu erkennen, dass ich weder Neugier noch Vorstellungskraft besaß. Plötzlich erlebte ich Grandy nicht mehr als Teil von mir, und gerade deshalb war er mir besonders lieb und teuer.

– Ich kann Ihnen nichts erzählen, was Sie nicht schon wissen,

sagte er zu Francesca, und statt weiter auf ihre Frage einzugehen, sprach er über den Garten und über die Landschaft, wie sie durch Wasser geformt wurde, durch die Befriedung des Wassers, die Bemühungen, das Meer zurückzuhalten, und darüber, dass die Flut stets eine Weile geblieben war, wo man sie hatte haben wollen, und die Menschen an den Ufern dann geglaubt hatten, sie hätten gesiegt, dieses Mal – bis zur nächsten Sturmflut, der nächsten Ausschwemmung.

vi

Vor dreihundert Jahren, sagte Grandy, habe das Umland rund um das Dorf völlig anders ausgesehen. Der Fluss hatte sein Mündungsgebiet nicht im kleinen Dorfhafen, sondern bog kurz hinter der gegenwärtigen Gezeitenlinie nach Süden ab, durch eine überwiegend aus Kies bestehende Landzunge vom Meer getrennt, die östlich davon verlief, sie lag vielleicht anderthalb Kilometer vor dem heutigen Küstensaum. Der Fluss setzte seinen Weg noch über zehn Kilometer landeinwärts fort, bis der Kiesstreifen schließlich auslief und dem Fluss seine Mündung bescherte. Drumherum baute man eine Mauer, die langsame Strömung und die Breite des Flusses schufen einen besonders sicheren, großen Hafen, der sowohl für dic Fischerei als auch für die Handelsschifffahrt geeignet war. Die Landzunge bot ausreichend Substanz für Dünengras, das auf der gesamten Länge wuchs; sein Wurzelgeflecht gab dem Sand und den Kieseln Halt und Stabilität, sodass die Zunge zwar keine echte Landmasse darstellte, aber mehr war als eine Sandbank. Zumindest im Sommer wurde sie von vielen Vogelarten besiedelt – Regenpfeifer und Fischreiher, Austernfischer, Kiebitze, Seeschwalben – und von Fischern, die aus dem Gras ihre Netze woben und die Dächer ihrer Schutzhütten herstellten, die sie gebaut hatten, um sich die ständige Heimkehr zu sparen. An jenen wenigen herrlichen Nächten im Sommer war es bestimmt großartig, sagte Grandy, dort zu liegen, Wasser zu beiden Seiten und der halbdunkle Himmel darüber. Er glaube daran, dass es die Menschen seit jeher an solche Orte gezogen habe. Möglicherweise, fuhr er fort, wollen wir die Anziehungskraft des Nichts spüren, erleben, wie leicht wir hineingleiten könnten, ähnlich, wie wir in einer Kirche nach oben blicken, hinauf zur gewölbten Decke, und den Ruf Gottes zu hören vermeinen. Eine Leere, die gefüllt werden will.

Francesca hörte zu, und ich sah, wie sie ihn betrachtete, das Gesicht ihm zugewandt, während Grandy seines abwandte, in den offenen Himmel blickte, blau und weit über der Gartenmauer. Ich erwartete, Spott zu sehen – Geringschätzung vielleicht, für einen alten Mann und seine Geschichten –, doch stattdessen wirkte sie regelrecht sanftmütig, als hätten Grandys Worte sie bewegt, und dieser Anblick machte mich noch wütender, diese Milde in ihr, so wollte ich sie nicht, so sehr suchte ich nach einer Rechtfertigung für meine Abneigung.

vii

Außer für Gras, sagte Grandy, und als Schutzort für die Männer, die im Sommer dort warteten, während ihre Netze, über den Fluss ausgeworfen, sich mit Fischen füllten, schützte die Landzunge, solange es sie noch gab, die Gegend auf der Landseite vor der vollen Wucht von Flut und Wetter, sodass, fuhr er fort, die um den Hafen gewachsene Stadt Wohlstand und Sicherheit genoss. Sie erstreckte sich weit, von der Küste bis hinunter zum tiefer gelegenen Flussufer – und wenn die Menschen damals aus ihren Fenstern blickten, fühlten sie sich beim Anblick des gegenüberliegenden Flussufers und der soliden Landzunge aus Kies vor dem offenen Meer sicher geschützt.

Sie bauten Kirchen und gründeten Gilden. Sie schufen Anlegeplätze. Sie waren ehrgeizig. Freibriefe wurden ausgestellt, Vermögen angehäuft – doch das Ende, als es kam, war abrupt und absolut. Sicher ist es möglich, dass die Landzunge unterhalb des Niedrigwasserpegels langsam abgetragen wurde, unbemerkt, die ganze Zeit über, fast so lange es sie gab – möglich aber auch, dass die ständig wachsende Stadt und die Nutzung der Kieslandzunge als Siedlungsgebiet zu seiner Erosion beigetragen hatten. Oder vielleicht gehörte es einfach dazu, ein Ereignis, das sich an der Küste regelmäßig abspielt, wenn die Menschen vergessen, wie prekär ihre Lage ist, so nah am Wasser, das Meer als einzige Lebensgrundlage. Wie dem auch sei, ein Sturm kam. Später im Jahr als erwartet vermutlich, aber ansonsten nicht weiter ungewöhnlich, zumindest zuerst, außer dass der Wind von Osten blies, dazu mit einer Springflut zusammenfiel, und starker Wind in Kombination mit Hochwasser schon immer zur Vorsicht gemahnten. Die Einwohner der Stadt waren das allerdings gewohnt und nahmen es mit so viel Gelassenheit hin, dass sie nicht mal in ihren Häusern blieben – zumindest nicht, bis das Meer die Landzunge durchbrach, und dann war es bereits zu spät. Innerhalb einer Stunde war die Stadt in den Fluten versunken.

viii

An einem anderen Abend, ein paar Tage später. Grandy hatte über die Stärken und Schwächen verschiedener Kartoffelsorten gesprochen, doch nun, angeregt von Francesca, kehrte er zum Thema Flut zurück. Das Erschütterndste daran waren nicht die vielen Opfer, die sofort in den Fluten umkamen, sagte er, während ich in der Nähe auf dem Rasen lag, Gänseblümchen pflückte und lauschte – obwohl die Zahlen sehr hoch gewesen sein mussten. Das Schlimmste kam erst danach – denn als sich das Wasser zurückzog, wurde rasch klar, dass sich die Flussmündung verlagert hatte. Die Sturmflut hatte die gesamte Landzunge weggespült. Nun floss das Wasser direkt ins Meer, fast zehn Kilometer nördlich von dort, wo die Mündung einst gelegen hatte. Alles, was um die alte Mündung herum entstanden war, wurde innerhalb eines einzigen Abends vernichtet, obwohl es vermutlich länger dauerte, bis man das volle Ausmaß erkannte und verstand, dass man es nicht einfach an derselben Stelle wieder aufbauen konnte. Die Docks waren zerstört, und es gab keinen Ort, wo man neue hätte errichten können, selbst, wenn es Geld dafür gegeben hätte. Der Fluss war weg. Die Fischereiflotte versunken oder beschädigt. Schiffe, die auf den Hafen Kurs genommen hatten, waren in andere Häfen umgeleitet worden, die Händler kamen nicht an ihre Waren, konnten sie nicht mehr lagern und auch nicht weitertransportieren. Eine schlimme Nacht hatte das gesamte System, das tags zuvor noch als unangreifbar galt, zusammenbrechen lassen.

ix

Dem raschen Ende folgte ein langsames. Die Stadt, massiv geschrumpft, verarmt, klammerte sich dennoch ans Überleben, erzählte Grandy, und das hatte noch angedauert, als er ein kleiner Junge war. Nach der ersten drastischen Dezimierung, dem Verlust seiner Funktion und der ständigen Erosion seiner ungeschützten Küste, schrumpfte sie kontinuierlich weiter, wurde von der Kleinstadt zum Dorf zur kleinen Siedlung, bis nur noch ein paar vereinzelte Häuser und der Pub übrig blieben. Man sollte meinen, dass auch die Menschen, die damals noch dort lebten, irgendwann aufgeben würden – wussten sie doch, dass das Meer sich so lange Land einverleiben würde, bis nichts mehr übrig wäre – oder sich zumindest darauf einstellen, dass sie irgendwann alles verlieren würden, aber wenn es irgendwie ging, blieben sie, schließlich war dort ihre Heimat, und sie verspürten Trauer beim Verlust jeder neuen Tranche. Dennoch, fuhr Grandy fort, fiel es ihnen leicht, das Unausweichliche zu verdrängen, denn das Wasser schlich sich nur langsam an sie heran. Wie einfach, sich einzureden, dass noch Zeit blieb – schwieriger, ohne auslösendes Ereignis die Entscheidung zu treffen, dass der Moment des Aufbruchs gekommen war. Alle paar Jahre fiel die Flut etwas höher aus als zuvor und spülte wieder ein bisschen mehr fort, brach Gebäude entzwei – Häuser, denen die Rückwand fehlte, Gärten, die von der Klippe herabhingen, Zaunwinde überwucherten brachliegendes Strauchwerk. Der Pub stürzte als Letztes ein. Grandys Vater nahm ihn mit, um das Schauspiel zu verfolgen. Die Nachricht verbreitete sich wie ein Lauffeuer, an einem nassen Nachmittag kurz vor Weihnachten und trotz des schlechten Wetters schlüpften entlang der Küste Männer in ihr Ölzeug und marschierten durch den Regen, um dabei zu sein. Als Grandy und sein Vater eintrafen, brachen schon kurz vor den Stufen des Hauses die Wellen, und es war noch eine halbe Stunde bis Hochwasser, aber drinnen, im Kamin, flackerte ein Feuer, auf den Tischen brannten Kerzen, um die winterliche Trübnis zu erhellen. Jemand hatte ein Lied angestimmt, schwere Stiefel tappten im Takt auf den Fliesen. Die Party war in vollem Gang. Die Ersten waren bereits betrunken, der Wirt konnte kaum noch stehen.

– Hereinspaziert!

Als das Wasser unter der Tür hindurchkroch, zogen sie nach draußen, jeder mit zwei Pints in der Hand, mehr gab der Keller nicht mehr her, und sie standen, mittlerweile verstummt, auf der Leeseite des Steinhauses, während die Wellen so heftig darauf einpreschten, dass die Gischt flog. Der Regen hatte aufgehört, aus der Party war eine Trauerfeier geworden, die Männer, in einer Reihe aufgestellt, sahen das Ende kommen, bis sich die Flut, ihr Werk vollbracht, zurückzog, und danach auch die Männer, einer nach dem anderen.

x

Grandy streckte die Beine aus.

– Das alles hat natürlich auch hier Veränderungen gebracht,

sagte er,

– aber in die andere Richtung. Wir wollen es nicht wahrhaben, aber was für den einen schlimm ist, bringt einem anderen einen Vorteil, das ist fast immer so.

Bevor der Fluss seine Richtung änderte, konnten die Dorfbewohner das Meer zwar sehen, es aber nicht erreichen. Um mit dem Boot hinauszufahren, mussten sie erst über den Fluss zum Stadthafen, wo sie Gebühren entrichten mussten, Zehntabgaben auf ihre Fänge, jegliche Art von Tribut oder Steuer, die sich diejenigen einfallen lassen konnten, die bereits reich genug waren, um sich ihre seidenen Taschen noch voller zu machen – aber jetzt, praktisch über Nacht, hatten diese Leute auf einmal ihren eigenen Hafen bekommen. Eine Weile lang herrschte deswegen eine gewisse Hysterie, man hatte das Gefühl, das Dorf sei für seine Rechtschaffenheit belohnt worden, doch darunter verbarg sich vermutlich ein schlechtes Gewissen, denn es war allen klar, welch hohen Preis man dafür gezahlt hatte. Dutzende Überlebende waren auf der Suche nach Arbeit oder Almosen aus der zerstörten Stadt ins Dorf geflohen und dort auf wenig Gegenliebe gestoßen. Ein paar Wochen zuvor war der Kirchturm bei einem Gewitter vom Blitz getroffen worden, was an der riesigen Eichentür Brandspuren hinterlassen hatte, die sich nicht mehr abschleifen ließen, danach hatte ein Gemeindemitglied behauptet, bei einem Gang über den Friedhof den Teufel gesehen zu haben, ganz in Schwarz gekleidet sei er nach Süden über die Heide gerannt, auf die Stadt zu. Die Städter hätten sich das alles selbst zuzuschreiben, sagte der Mann, und verdienten keinen Trost – außerdem, hatten sie nicht seit Jahren alles an sich gerafft, was sie kriegen konnten? Jetzt war es vielleicht anders herum, und nur gerecht.

xi

– Aber,

sagte Francesca,

– das Dorf ist nie gewachsen, trotz des Hafens?

Grandy erhob sich und ging zum Beet, wo der Kopfsalat wuchs, bückte sich, um zartes Unkraut herauszupfen, das zwischen den Reihen spross. Francesca tat, als wollte sie ihm helfen, aber Grandy schüttelte stirnrunzelnd den Kopf.

Zehn Jahre nach der Sturmflut, sagte er, als das Dorf seinem Wohlstand entsprechend zu wachsen begann, fuhr die gesamte Flotte an einem Donnerstag im Oktober zum Heringsfang hinaus. Als die Fischer in See stachen, war das Wetter klar und ruhig, das Meer flach, die Wellen schwappten sanft ans Land. Das Barometer, das die Männer am Hafen an einen Pfosten genagelt hatten, fiel zwar, aber das Dorf vertraute mittlerweile auf sein Glück, und die Männer ignorierten es, segelten hinaus in den Sonnenschein, feixten mit ihren Frauen, ihren Kindern, untereinander, von Boot zu Boot. Eine Stunde später schlug der Sturm zu, überrumpelte sie wie ein Anfall, die See ein Tier, das sie verzweifelt abzuschütteln suchte. Unzählige Boote füllten sich sofort mit Wasser, wurden von den Wellen zertrümmert. Einige versuchten, dem Sturm davonzusegeln, andere machten kehrt, nahmen mit Hochdruck Kurs auf den sicheren Heimathafen. Am Ende lief es für alle aufs Gleiche hinaus. Nur ein paar schafften es zurück, völlig erschöpft. Einige wenige tauchten später wieder auf, sie waren fast hundert Kilometer weiter südlich gestrandet. Der Rest war verloren. Zwei Drittel oder mehr der männlichen Dorfbevölkerung war in nur zwei Stunden ums Leben gekommen, sagte Grandy, unter den Augen ihrer Frauen und Kinder, die in den Dünen gestanden hatten und alles hatten mitansehen müssen. Es dauerte ein Jahrhundert, bis sich die Bevölkerung wieder erholt hatte, und in der Zeit hatte sich die Welt weiterentwickelt. Masse wurde zum Maßstab, und Kosten. Fisch konnte woanders billiger eingekauft werden. Andere Häfen waren ausgebaut worden, um die fehlenden Kapazitäten auszugleichen.

xii

– Ich muss los,

sagte Francesca.

– Ich habe vor, morgen früh noch ein paar Dinge zu erledigen.

Grandy begleitete sie bis zum Gartentor, aber bevor er es öffnete, hielt er inne, die Hand auf dem Riegel.

– Natürlich,

sagte er,

– betraf das alles nur unsere kleine Welt, nicht den gesamten Planeten. Weder die Überflutungen noch der Sturm. Ein paar Quadratkilometer, einige Dutzend Menschen. Solche Dinge sind immer wieder passiert, überall, immer schon. Aber ist nicht jedes Ende absolut für diejenigen, die es erleben?

Francesca berührte ihn am Arm, und so standen sie eine Weile beieinander, bevor er das Tor öffnete und sie durchließ, und ich fragte mich, was dahintersteckte – welche anderen Gespräche sie geführt hatten, auf die diese Geste hindeutete.

xiii

Plötzlicher Starkregen, ein Sommerunwetter von der Art, an die wir uns langsam gewöhnt hatten. Es regnete in Strömen, das Wasser prasselte auf die Erde, drückte die Pflanzen platt, und so saßen wir nicht im Garten, sondern am Küchentisch, Grandy, Francesca und ich, die Teekanne zwischen uns. Das Dach in Grandys Cottage hatte ein Leck, Wasser tropfte mit raschem Tipptapp in den Topf, den ich darunter aufgestellt hatte. Noch vor Kurzem wäre Grandy hochgeklettert, um das Dach zu reparieren, aber wenn ich ihn jetzt darauf aufmerksam machte, reagierte er nur mit einem Achselzucken und erinnerte mich daran, den Topf regelmäßig zu leeren. Ich dachte, es läge daran, dass er zu alt war, um auf die Leiter zu steigen – aber jetzt frage ich mich, ob er nicht schon wusste, wie bald wir Abschied nehmen würden.

– So wird es nicht kommen,

sagte Francesca.

– Es wird keine Gedenkgottesdienste geben, niemand wird Lieder komponieren. Weil nichts übrig bleiben wird.

– Nichts?,

fragte ich, als hätte ich endlich ein Thema gefunden, auf dem ich nun herumreiten konnte.

– Oder geht es hier um das, was Ihnen gehört? Viele haben schon jetzt nichts mehr. Schon jetzt sterben Menschen. Wie kann es sein, dass eine Bedrohung, die sich gegen Sie richtet, die Apokalypse ist, aber die Tatsache, dass der Rest der Welt bereits ersäuft, lediglich ein beschissener Vorbote?

Francesca erhob sich.

– Kein Vorbote. Der Anfang. Und jetzt ist es bereits zu spät, wir können die Folgen nicht mehr abwenden. Uns bleibt nur, zu entscheiden, wen wir retten wollen.

– Und der Rest kann sehen, wie er klarkommt?

Sie lächelte mich an.

– Oder niemanden zu retten.

xiv

Am folgenden Nachmittag kam eine Nachricht von Francesca, sie hatte sie in Grandys Briefkasten geworfen. In einem an mich und Grandy adressierten cremefarbenen Umschlag, auf dickem Papier geschrieben.

– Nun denn, lies es mir vor,

sagte Grandy. Ich betrachtete das mit echter Tinte beschriebene Papier, die Handschrift klar und flüssig.

– Sie bittet uns, am Donnerstag zum Tee zu kommen,

sagte ich.

– Du möchtest vermutlich, dass wir hingehen.

Bis jetzt hatte ich Francesca immer nur in Grandys Cottage getroffen. Ich hatte stets angenommen, dass sie einfach hereingeschneit war, als wäre sie gerade zufällig in der Gegend gewesen, obwohl es wahrscheinlicher war, dass die beiden sich verabredet hatten. Von ihr hatte ich keine Gastfreundschaft erwartet, hatte ihr Verhältnis anders eingeschätzt, aber Grandy bat mich, ihr zu schreiben, dass wir kämen, und ich machte mich auf den Weg Richtung High House, zum Briefkasten, der damals an der Mauer neben dem Tor hing, später aber nicht mehr da war, weil Pauly gleich bei seiner Ankunft auf High House auf dem Tor herumgeturnt und dabei den Briefkasten abgerissen hatte. Doch in dem Moment, als ich die Klappe öffnen wollte, kam ein Mann, relativ groß, hellhäutig und blond, dünn, auf dem Weg zwischen Obstwiese und Gartenmauer auf mich zu.

– Huch,

sagte er und lächelte mich an,

– ein Brief. Für Francesca, nehme ich an?

Ich nickte.

– Ich bin ihr Mann. Und du bist bestimmt Sally, oder? Wie nett, dich kennenzulernen, Sally. Soll ich den Brief nehmen? Dann müssen wir ihn nicht extra wieder herausfischen, nachdem du ihn in den blöden Kasten geworfen hast.

Ich übergab ihm den Brief, er bedankte sich und schlenderte über denselben Weg zurück, als wäre er nur gekommen, um mich zu begrüßen und mir die Post abzunehmen.

Das war meine einzige Begegnung mit Caros Vater, und auf mich wirkte er wie ein gütiger Mann, aber mehr kann ich nicht sagen über ihn.

xv

Francesca begrüßte uns am Tor und führte uns hinauf zum Haus, langsam, damit Grandy ihr bequem folgen konnte. Unter einem Apfelbaum im Obstgarten stand ein runder gedeckter Tisch. Sandwiches lagen gestapelt unter einem Geschirrtuch. Der Kuchen war von einer Haube vor den Fliegen geschützt. Es gab drei Korbstühle.

– Natürlich,

sagte Francesca, nachdem sie die Teekanne geholt hatte,

– echte Selbstversorgung ist unmöglich. Dazu müsste man ein Alleskönner sein – und selbst dann, bin ich nicht sicher, ob es machbar wäre, vermutlich nur als Teil einer Gemeinschaft. Natürlich gibt es Menschen, die auf abgelegenen Höfen leben, aber auch die bringen bestimmte Fähigkeiten mit und treiben Handel mit ihren Nachbarn. Jedenfalls haben wir getan, was wir konnten.

Nachdem wir mit Tee, Sandwiches und Kuchen fertig waren, gingen wir wieder hinunter, diesmal wählten wir den Weg über die Wiese zum Gezeitentümpel. Die Schleusentore und die Mühle waren damals bereits restauriert. Francesca zeigte uns, wie alles funktionierte, den kleinen, von der Mühle angetriebenen Generator, er sei so konstruiert, dass er für immer hielt, ohne Reparatur.

– Für immer?,

fragte ich.

– Seine geschätzte Lebensdauer liegt bei zweihundert Jahren,

antwortete Francesca, die sich partout nicht von mir provozieren ließ,

– zumindest behaupten das die Ingenieure, die ihn gebaut haben. Natürlich kann man das schwer testen – aber selbst wenn er nur halb so lang hält, bedeutet das unter den gegebenen Umständen dasselbe wie für immer. Egal, er wird im Winter für Licht sorgen und im Sommer den Kühlschrank antreiben.

– Solange der Kühlschrank nicht kaputtgeht,

sagte Grandy,

– es sei denn, auch der ist ein solches Zaubergerät wie der Generator.

Francesca zuckte die Achseln.

– Es wird uns zumindest etwas Aufschub verschaffen,

sagte sie.

– Wozu?,

fragte ich, aber sie war schon weitergegangen, wieder zurück in Richtung Haus.

xvi

Nach dem Gezeitentümpel zeigte sie uns den Gemüsegarten und den Brunnen, die Komposttoilette, das Waschhaus mit seinem holzbefeuerten Boiler, den wir nach dem ersten Winter kaum noch nutzten, da wir verstanden hatten, dass wir ohnehin schmutzig wurden und es sich nicht lohnte, Energie fürs Waschen zu verschwenden. Vielleicht konnte selbst Francesca sich damals nicht vorstellen, wie knapp wir kalkulieren müssten, ständig bemüht, Nahrungsbedarf und Kraftanstrengung gegeneinander abzuwägen.

xvii

Danach liefen Grandy und ich langsam nach Hause, zum Cottage zurück.

– Sie hat sich eine Festung gebaut,

sagte ich wütend. Er ergriff meine Hand und drückte sie.

– Ich bin nicht sicher, ob das tatsächlich für sie ist, Sally,

sagte er. Und dann,

– Versuch doch, ein bisschen gütiger zu sein.

– Aber wieso hat sie uns dann alles gezeigt?,

fragte ich,

– wenn nicht, um uns unter die Nase zu reiben, dass wir alle untergehen, während sie ihre Schäfchen im Trockenen hat, und uns dabei zuguckt?

xviii

Ungefähr eine Woche vor Semesterbeginn gingen Grandy und ich gemeinsam zur Abendandacht. Der Herbst hatte Einzug gehalten. Die Tage waren noch warm, aber am

Abend konnte man es spüren, dann kam ein kühler Wind auf, die Sonne stand tief am Himmel und warf lange Schatten über das trockene Jahresendgras. In der Kirche brannten alle Kerzen. Die Gesichter der Holzengel im Gebälk flackerten. Da war der Geruch, Staub und Stein, und hinter den schlichten Glasfenstern schloss die Dämmerung allmählich die Türen. Ein Gastchor wartete, raschelte mit den Notenblättern in Heftern, dann kam der Pfarrer herein. Wir erhoben und setzten uns. Ich verspürte wie immer ein leichtes Schaudern, eine Regung, keine Gläubigkeit, sondern so was wie Hoffnung, ich fühlte mich vergänglich und unbedeutend, als würde ich zwischen zwei Spiegeln stehen, vom ungeheuren Ausmaß der Vergangenheit und Zukunft reduziert auf nichts weiter als einen einzelnen Zeitabschnitt in einer langen Reihe, bei jeder Wiederkehr denselben Worten lauschend, am selben Ort, und jeder in jedem Herbst an den Frühling denkend. Ich sagte: *Ich glaube an Gott, den allmächtigen Vater, den Schöpfer des Himmels und der Erde* und spürte den Atem der Geister im Nacken. Ich lauschte dem Magnificat, dem Nunc dimittis, dann dem Choral, wogend, verwoben, der gleichmütige Gesang durch die intime Verbindung der Stimmen zur Vollkommenheit gebracht. Ich wandte mich zu Grandy und sah, dass er weinte.

Danach, als wir die Kirche verlassen hatten und über den Friedhof zurück zum Dorf gingen, sagte er,

– Man denkt, man hat noch Zeit. Und dann hat man plötzlich keine mehr.

xix

Als wir am Cottage ankamen, zogen wir unsere Mäntel nicht aus, sondern setzten uns noch in die Küche, wo es warm war und nach den Kartoffeln duftete, die Grandy vor unserem Kirchgang in den Ofen geschoben hatte. Ich hatte Wasser gekocht, den Tee aber noch nicht aufgebrüht. Grandy sagte,

– Als ich klein war, gab es eine Sturmflut. Das ganze Dorf stand unter Wasser.

Da wollte ich ihn zum Weiterreden ermuntern und musste an Francesca denken – ihre stille Art, wie ruhig sie draußen auf der Bank gesessen und gewartet hatte, bis Grandy bereit war –, und vielleicht war es das erste Mal, dass ich ihr gegenüber so etwas wie Dankbarkeit empfand, weil er schließlich, in unser Schweigen hinein, weitersprach.

xx

Das Wetter sei schon seit Wochen schlecht gewesen, sagte er, nass und stürmisch, Tag für Tag. Sein Vater, der, wie ich bereits wusste, als Fischer zur See fuhr, wartete irgendwo an der Küste darauf, dass der Wind sich drehte, damit er in seinem Boot heimkehren konnte, daher waren nur Grandy und seine Mutter im Haus, und seine Schwester, die allerdings noch ein Baby war. Sie saßen beim Abendessen, lauschten dem Kinderprogramm im Radio. Eine Nachbarin, sie wohnte ein paar Häuser weiter, kam vorbei, um ihnen von ihrem Bruder zu erzählen, der soeben aus der Stadt zurückgekehrt sei und behauptete, im Norden sei der Fluss über die Ufer getreten – aber das war nur ein Gerücht. Es gab am Fluss immer irgendwo Überschwemmungen, wenn der Winter nass war. Es löste ein kleines, wohliges Schaudern aus, und ein bisschen Angst, aber vor allem war man erleichtert, dass andere nasse Füße bekamen, während man selbst im Trockenen saß.

Nachdem die Nachbarin gegangen war, beendeten sie ihr Abendessen und gingen zu Bett; Grandy schlief ein paar Stunden, bis er von einem Platschen geweckt wurde. Er schlüpfte in Bademantel und Pantoffeln und ging nach unten, wo er seine Mutter fand, die mit dem Baby auf der Hüfte und einem Badelaken bewaffnet das unter der Haustür hindurchkriechende Wasser aufwischte, und wenn er jetzt daran zurückdachte, wurde ihm ganz anders – der Anblick seiner Mutter in ihrem Flanellnachthemd und den Überschuhen seines Vaters, die versuchte, das Meer mit Badelaken zurückzuhalten.

Es habe an der Tür geklopft, und als seine Mutter öffnete, sei Wasser in einem Schwall ins Haus gestürzt und mit ihm ein weiterer Nachbar, ein Fischer im Ruhestand, der wusste, dass Grandys Vater nicht zu Hause war.

– Kommt mit,

sagte er,

– komm, meine Liebe, es ist besser, wenn wir jetzt gehen.

Grandys Mutter wollte noch nach oben gehen, um Mäntel für die Kinder zu holen, aber der Nachbar hielt sie zurück.

– Dafür ist keine Zeit mehr,

sagte er und fasste sie an beiden Armen, um sie festzuhalten, und so trug Grandy nichts als Schlafanzug und Bademantel, als sie losrannten, er und seine Mutter Hand in Hand, seine Schwester über der Schulter des Nachbarn. Sie wollten zur Kirche, das Wasser stand Grandy bereits bis zu den Knien. Es war so finster, dass sie sich vortasten mussten wie die Blinden, und obwohl der Nachbar eine Taschenlampe hatte, beleuchtete die nur den Regen und das Wasser vor ihnen, das schon jetzt alles veränderte, die vertraute Landschaft durcheinanderbrachte, wie es auch nach heftigen Schneefällen geschah, wenn alles glatter oder größer wirkte, aber die Kirchenglocke läutete, schlug Alarm, und daran orientierten sie sich nun, sorgten dafür, dass sie stets von vorne kam. Der ehemals fünfminütige Spaziergang zur Kirche dauerte jetzt eine gehastete Stunde, und mehr als einmal geriet Grandy ins Straucheln, stolperte und spürte den Sog des Wassers, das ihn seitwärts mitriss –, aber er fand jedes Mal irgendwo Halt, eine Mauer, ein Tor, und kam wieder auf die Beine.

Als sie die letzte Kehre vor der Kirche umrundeten, stand ihm das Wasser schon bis zum Bauch, und wenn, sagte er, sie noch eine Sekunde länger gewartet hätten – wenn seine Mutter sich durchgesetzt und die Mäntel geholt hätte –, dann wären sie womöglich ebenfalls ertrunken.

xxi

Erst Wochen später konnten sie ins Haus zurückkehren, und als sie die Tür aufschoben, war alles voller Sand und Schlamm, sämtliche Möbel waren aufgequollen und faulten. Salz war ins Mauerwerk gekrochen, hatte sich dort festgesetzt und war nicht mehr zu entfernen, jeden Herbst schlug es wieder durch, egal ob durch die Tapete oder die Farbe. Grandy erzählte, jedes Mal, wenn sie glaubten, es sei endlich vorbei damit, sei das Salz wieder da gewesen, kam hervorgekrochen, sobald das feuchte Wetter einsetzte, um sie daran zu erinnern, wo das Wasser gestanden hatte – und die Erinnerung daran, sagte er, sei dem Salz sehr ähnlich. Die Frau, die am Nachmittag vor der Flut vorbeigekommen sei, um mit seiner Mutter zu plaudern, die am Küchentisch gesessen und über das Wetter gesprochen hatte, sei vom selben Mann geweckt worden, der auch an Grandys Haustür gehämmert hatte, aber sie war nicht wie Grandys Mutter und die Kinder sofort geflüchtet, sondern habe versucht, ihr bestes Geschirr nach oben in Sicherheit zu bringen. Ein paar Tage später, erzählte Grandy, das Gesicht zum Fenster gedreht, die Vorhänge waren noch nicht zugezogen, obwohl es bereits dunkel war – ein paar Tage später also ging er spazieren, am Rand der Felder entlang, auf denen noch die Wasserlachen standen, und fand sie dort, seine Nachbarin, sie hatte sich in einer Hecke verfangen, die Fersen in der Luft, splitterfasernackt, die Fluten, in denen sie ertrunken war, hatten ihr die Kleidung weggerissen. Er wusste nicht, was er tun sollte, es erschien ihm falsch, jemandem davon zu erzählen, dass er die Frau so gesehen hatte, ihre Haut dermaßen blass und aufgedunsen, aber er konnte sie auch nicht einfach zurücklassen. Am Ende schrieb er einen Zettel, schob ihn seinem Schullehrer unter die Haustür, ging heim und versteckte sich in seinem Zimmer, bis er sich vorstellen konnte, dass man die Leiche der Frau gefunden und aus der Hecke gezogen hatte.

xxii

– Ich fürchte allerdings,

sagte Grandy,

– dass Francesca recht hat. Das nächste Mal wird es anders sein. Der Meeresspiegel steigt. Die Dünen schrumpfen.

Wenn die nächste große Flut kommt, wird sie nicht wieder ablaufen. Das letzte Mal haben wir zwar eine Menge verloren, aber eben nicht alles, und es gab Zufluchtsorte für diejenigen, die Glück gehabt hatten und mit dem Leben davongekommen sind – ich glaube, wenn es jetzt wieder passiert, wird es kein Zurück mehr geben und auch nicht viele Fluchtmöglichkeiten. Was wirst du tun, Sal?

– Wir,

sagte ich,

– Was werden wir tun ...

Grandy stand auf, um die Kartoffeln aus dem Ofen zu holen.

xxiii

Eine letzte Unterhaltung, am Abend meiner Abreise – ich war noch am Packen, hatte aber eine Pause eingelegt und war hinuntergekommen in die Küche, um mir ein Schinkensandwich zu machen, das ich direkt am Küchentresen verspeiste, sodass die Krümel in die Spüle fielen. Am Morgen hatte Grandy den Bus in die Stadt genommen, er wollte in die Bibliothek und war mit einer Auswahl an Zeitungen zurückgekehrt, die er unter gelegentlichem Brummen oder höhnischem Lachen hinter mir am Küchentisch las, ich aß mein Sandwich und dachte an nichts Besonderes, und so blieben wir beieinander, bis ich ihn die Zeitung ausschütteln und zusammenfalten hörte. Da wandte ich mich um und sah ihn an.

– Mein Vater,

sagte er,

– hat mal einen Mann getroffen, der als Steuermann auf dem letzten Fracht-Segelschiff auf der Clipper Route gefahren ist. Er hatte mit seinem Klipperschiff sechs- oder siebenmal Kap Hoorn umsegelt, wie er erzählte, bis es schließlich ausgemustert wurde. Dad meinte, es sei ihm vorgekommen, als würde er mit einem Geist sprechen. Nicht wegen des hohen Alters dieses Mannes, sondern weil er übrig geblieben war aus einer Zeit, die nicht mehr existierte. Ein Relikt. Er hatte sich nicht weiterentwickelt. Er erzählte Dad, es sei ganz schrecklich für ihn, mitansehen zu müssen, wie so vieles in Vergessenheit geriet – die kunstvolle Fertigung der hölzernen Schiffe, sagte er, und alles, was dazugehöre, die bemannten Leuchttürme, Sextanten, Navigation nach den Gestirnen. Alles verschwunden. Jahre hatte es ihn gekostet, das alles zu erlernen, nur um zu erleben, wie seine Fertigkeiten obsolet wurden. Dad sagte, dass der alte Mann wohl unbedingt darüber habe sprechen wollen, vermutlich um sich zu versichern, dass sich jemand an seinen Verlust erinnern würde.

Grandy seufzte.

– Ich weiß nicht, was ich von Francesca halten soll,

sagte er,

– Sie schätzt das, was auf uns zukommen wird, richtig ein, es wird sicher alles übersteigen, was wir je erlebt haben, aber ich bin ein alter Mann und habe selbst Welten versinken sehen. Angefangen vom Untergang dieses Dorfes.

– Es ist nicht untergegangen,

sagte ich.

– Wir leben immer noch hier.

– Dann eben seinen Wandel,

sagte Grandy.

– Ich habe gesehen, wie es bis zur Unkenntnis entstellt wurde.

– Francesca glaubt,

sagte ich,

– dass es im Unterschied zu früher diesmal kein Danach mehr geben wird.

Grandy schnaubte.

– Wenn sie das glaubt, was macht sie dann mit High House? Sie weiß genau, dass noch etwas bleiben wird. Ein ruiniertes Leben vielleicht, und eine harte Welt, aber ist es für die meisten nicht schon immer so gewesen? Mir will scheinen, dass der einzige Unterschied jetzt darin besteht, dass niemand diese Entwicklung als Fortschritt bezeichnen kann.

Später kam Grandy zu mir nach oben, wo ich gerade die letzten Bücher in den Rucksack stopfte. Nur der Laptop war noch übrig, der mit seinen abgerundeten Ecken auf der abgenutzten hölzernen Tischplatte völlig fehl am Platz wirkte. Grandy stand im Türrahmen und beobachtete mich.

– Du wirst mir fehlen,

sagte er, und ich umarmte ihn zum ersten Mal seit Jahren, weil wir nicht so waren, uns seit meiner Kindheit nicht mehr regelmäßig berührt hatten, und heute bin ich froh darum, denn die Erinnerung daran – die einzige unter allen anderen aus jenem Sommer – ist unkompliziert, und ist ein Glück.

PAULY

Die Erinnerung beginnt, bruchstückhaft, mit der Fahrt. Da war das Rattern des Zugs, und Vögel, durch ein Fenster gesehen – ein Reiher in einem Fluss, Fasanen auf einem Feld, und dann die Möwen, die über einem Mähdrescher segelten. Ich erinnere mich an meine aufgefächerte Hand am Fenster, die Glaskälte an meiner Stirn. Caro beim Broteauswickeln. Das langsame Leeren, Bahnhof für Bahnhof, bis nur noch Caro und ich übrig waren, und die andere Frau, die uns mit Stirnrunzeln beobachtete – und am Ende tatsächlich nur noch wir beide, und als der Zug einen Satz zum Halt am Puffer machte, war niemand mehr zum Aussteigen da, nur wir auf dem einzigen Gleis. Wir blinzelten ins Sonnenlicht, schnupperten, es roch nach Erde und Schweinen. Hinter uns zischte der Zug, kam zur Ruhe. Die Türen schlossen sich. Ich hörte eine Lerche, konnte sie aber nicht sehen.

SALLY

Das neue Semester begann, und ich fiel wieder in den alten Rhythmus. Schon Tage später war fast vergessen, was mich den ganzen Sommer über beschäftigt hatte, und wenn ich überhaupt an Francesca dachte, dann nur mit einem akuten Schamgefühl, weil ich mich so schäbig benommen hatte – daher überraschte es mich, als man mich eines Nachmittags aus der Vorlesung holte, ins Sekretariat, und mir den Hörer hinhielt, aus dem ihre Stimme erklang. Ich saß auf einem Bürostuhl vor einem fremden Computer und drehte mich darauf sanft hin und her. Francesca teilte mir mit, sie habe Grandy am Morgen gefunden, auf dem Rasen vor dem alten Schulhaus. Sie sprach ruhig und direkt, als würde sie mir ein Lehrstück erklären. Offenbar war er beim Reinigen der Regenrinne über dem Vorbau hinabgestürzt, und es sei nur dem Zufall geschuldet, dass sie ihn überhaupt gefunden hatte. Er habe dort schon seit dem vorigen Abend gelegen, und obwohl die Nacht warm gewesen sei, leide er unter Unterkühlung, außerdem habe er sich die Hüfte gebrochen. Sie sagte, sie werde mich sofort abholen, mit dem Auto, und mich ins Krankenhaus fahren. Ich solle mir keine Sorgen machen, sagte sie sachlich. Grandy sei nicht in akuter Gefahr. Aber es gebe Dinge, über die ich mir Gedanken machen müsse. Das werde sie auf der Fahrt mit mir besprechen – ich dankte ihr und fragte mich, als ich auflegte, auf mein Zimmer ging und die Tasche packte, wie es kam, dass ich sie plötzlich als gütig empfand.

i

Wir fuhren gen Osten, schüttelten die anderen Autos rasch ab, bogen in kleinere Straßen ein, eilten auf den Rand der Dinge zu. Wir überquerten den Fluss auf der Brücke, die ich stets als Grenze zu meiner Heimat betrachtet hatte, sausten zwischen ihren hohen Streben hindurch, der Wind rauschte quer über uns hinweg, als Francesca sagte,

– Man wird ihn schon bald entlassen, aber er wird nicht allein klarkommen. Eine Weile zumindest, vielleicht nie wieder.

Ich blickte weiterhin aus dem Seitenfenster, wo die gepflügten Felder vorbeiflackerten, die Häuser dichter wurden, die Stadt begann.

– Ich war heute Morgen in seinem Haus,

sagte sie, und während sie sprach, hob sie die Hand vom Steuer, als wollte sie meine Unmutsbekundung abwehren, zu der ich mich jedoch gar nicht durchringen konnte.

– Er hat mir die Schlüssel gegeben. Er wollte, dass ich ihm Kleidung bringe. Das Dach ist undicht.

– Ich weiß.

Francesca fuhr fort,

– Wenn das Wasser durch die Decke tropft, muss das Loch schon ziemlich groß sein. Und an anderen Stellen ist es auch schon feucht. Möglicherweise auch Schimmel. Wenn nicht, dauert es sicher nicht mehr lang.

Sie wartete auf meine Erwiderung; als ich schwieg, sagte sie,

– Einige Fensterrahmen sind bereits morsch. Sie müssen ersetzt werden.

Ich wollte ihr nicht verraten, dass es für diese Reparaturen ganz sicher kein Geld gab, aber die Tatsache stand trotzdem deutlich im Raum. Grandy hatte sein Cottage immer selbst in Schuss gehalten, aber irgendwann, während meiner Abwesenheit, hatte er offenbar damit aufgehört, oder vielleicht hatte er es seit Jahren vernachlässigt, es ans Ende seiner Liste geschoben.

Wir waren am Krankenhaus angekommen; Francesca fuhr ins Parkhaus, fand einen Platz und stellte den Wagen dort ab. Dann sah sie mich an.

– Ich brauche jemanden, der auf High House wohnt,

sagte sie.

– Ich brauche jemanden, der sich um den Garten kümmert und um alles andere, wenn ich nicht da bin. Lieferungen entgegennimmt. Solche Dinge. Ich werde vermutlich ab jetzt oft weg sein. Für deinen Großvater und dich könnte ich im Erdgeschoss eine eigene Wohnung einrichten. Ihm ein eigenes Bad einbauen lassen. Ein eigenes Reich. Ihr könntet den Rest des Hauses benutzen, wenn ihr wollt, außer ein paar Zimmern. Wir können später die Einzelheiten besprechen, aber ich würde euch für die Arbeit als Faktotum bezahlen, für die Pflege von Haus und Grund, besonders den Gemüsegarten.

– Das muss ich erst mit Grandy besprechen,

sagte ich. Francesca lächelte.

– Wenn es leichter für dich ist, kannst du der Universität sagen, dass du ein Jahr Pause machst. Ein Sabbatical. Und falls sie dir Probleme machen, rede ich mit ihnen.

– Ich muss das erst mit Grandy besprechen,

wiederholte ich und stieg aus, ohne sie anzusehen.

ii

Francesca hatte recht – Grandy konnte sich nicht mehr selbst versorgen. Seine Hüfte verheilte wieder, aber sie blieb steif, er hatte Schmerzen und humpelte. Mit dem Stock konnte er ein paar Schritte gehen, nicht sehr weit. Das Krankenhaus stellte ihm einen Rollstuhl zur Verfügung und entließ ihn. Das Geld reichte höchstens für eine ganz rudimentäre Versorgung zu Hause, und niemand außer mir könnte sich um ihn kümmern. Ohne Francesca wären wir in Grandys Cottage zurückgekehrt und hätten von seiner kleinen Rente gelebt und vielleicht von den paar Zuschüssen, die mir für seine Pflege zustanden, und um uns herum wäre allmählich alles verfallen, bis die Flut gekommen wäre, in der wir ertrunken wären, oder vielleicht wäre Grandy ertrunken, ich hätte mich retten können und dem Heer der Flüchtlinge angeschlossen – die Menschen, die wir gelegentlich vom oberen Feld aus vorbeischlurfen sehen, dort, wo einst die Straße gewesen war. Ich habe keine Ahnung, was danach mit mir geschehen wäre. Francesca wusste, dass mir eigentlich keine Wahl blieb, doch auch sie war auf unsere Hilfe angewiesen. Was hätte Caro ganz allein auf High House angestellt? Wie hätte sie den Garten beackert, gelebt, sich um Pauly gekümmert? Eine Arche zu bauen, genügt nicht, man muss auch wissen, wie man sie steuert.

iii

Am Tag der Entlassung fuhren Grandy und ich vom Krankenhaus direkt nach High House. Francesca hatte alles wie versprochen erledigt. Sie hatte im Erdgeschoss einige Zimmer für Grandy hergerichtet, ein Schlafzimmer mit einem kleinen Bad, eine ebenerdige Dusche, genügend Haltegriffe. Von seinem Zimmer aus kam man direkt in die Küche, wo wir uns jetzt zumeist aufhielten, mit einem holzbefeuerten Herd und großen Glastüren zu der gefliesten Terrasse und dem Obstgarten, und diese Küche wurde schon bald zu Grandys Reich. Dort saß er gern, sah hinaus zu den Obstbäumen, gebannt, als könnte er die Äpfel wachsen sehen – und manchmal, im Winter, wenn der Morgen graut und ich den Herd ausputze, achtsam, um die noch warme Glut der Nacht nicht zu verschwenden, denn mit ihrer Hilfe entfache ich das Feuer des neuen Tages, wenn ich also dort vor dem Herd knie, die Hände voll mit Kienspan, vergesse ich, dass er nicht mehr da ist, und meine, ihn zu spüren, hinter mir.

– Mach die Türen auf, Sal,

sagte Grandy bei unserer Ankunft an jenem ersten Tag, und ich löste den Riegel und schob sie auf, um frische Luft hereinzulassen. Er atmete tief ein und lächelte – auch ich verspürte ein unfreiwilliges Glücksgefühl, denn sogar in diesem Moment, an jenem kalten, grauen Tag des abgezehrten, ausgehenden Jahres, war es wunderschön.

Später, nachdem wir die Krankenhaustasche ausgepackt und am Küchentisch belegte Brote gegessen hatten, sagte Grandy,

– Ich werde nicht zum Cottage zurückkehren. Es tut nicht gut, den Dingen zu lange nachzuhängen.

Ich wusch die Teller und Tassen, stellte sie zurück in den Schrank und fragte ihn, ob er noch etwas brauchte. Ich sah ihm nach, wie er in sein Zimmer zurückkehrte, langsam am Stock humpelnd – und ich wünschte, ich hätte ihm irgendeinen Trost spenden können, damals, denn obwohl High House tatsächlich wunderschön war, wurde es dadurch trotzdem nicht zu einem Heim.

iv

Ich kehrte allein zurück zum Cottage, um unsere Habseligkeiten in Kartons zu packen, und genau wie Francesca es mir versprochen hatte, kam ein Mann aus dem Dorf mit einem Transporter, um sie nach High House zu bringen. Ein Auto hätte auch gereicht. Sie hätten alle in den Kofferraum gepasst.

v

Als Francesca zu Besuch kam, zeigte ich ihr den neu angelegten Komposthaufen, den Hühnerstall, die Kartoffelbeete, die ich unter Grandys Anweisungen gegraben hatte, er hatte sie mir von einem extra für ihn hinausgetragenen Klappstuhl aus erteilt. Danach gingen wir zum Gezeitentümpel, standen Seite an Seite, Francesca und ich, und sahen zu, wie sich das Mühlrad drehte.

– Ich sollte vielleicht Autofahren lernen,

sagte ich und erwartete ihre Zustimmung, denn ohne Transportmittel, nur zu Fuß und mit dem Rad, das ich in einem der Schuppen gefunden hatte, waren wir fast komplett abgeschnitten. Natürlich hatten wir Gemüse und Obst aus dem Garten und Eier von den Hühnern, und einmal im Monat kam ein Lieferwagen vom Supermarkt mit Lebensmitteln, um die Vorräte in der Scheune wieder aufzufüllen, aber ich wünschte mir trotzdem manchmal ein bisschen Freiheit, eine andere Freiheit – jenseits der Bequemlichkeit, die Möglichkeit, das Leben auch mal ohne Plan zu leben.

– Nein,

sagte Francesca,

– Es wäre mir lieber, wenn du das nicht tätest,

was mich sehr verwunderte.

– Es würde uns einiges erleichtern,

sagte ich,

– Ich könnte Grandy zu seinen Kontrolluntersuchungen ins Krankenhaus bringen.

Dabei verschwieg ich ihr, dass er sich die letzten drei Mal geweigert hatte, den eigens vom Krankenhaus organisierten Patiententransport zu nutzen, sodass sie schließlich einen Brief geschickt hatten, in dem stand, dass er sich gegen ihre Empfehlung auf eigene Verantwortung entlassen habe. Das Schreiben war knappgehalten und wirkte fast schon anklagend.

– Besser, du lernst, ohne auszukommen,

sagte Francesca.

vi

An jenem Abend, mit dem Laptop im Bett, betrachtete ich Bilder von Wäldern und den darin aufgerissenen Kratern, die klaffenden, wundgeränderten Verletzungen, dort, wo einst Bäume gestanden hatten, und die langen braunen Narben, die von den Flüssen noch übrig waren. Ich versuchte, alles so zu betrachten, wie Francesca es vermeintlich getan hatte: nicht als Teil der Entropie, dieses langen Abgleitens, das langsame Mahlen, unaufhaltsam, außerhalb unserer Reichweite, das uns bis zum Ende abwickelt, sondern als etwas Frisches, Akutes – eine Verkettung von Umständen, die man hätte verhindern können, einst, die aber jetzt so weit fortgeschritten waren, dass man nichts mehr retten konnte –, doch ich konnte es nicht ertragen. Ich klappte den Laptop zu, schloss die Augen. Lag in der Dunkelheit und wartete auf den Schlaf, und als er kam, träumte ich nicht.

vii

Eines Tages wurde ein Boot geliefert, auf der Ladefläche eines Lasters, klein, aus Holz, mit Rudern und einem einzigen Segel. Zwei Männer entluden es und trugen es in den leeren Schuppen neben der Scheune.

– Wozu ist das?,

fragte ich.

– Wir haben schon ein Boot.

Sie zuckten die Achseln.

– Musst du uns nicht fragen, Schätzchen. Wir führen nur unseren Auftrag aus.

Später erzählte ich Grandy davon.

– Was soll uns das bringen, wenn es im Schuppen rumsteht? Das Meer ist anderthalb Kilometer entfernt, und Francesca will nicht, dass wir ein Auto haben, also können wir es nicht mal mit einem Anhänger zum Hafen bringen.

Erst nach der Flutkatastrophe begriff ich es, erkannte wieder einmal, wie viele Gedanken sich Francesca im Vorfeld gemacht hatte, denn Grandys Boot wurde zusammen mit allem anderen von den Wassermassen zerstört, die landeinwärts rauschten, den Kiesdamm mitrissen, den Deich überschwemmten, den Hafen komplett auslöschten. Danach brauchten wir ein Boot, und Francesca, die Grandys Erzählungen gelauscht hatte, hatte uns eins hinterlassen, sogar dafür gesorgt, dass es sicher verwahrt wurde, oberhalb des neuen Wasserpegels. Danach mussten wir es auch nicht mehr weit ziehen, um ans Wasser zu kommen.

viii

Ich hörte auf, die Tage zu zählen. Sie waren reduziert auf ihr nacktes Skelett, Kochen, Essen, Spülen in Endlosschleife, und in der Zeit zwischen diesen Fixpunkten wartete Gartenarbeit, Hühner füttern, Boden kehren. Es kam mir vor, als wäre ich ständig beschäftigt, konnte aber nie genau sagen, was ich während der ganzen Stunden getan hatte. Manchmal hatte ich das Gefühl, in der Banalität zu ertrinken, der ewigen Langeweile. Eines Tages gegen Ende des Winters ging ich aus einer Laune heraus hinunter zur Kirche, einfach weil ich einen Tapetenwechsel brauchte, was anderes sehen als High House, die Obstbäume, den Gemüsegarten, den Gezeitentümpel, den Strand. Nicht registriert hatte ich zunächst, dass Sonntag war, daher traf mich der dort gerade abgehaltene Gottesdienst völlig unvorbereitet, der Pfarrer in seinem Gewand am Altar, einige vereinzelte Gemeindemitglieder auf Knien. Allerdings sang kein Chor. Ich schlüpfte in die hintere Bank.

Als die Messe vorüber war und der Pfarrer seine Gemeinde an der Tür verabschiedet, ihre Hände ergriffen und ihnen alles Gute gewünscht hatte, setzte er sich zu mir.

– Es ist schon lange her,

sagte er.

– Ich habe dich hier vermisst. Und deinen Großvater natürlich auch. Ihm geht es hoffentlich gut?

Ich zuckte die Achseln.

– Ich hatte vergessen,

sagte ich,

– dass nicht alles stillsteht. Zumindest nicht für alle, so wie für uns. Es war ein Schock, Sie hier anzutreffen, wie wenn man Geister sieht. Wer waren die Leute, die zum Gottesdienst gekommen sind?

– Zufallsbesucher, Pilger. Sie kommen immer noch. Die Menschen haben Angst. Vielleicht glauben sie, dass Gott sie besser hört, wenn sie ans Meer kommen.

Wir saßen eine Weile schweigend da, beobachteten das schwindende Licht im Fenster über der Kanzel. Schließlich sagte ich,

– Ich hatte ein Leben lang das Gefühl zu warten, dass etwas geschieht. Eine Veränderung, auf die eine oder andere Weise. Und jetzt ist alles anders, aber ich warte immer noch.

– Vielleicht hat sich nur deine Rolle in der Welt verändert, die Welt aber ist noch dieselbe.

– Wird auch sie sich verändern?

– Na, so wie sie ist, kann sie nicht bleiben. Aber ist das nicht immer so? Veränderung gehört zur naturgegebenen Ordnung.

Ich erhob mich.

– Ich muss los,

sagte ich.

– Grandy wird sich fragen, wo ich bleibe.

Der Pfarrer begleitete mich zur Tür, ergriff meine Hände, wie er es bei den anderen getan hatte, umschloss sie mit seinen Fingern.

– Richte deinem Großvater aus, ich habe ihn nicht vergessen, sagte er.

– Sag ihm, ich bin noch hier, falls er mich braucht. Und wenn nicht, komme ich bald mal zu ihm.

ix

Ich lief durchs Dorf zurück nach High House. Seit Monaten war ich nicht mehr hier gewesen, nicht, seit ich Grandys letzte Habseligkeiten aus dem Cottage geholt hatte, und es war seltsam, das Haus jetzt zu sehen, ohne uns darin. Die Mauern standen noch. Die Boote im Hafen schaukelten an ihrer Vertäuung, und die Gärten der anderen Häuser, von anderen Händen gepflegt, jetzt, da Grandy nicht mehr die Verantwortung dafür trug, wuchsen und blühten einfach weiter – aber es war nicht mehr dasselbe wie zuvor. Mir kam das alles vor wie ausgehöhlt, ein Ort, der nicht mehr lebte, ein Denkmal. Grandy war gegangen und mit ihm auch die letzte Verbindung zu einer Vergangenheit, an die er sich erinnerte, vom Wetter bestimmt, von den Gezeiten geformt. Ich konnte nicht behaupten, dass ich es gern anders gehabt oder lieber wie seine Generation gelebt hätte – aber jeder Verlust, selbst wenn er sich als Vorteil herausstellt, ist und bleibt ein Verlust. Außerdem war da noch was: All die Sicherheit, der ganze Komfort, den wir genossen, die geheizten, geschützten Räume, der Gaskocher, das elektrische Licht, all das, was auf Knopfdruck geschah, hatte seinen Preis. Jahrzehntelang hatten wir die Zahlung verweigert oder die Rechnung weitergeschoben, aber bald wäre sie endgültig fällig, aber wer war noch übrig, um sie zu begleichen?

x

Der Frühling kam, und wir waren allein. Francesca war seit Monaten nicht mehr hier gewesen, und wir hatten auch nichts von ihr gehört – nur die Lieferungen trafen zuverlässig ein, genau wie das Gehalt, monatlich, auf mein Konto. Die Tage wurden länger, wärmer. Grandy übernahm im Garten das Kommando. In Decken gehüllt saß er in seinem Sessel in der Küche oder, an guten Tagen, im Garten, und wies mich an. Wir setzten die Gemüsebeete instand, den Komposthaufen. Er bestellte Beinwellsamen zum Anpflanzen, als Düngemittel. Lange beobachteten wir die Hennen, weil wir wissen wollten, welche die meisten Eier legten.

– Wir müssen Futtergetreide für sie anbauen,

sagte er.

– Bei gutem Wetter können wir sie frei laufen lassen, aber im Winter müssen wir sie trotzdem füttern. Und wenn wir die Schar erhalten wollen, brauchen wir einen Hahn.

Er schickte mich zum Muschelnsammeln an den Strand, die Schalen konnten wir vermahlen und für die Hühner ausstreuen, dort, wo sie gern herumscharrten.

– Den Muschelkalk brauchen sie,

sagte er,

– sonst legen sie Eier ohne Schale.

Erst später ging mir auf, dass er sich auch so hingebungsvoll um den Garten und die Tiere kümmerte, um mir zu zeigen, wie es gemacht wurde.

xi

Francesca kehrte nur ein einziges Mal zurück, sehr spät am Abend und ohne Ankündigung. Ihre Kleidung war schmuddelig und zerknittert, als hätte sie eine weite Reise hinter sich, und sie sah mitgenommen aus.

– Dein Bett ist nicht bezogen,

sagte ich.

– Ich hole Laken und Bezüge aus der Scheune.

– Nicht nötig,

erwiderte sie.

– Es geht schon, ich bin sowieso zu müde.

Sie blieb eine Nacht, stand am nächsten Morgen früh auf, um den Garten und das Haus zu begehen und eine Art Inventur der Scheune zu machen. Vor ihrer Abreise standen wir Seite an Seite in der Küche und schauten auf den Obstgarten hinaus.

– Meine Stieftochter kommt wahrscheinlich zu euch,

sagte sie.

– Caro. Und mein Sohn. Er heißt Paul, aber sie nennt ihn Pauly.

Sie zögerte, als wollte sie mich etwas fragen – und mir kam kurz der Gedanke, dass ihr Leben voller Abschiede war, und ich fragte mich, ob sie das häufige Wiederkehren dafür entschädigte, kam aber zu dem Schluss, dass es vermutlich nicht so war. Schließlich sagte sie nur,

– Kümmere dich um sie …,

und dann, nach einer Pause,

– bitte.

PAULY

Und ich erinnere mich daran, dass wir gegangen sind, gegangen und gegangen und gegangen, bis ich nicht mehr weitergehen konnte.

– Ich kann nicht mehr,

sagte ich zu Caro,

– Nicht mehr weitergehen.

Mir taten die Füße weh. Die Beine. Meine Kehle war wund, und ich war müde, zu müde, um die Füße zu heben.

– Setz dich hin,

sagte Caro.

– Setz dich hier hin, Pauly, und ruh dich aus. Ich komme gleich wieder. Rühr dich nicht vom Fleck.

Ich sah ihr nach, wie sie die steile Böschung zum Wald hinunterstolperte, unser Gepäck in der Hand. Zu keiner Zeit fürchtete ich, dass sie nicht zurückkehren würde, aber trotzdem wandte ich den Blick keine Sekunde von der Stelle, wo sie verschwunden war, es war extrem wichtig für mich, sie nur so kurz wie nötig aus den Augen zu verlieren.

i

Ich saß auf Caros Rücken, die Hände um ihren Hals geschlungen …

– Nicht so klammern, Pauly,

sagte sie,

– zu fest. Du schnürst mir die Luft ab.

und ich gab mir alle Mühe, loszulassen, denn ich wollte ihr nicht wehtun, aber es fiel mir schwer, denn ich hatte Angst, runterzufallen. Der Bahnhof war schon lange her. Ich wusste nicht, wo wir waren. Wusste nicht, wohin wir gingen. Es wurde dunkel. Vielleicht hörte ich eine Eule.

ii

Stünden die Dinge anders, würde ich vermutlich die fehlende Erinnerung an meine Mutter als größeren Verlust empfinden – doch so ist ihre Abwesenheit nur ein kleinerer Teil des Ganzen. Ich habe eine komplette Welt vergessen.

3

SALLY

In der Nacht, als Caro und Pauly kamen, nahm ich ihn von ihrem Rücken herunter und trug ihn; er war so fest eingeschlafen, dass sein Kopf schlaff gegen meine Schulter schlenkerte, durch den dunklen Obstgarten ins Haus und hinauf in das von Francesca schon Monate zuvor für ihn vorbereitete Zimmer. Nachdem ich ihn aufs Bett gelegt hatte, hielt ich kurz inne, denn ich wusste nicht, was ich als Nächstes tun sollte. So, wie er da lag, konnte ich ihn nicht lassen, die schmutzige Kleidung um seinen Körper geschlungen, die Füße durch das Gewicht seiner Schuhe unnatürlich nach außen verdreht – doch ihn auszuziehen, brachte ich nicht fertig, er war zwar ein Kind, aber mir völlig fremd, und der Gedanke, ihm ohne seine Erlaubnis die Kleider vom Leib zu streifen, erfüllte mich mit Unbehagen. Doch er ließ sich nicht wecken. Erstaunlich, dass jemand so tief schlafen konnte, denn selbst als er mir aus den Händen rutschte und unsanft auf die Matratze plumpste, zur Seite rollte und mit der Hand gegen die Kante des Regals neben dem Bett stieß, zuckten dabei nicht mal seine Lider. Er seufzte nur, drehte sich wieder richtig hin und schlief weiter. Ich stand da und sah ihn an. Vielleicht sollte ich das Mädchen rufen, Caro, doch als ich ihr den Jungen abnahm, wirkte sie so erschöpft, dass sie wohl keine rationale Entscheidung mehr treffen konnte. Außerdem hatte ich am Nachmittag, als Grandy in seinem Sessel in der Küche schlief, auf dem Laptop die Nachrichten gesehen. Ich wusste, dass Francesca tot war.

Am Ende tat ich das Nötigste, zog Pauly Schuhe und Socken aus und öffnete den Reißverschluss seines Mantels. Dann drehte ich ihn auf die Seite. Das Kinn lag ihm so tief auf der Brust, dass ich kurz überlegte, ob er so ersticken würde oder sich die Bänder seiner Kapuze um seinen Hals wickeln könnten, verwarf den Gedanken dann aber als absurd. Ich deckte ihn gut zu, schob ihm die Haare aus der Stirn, holte ein Glas Wasser aus dem Bad und stellte es ihm neben das Bett, falls er nachts durstig aufwachte, und dann, ohne genau zu wissen, warum, beugte ich mich über das schlafende Kind und küsste es auf die Stirn.

– Schlaf gut,

flüsterte ich und schlich auf Zehenspitzen aus dem Zimmer.

i

– Hast du ihn auf die Toilette gebracht?,

fragte Grandy, als ich wieder runterkam, und als ich ihm nicht antwortete, fragte er lauter,

– Hast du ihn auf die Toilette gebracht, Sal?

– Er hat fest geschlafen …

Grandy seufzte.

– Dann musst du wohl gleich wieder nach oben.

– Aber er hat tief und fest geschlafen! Ich glaube nicht, dass ich ihn wecken könnte, selbst wenn ich wollte.

– Dann weckst du ihn eben nicht. Trag ihn ins Bad. Setz ihn auf die Toilette. Der Rest kommt von allein. Er ist ein Kind, Sal. Du musst für ihn sorgen, verhätscheln reicht nicht, denn wenn er in ein fremdes Bett macht, wird er sich in Grund und Boden schämen.

Ich muss wohl ziemlich entsetzt ausgesehen haben, denn Grandy wurde gleich sanfter.

– Es geht einfach darum, dass jemand das Ruder übernimmt,

sagte er.

– Alles heute Abend ist sonderbar, aber umso wichtiger ist es, dass diejenigen, die es können, ihr Bestes geben.

ii

Nach Grandys Ansprache beschlich mich die Befürchtung, Pauly könnte mitten in der Nacht im fremden Bett aufwachen und weinen, ohne dass ihn jemand hörte. Ich suchte nach einer Lösung, vielleicht könnte ich mein Handy in Paulys Zimmer legen und es mit einer Art Standleitung mit dem Laptop verbinden, doch am Ende erschien es mir leichter, meine Matratze auf den Flur vor sein Zimmer zu tragen, was ich dann auch tat, mitsamt Bettdecke, Kopfkissen und ein paar Sofakissen – nur um am Ende festzustellen, dass er in der Nacht zu mir unter die Decke gekrochen war. Jetzt lag er auf dem Rücken, Arme und Beine sternförmig ausgestreckt, das Gesicht abgewandt, zur Wand. Die gekrümmten Finger seiner rechten Hand berührten meine Schulter. Als ich ihn still betrachtete, seinen Hinterkopf, die Wölbung seiner Wange, das Heben und Senken seines Brustkorbs, dachte ich bei mir, was für ein Wunder, dieses Vertrauen, das er mit seinem ganzen Körper ausdrückt. Er wirkte so zerbrechlich und so perfekt, so klein, so heil – aber mir tat nach dieser beengten Nacht der Nacken weh, und als ich mich umdrehen wollte, weckte ich ihn.

– Wo ist Caro?,

fragte er.

– Schläft noch,

sagte ich.

– Sie ist sehr müde.

– Ach so,

sagte er.

– Was gibt's zum Frühstück?

– Weiß ich nicht. Wollen wir nachsehen?,

also standen wir auf, kamen zu uns und gingen nach unten, und seine Hand hatte sich, wie ich feststellte, nahtlos in meine geschmiegt.

iii

Grandy war bereits in der Küche. Er stand auf den Stock gestützt an der Anrichte und machte Toast und Kaffee.

– Guten Morgen, Paul,

sagte er.

– Ich bin Sals Großvater. Sie nennt mich Grandy. Möchtest du mich auch so nennen?

Pauly, neben dem Tisch, nickte.

– Na, dann,

sagte Grandy,

– wie wär's mit Frühstück?

Wir setzten uns zu dritt an den Tisch und aßen Toast mit Stachelbeermarmelade.

– Also, Paul,

sagte Grandy, als der Junge fertig war und sich die Butter von den Fingern schleckte,

– was magst du gern?

Pauly dachte angestrengt nach, schließlich sagte er,

– Vögel. Ich mag Vögel am liebsten.

Grandy lachte.

– Wenn das so ist, junger Mann, dann wirst du hier viel Freude haben. Ab in den Garten! Wir werden ein paar Vögel für dich finden.

Grandy stand auf und zeigte mit dem Stock auf die Terrassentüren, dann gingen sie gemeinsam hinaus. Ich sah ihnen beim Tischabräumen hinterher, Grandy mit dem Stock zwischen den Beinen auf dem Stuhl, den ich ihm gleich bei unserer Ankunft auf High House in den Garten gestellt hatte, Pauly neben ihm. Der Junge stand still da, bis die Ringeltauben und Amseln aus dem Baum kamen, um auf der Obstwiese herumzuscharren, erst dann schoss er los und scheuchte sie auf, die Arme nach vorn ausgestreckt, als könnte er ihre festen Bälge mit etwas Glück oder einem plötzlichen Sprint in die Finger bekommen – aber sie waren ihm immer ein Stück voraus, flatterten im letzten Moment auf, nur um ungerührt ein paar Meter weiter wieder zu landen, und so setzte sich das Spiel fort, und ich dachte nur, wie normal das alles wirkte. Pauly gehörte bereits zu uns.

iv

Manchmal, wenn auf High House sommerliches Licht durch die Fenster fällt, sich in Lachen auf dem Boden sammelt, die Luft unbewegt ist und in allen Zimmern Stille herrscht, erwarte ich fast, beim Überschreiten einer Türschwelle, Pauly so zu sehen wie damals, als er zu uns kam. Als er an jenem ersten Morgen Grandy dabei zugesehen hatte, wie er sein Brot mit Butter und Marmelade bestrich, hatte mich seine geduldige Art zutiefst beeindruckt. Er stand in der Küche, das Haar zerzaust, das Gesicht noch schmutzverschmiert vom Tag zuvor, die zu lange Hose ungleich hochgekrempelt, und wartete aufs Frühstück, als würde er einfach mal schauen, wie sich die Dinge so entwickeln, bereit, alles, was da kommen mochte, mit Gleichmut hinzunehmen. Es kam mir damals nicht in den Sinn, dass diese Art allen Kindern zu eigen sein mochte, waren sie es doch gewohnt, viele Dinge nicht zu verstehen, gewohnt, dass die Welt einfach um sie herum geschah, während sie warteten, bis sie hineingewachsen waren – nicht ein einziges Mal kam ich auf den Gedanken, dass er sich fürchten könnte, vor Grandy oder vor mir, vor diesem fremden Haus, in dem er auf einmal gelandet war, allein – doch Pauly war und ist immer noch das einzige Kind, mit dem ich je zu tun hatte, damals hatte ich keinen Vergleich und werde nun auch nie einen haben.

v

– Caro,

rief ich durch die Tür.

– ich bin's, Sally. Pauly ist wach. Hast du alles, was du brauchst? Unten gibt es Frühstück, wenn du möchtest. Du hast sicher Hunger ...

Sie antwortete nicht. Ich vermutete, dass sie noch schlief, obwohl es schon auf Mittag zuging – aber, so sagte ich mir, sie ist wahrscheinlich noch erschöpft von der langen Reise, denn wenn sie wach wäre und hören würde, dass Pauly schon aufgestanden ist, würde sie sich doch sicher um ihn sorgen. Also ließ ich sie weiterschlafen und ging wieder hinunter.

vi

Pauly kam mit mir Hühner füttern. Rund um den Haselnussbaum, wo sie gern im Gras scharrten, verstreuten wir Körner aus dem großen Sack, den wir damals in der Waschküche lagerten, bevor wir unser Getreide selbst anbauen mussten und es in Fässern in der Scheune aufbewahrten.

– Sie brauchen auch Kalk,

sagte ich und zeigte ihm den Karton mit den zerstoßenen Muscheln,

– um die Schalen für ihre Eier zu bilden …

und als ich merkte, dass Grandy mir einst dasselbe erklärt hatte, schoss mir die Hitze in die Wangen.

– Gibt es schon Eier?,

fragte Pauly, woraufhin ich ihn zum Hühnerstall führte und ihm zeigte, wie man die Holzklappen an der Rückwand öffnete, die brütenden Hennen sanft zur Seite schob und ihnen die Eier unter dem Hintern wegmopste.

– Die essen wir zum Mittag,

sagte ich.

– Caro auch?

– Caro muss sich noch ausruhen.

Wir verließen den Stall und kehrten zurück zum Haus. Pauly trug in jeder Hand ein Ei.

vii

– Als ich klein war,

sagte Grandy,

– konnten wir im Sommer in der Abenddämmerung den Ruf der Rohrdommel hören. Klingt wie ein Nebelhorn. So ungefähr …

Er stieß ein tiefes Tuten aus, so laut, dass er damit die Krähen aus der Hecke scheuchte. Pauly lachte. Die beiden waren wieder draußen auf der Terrasse und warteten aufs Mittagessen. Ich ging nach oben und klopfte ein zweites Mal an Caros Zimmertür, doch selbst als ich laut nach ihr rief, um ihr zu sagen, dass es bald Essen geben würde, bekam ich keine Antwort. Der Tag schritt voran. Nach dem Mittagessen las ich Pauly aus einem der Bücher aus dem Regal in seinem Zimmer vor, dann nahm ich ihn mit zum Gezeitentümpel, wo er im seichten Wasser am Ufer herumplanschte. Irgendwann zeigte er aufs Wasserrad.

– Macht das wirklich Strom?,

fragte er.

– Ja, macht es,

sagte ich und versuchte, ihm zu erklären, wie es funktionierte, bis Pauly mich unterbrach, gelangweilt von meinem Vortragston.

– Schau mal, Sal! Die Möwe frisst einen Krebs! Die Zangenbeine hängen ihr aus dem Schnabel!

Am Abend ließ ich ihm ein Bad ein, zog ihm den Schlafanzug an, den ich in seinem Zimmer in einer Schrankschublade gefunden hatte, frisch gewaschen und ungetragen, eine Nummer zu groß, wohl absichtlich so gekauft, damit er noch hineinwachsen konnte.

– Schläft Caro noch?,

fragte er.

– Glaube schon,

sagte ich,

– aber vielleicht können wir ihr trotzdem Gute Nacht sagen?

Er nickte, und kurz darauf standen wir vor ihrer Tür.

– Gute Nacht, Caro!,

rief Pauly und kehrte offenbar zufrieden zurück ins Bett.

viii

– Caro!,

rief ich und hämmerte an die Holzlamellen ihrer Tür.

– Himmel noch mal, Caro! Du hast den ganzen Tag nichts gegessen. Pauly fragt nach dir. Caro. Bist du krank da drinnen? Mach die Tür auf. Würdest du bitte aufschließen …?

Und den ganzen Tag, im Hintergrund, der Gedanke an das, was Pauly offensichtlich noch nicht wusste: Francesca und sein Vater, ihr Hotel vom Meer zerstört, ihre Leichen und Habseligkeiten von der Flut mitgerissen.

ix

Ich stellte Caro das Frühstück auf einem Tablett vor die Tür, und als ich später zurückkehrte, sah ich, dass sie alles gegessen und den schmutzigen Teller mit dem benutzten Besteck wieder aufs Tablett in den Flur gestellt hatte.

– Wir sind hier nicht im Hotel!,

rief ich, dann, etwas leiser,

– Ich habe keine Ahnung von Kindern.

x

Ich nahm Pauly mit zum Strand.

– Nimm dir dreifach Kleidung zum Wechseln mit,

sagte Grandy,

– und einen Pullover dazu, wenn er im Meer war, ist ihm hinterher garantiert kalt.

Ich kam mir lächerlich vor, als ich mit meinem vollgestopften Rucksack in der sengenden Sonne durch die Dünen stapfte. Pauly rannte aufgeregt voraus.

– Sal! Sal! Ich kann das Meer sehen.

Wir suchten uns ein Plätzchen und setzten uns auf die mitgebrachte Decke. Pauly streifte Schuhe und Socken ab, Hose und Unterwäsche, und erst als er nur im T-Shirt zum Meer rannte, fiel es mir ein, ich rief ihm hinterher,

– Pauly, kannst du schwimmen?

Mit einem Kopfschütteln rannte er weiter, und ich hastete ihm nach, ergriff seine Hand, als er schon ins Meer watete, das trotz Sonnenschein recht kabbelig war. Eine halbe Stunde lang sprang er umher, sein T-Shirt war schnell klatschnass und ausgezogen, und nackt flitzte er ins Wasser, wieder heraus, hüpfte über die schäumenden Kämme, sein Körper milchbleich und knochig, und auf einmal erfasste mich eine entsetzliche Angst, er könnte stolpern, hineinfallen und von der Strömung mitgerissen werden.

Danach aßen wir die belegten Brote, die Grandy uns geschmiert hatte, Pauly zitternd in dem mitgebrachten, aber zu dünnen Pullover, ein Handtuch um die Beine gewickelt, die Haut unter seinen Fingernägeln blau vor Kälte. Als das Wasser weit genug abgelaufen war, besichtigten wir die Felstümpel, kletterten über die zerklüfteten Vorsprünge und suchten nach Krebsen, fanden Schwärme winziger Fische, unter Blasentang verborgen, eine Seeanemone und ein paar Spitzschnecken. Auf einmal setzte die Panik wieder ein, dieses Mal fürchtete ich, Pauly könnte ausrutschen, sich an den scharfen Muschel- oder Felskanten die nackten Beine aufreißen, meine Freude über sein Glück war ständig überschattet von der Angst, ihn nicht beschützt zu haben, und als ich ihn am Abend in die Badewanne setzte und die gerötete Haut an seinen Schultern sah, wo die Sonne ihn verbrannt hatte, brachte ich es nicht fertig, Grandy zu gestehen, dass ich die Sonnencreme vergessen hatte.

xi

Wie schnell sich der Status quo etabliert. Wir agieren nach Mustern, und das Leben läuft in festen Bahnen. An diesem Abend, als Pauly und Grandy im Bett waren, klappte ich den Laptop auf und stellte fest, dass die Nachrichten noch immer voll waren vom Sturm in Amerika, der Zerstörung und der Suche nach Überlebenden. Francescas Foto wurde gezeigt, zwischen Drohnenbildern von zertrümmerten Gebäuden und überfluteten Straßen, alles, was die Menschen zu besitzen glaubten, stand nun unter Wasser, still und blank und tief. Die Berichterstattung erfolgte emotionslos, schockstarr. Das war offenbar etwas ganz Neues, dieser Wassereinbruch in die Privathäuser der Menschen. Es war der Beginn der zweiten Phase, ein Wendepunkt – nur dass es in Wahrheit einfach so weiterging. Schon seit Jahren hatten wir zugesehen, wie Menschen ertranken, mit dem einzigen Unterschied, dass das alles vorher irgendwo in der Ferne geschehen war, weit weg von uns. Gelegentlich hatten wir Geld gespendet, wenn die Bilder schlimm genug waren, und danach einfach weitergemacht wie bisher. Auch wenn wir es nicht laut sagten, war ihr Tod keine Katastrophe für uns, denn die würde erst eintreten, wenn unsere eigenen Gesichter gezeigt wurden – und jetzt war es so weit. Abgesoffene

Einkaufszentren und zertrümmerte Doppelglasfenster. Frisch gekaufte, extragroße Familienautos wirbelten in strudelnden Flüssen herum, die jetzt mitten durch Wohnsiedlungen flossen. Zersplitterte Gartenzäune trieben über die Vorhöfe großer Bürotürme. Die Menschen, die nun in den Notunterkünften saßen, die Gesichter starr vor Schock, trugen unsere Kleidung. In Reihen saßen sie in Schulen und Kirchen, weit außerhalb der Stadt, die Gänge voller lustig bunter Plakate, und sie hatten ihre Hunde mitgebracht und verängstigte Kinder, in Bettdecken mit Comicfiguren gehüllt. Sie sollten doch sicher verschont bleiben. Genau wie Francesca – doch schon jetzt merkte ich, dass wir uns daran gewöhnten. Auf meinem Laptop erklärte ein Mann, dass man schon viel früher etwas hätte tun müssen, um eine Stadt zu schützen, die so weit unter dem Meeresspiegel lag. Die Einwohner hatten die Kosten gescheut oder nicht gewollt, dass man ihnen durch hässliche Schutzbauten die Sicht aufs Meer nahm. Es war, auf eine Weise, die wir noch immer zu begreifen suchten, ihre eigene Schuld. *Wir müssen Lehren daraus ziehen*, sagte er.

Ich klappte den Laptop zu und griff nach dem Wasserglas auf meinem Nachttisch. Ich dachte an Pauly und fragte mich, ob ich am folgenden Tag mit ihm zum Eisessen ins Dorf gehen sollte.

xii

Pauly, im Schlafanzug in der Küche, sagte

– Wo ist Caro? Ich will Caro!

Seine Hände hatte er zu Fäusten geballt, die Muskeln in Beinen und Armen so fest angespannt, dass er zitterte.

– Pauly?,

fragte ich,

– wo kommt das jetzt auf einmal her?

Grandy sah mich stirnrunzelnd an, schüttelte den Kopf und sagte,

– Komm, wir gehen sie mal holen, ja?

Er humpelte aus der Küche zur Treppe und bedeutete mir, mitzukommen. Als ich Pauly hochhob und ihn mir auf die Hüfte setzte, bemerkte ich, wie schnell ich mich an sein Gewicht gewöhnt hatte. Er klammerte sich an mich, die Arme um meinen Hals geschlungen, die Beine fest um meine Taille, und als wir Grandy folgten, flüsterte er mir auf der Treppe zu,

– Ich dachte, sie sei weg,

und da überkam mich ein tiefes Schamgefühl, hatte ich mir doch in den Tagen seit seiner Ankunft eingebildet, dass er glücklich sei. Ich hatte geglaubt, er sei zu abgelenkt, um an Caro zu denken, oder zu jung, um sie zu vermissen – doch wie es schien, hatte er die ganze Zeit über gedacht, man habe ihn zurückgelassen.

Grandy hämmerte an Caros Tür.

– Genug,

rief er,

– es reicht jetzt.

xiii

Um diese Jahreszeit, in den ersten Frühlingswochen, ist es mit Caro am schlimmsten. Sicher, das sind harte Monate. Die Tage sind immer noch kurz, die Luft kalt, morgens herrscht sogar Frost, wir müssen uns mit den letzten Vorräten hinüberretten, bis wir die neue Ernte einfahren können, und sind oft hungrig – ein permanentes, zermürbendes Darben, das einen so auslaugt wie ständiges Frieren, was bei uns ebenso der Fall ist. Trotzdem markiert diese Zeit für Pauly und mich einen Wendepunkt. Wir sehen dem Ende des schlechten Wetters entgegen, bemerken, wie aus den Astkerben Knospen schwellen. Wir fühlen uns befreiter, jetzt, da der Winter mit letzter Kraft auf die Zielgerade einbiegt – aber Caro scheint immer mehr in sich zusammenzufallen. Sie verliert die Hoffnung. Jeder Winter höhlt sie weiter aus. Dunkelheit und Kälte zehren an ihr. Die Haut an ihren Händen ist aufgesprungen und blutet, sie hat Frostbeulen, die wir gut versorgen müssen, damit sie sich nicht entzünden. Wir müssen auf sie achten, sie ermahnen, die Füße nicht so dicht ans Feuer zu halten, die Hände nicht auf den Herd zu legen oder um den Becher mit siedend heißem Kräutertee, den sie sich immer aufbrüht. Abends, nachdem wir so viel Arbeit erledigt haben, wie es Dunkelheit und Wetter erlauben, stelle ich ihr Schüsseln mit warmem Salzwasser hin, in dem sie Hände und Füße baden kann, danach tupfe ich sie trocken, auf keinen Fall reiben, und hole ihr saubere Socken, damit sie sich die Haut nicht noch mehr einreißt. Diese Dinge, diese körperliche Fürsorge, kann ich gut erledigen, aber ich bringe keine Geduld für sie auf. Ich kann mich nicht still neben sie setzen, wie Pauly es tut, ihr die Hand halten, übers Haar streicheln. Er flüstert ihr Worte zu, und ich bin eifersüchtig, teils, weil ich nicht weiß, was er sagt, aber auch, weil ich in ihm etwas erkenne, das mir fehlt – die Fähigkeit, zärtlich zu sein, mitfühlend oder verständnisvoll. Dann erinnere ich mich an die Zeit, als Caro nicht bei uns war, und wie es mir damals, als ich Pauly zu mir ins Bett kriechen ließ, als ich Caros Abwesenheit kleingeredet und ihn zum Spielen in den Garten geschickt hatte, vorgekommen war, als würde ich lediglich die Lücken füllen, die sie hinterlassen hatte – doch wir sind jetzt erwachsen, und ich glaube, dass ich in jenen Tagen nach Caros und Paulys Ankunft in Wahrheit versucht hatte, ihn ihr wegzunehmen.

CARO

Als ich Sally bei der Ankunft auf High House warten sah, hatte ich nach den entsetzlichen Anstrengungen des Tages, nach der Zugfahrt und den vielen kleinen Demütigungen in der Stadt, den Nachrichten im Pub, dem langen weiten Weg mit Pauly auf dem Rücken endlich das Gefühl, von allen Aufgaben entbunden zu sein. Sie nahm mir Pauly ab, trug ihn fort, und ich war nicht mehr verantwortlich. Ich folgte ihr ins Haus, setzte mich auf einen Stuhl im Flur, zu erschöpft, um etwas anderes zu tun, als auf Anweisungen zu warten. Nach einer Weile kam Grandy herbei, er stützte sich auf einen Stock.

– Caro,

sagte er,

– ich bin Sals Großvater.

Ich fragte diese beiden Fremden nicht, was sie auf High House zu suchen hatten, von dem ich dachte, dass es leer stand. Ich fragte nicht, warum das Haus so warm war, so gut in Schuss, oder warum sie uns offenbar schon erwartet hatten. Mir fehlte einfach die Kraft, Überraschung zu empfinden. Grandy sagte,

– Ich würde dir gern dein Zimmer zeigen, aber das Treppensteigen ist zu beschwerlich für mich, könntest du daher allein gehen, wenn ich dir erkläre, wo es ist? Ich glaube, dass sich seit deinem letzten Aufenthalt hier einiges verändert hat.

Er beschrieb mir, wo mein Zimmer lag, und ich folgte

seinen Anweisungen, fand das Bad, in dem ich mir Gesicht und Hände wusch, dann das Schlafzimmer, die Fenster geöffnet, um die Nacht hereinzulassen, frische Luft, den Geruch nach Erde und nur ganz leicht nach Meer. Ein weißes Baumwollnachthemd lag zusammengefaltet auf einem Stuhl, also zog ich mich aus und schlüpfte hinein. Ich kroch ins Bett. Sal brachte mir einen Teller mit Käsetoast, den ich aufaß. Ich erkundigte mich nicht nach Pauly. Er ist irgendwo, dachte ich, in Sicherheit, und mehr brauchte ich nicht zu wissen, war zu müde, denn wollte ich fragen, herausfinden, wo, müsste ich wieder aufstehen und zu ihm gehen.

i

Vor Kurzem habe ich endlich die Komplexität der Bedürftigkeit verstanden. Sie ist eine Schlaufe mit vielen Knoten, die selbst dann bestehen bleibt, wenn man sie alle gelöst hat. Darüber denke ich nach, während sich die Nacht herabsinkt, und ich merke, wie mir mein Verstand über die Haut kriecht – dass wir, wenn wir sagen, dass jemand uns braucht, in Wahrheit meinen, dass wir jemanden brauchen, oder es brauchen, von ihm gebraucht zu werden. Es verortet uns. Zeigt uns unsere Grenzen auf. Als ich am nächsten Morgen erwachte, waren Hände und Gesicht geschwollen von der vielen Sonne am Tag zuvor und vom tiefen Schlaf der vergangenen Nacht. Ich hatte Schmerzen in den Beinen, in den Armen und im Rücken, dort, wo ich Pauly getragen hatte. Ich schlich mich ins Bad, die Hand an der Wand abgestützt, denn ich fühlte mich schwach, konnte mich nicht auf meine Muskelkraft verlassen. Im Haus war alles still. Ich duschte, und obwohl mir die Arme zu schwer waren, um sie zu heben, befreite mich das Wasser dennoch vom Schmutz, danach schlüpfte ich wieder ins Nachthemd und kehrte über den Flur zurück ins Bett. Mein Wunsch, Pauly zu sehen, ihn auf den Arm zu nehmen und sein Gewicht zu fühlen, seine Wärme, war so intensiv, dass ich ihn körperlich spürte, ein dringendes Bedürfnis, wie es Hunger auslöst oder Kälte – aber noch sehnlicher wünschte ich mir meine Ruhe. Ich wusste, würde ich ihn erst sehen, müsste ich ihm von Francesca erzählen, und von Vater, und danach wäre es mit dem Alleinsein vorbei. Dann müsste ich für ihn da sein, seine Trauer aufnehmen und alles andere, was daraus erwachsen mochte, seinen Zorn und seine Verstörung, ich müsste auf die Momente gefasst sein, wenn diese Gefühle aus ihm hervorbrechen würden, und Geduld mit ihm haben. Ich müsste mir auf die Zunge beißen, um die Beherrschung zu behalten, wenn er seine verlor, und ihm hinterher erklären, dass es bei uns allen so war, der Schmerz über einen Verlust äußert sich in plötzlichen Wutausbrüchen, doch das wäre gelogen, denn solche Ausbrüche dürfte ich mir nicht erlauben. Ich musste meine Wut unterdrücken, um ihm Sicherheit zu vermitteln, aber ich war so müde und wollte an niemanden denken, nur an mich selbst. Francesca war nicht mehr da, und sie hatte mich mit Pauly zurückgelassen, genau wie sie mich immer mit ihm zurückgelassen, sich auf meine Liebe für ihn verlassen hatte – außerdem würde er schon kommen, wenn er mich brauchte. Sicher würde ich jeden Moment seine Schritte im Flur hören, er würde nach mir rufen, die Stille durchbrechen, und dann würde ich mich wieder um ihn kümmern.

ii

Ich hörte seine Stimme, aber nicht im Flur oder auf der Treppe. Stattdessen drang sie aus dem Garten zu mir hoch, durchs offene Schlafzimmerfenster, und er klang glücklich. Ich hörte ihn lachen.

Sally hämmerte an die Tür, um mir zu sagen, dass das Frühstück fertig war. Als ich nicht antwortete, ging sie wieder.

iii

Ich stand am Fenster und schaute nach unten. Unter mir befand sich die gemauerte Terrasse vor der Küche, dann der Obstgarten, die hohe Wiese zwischen den Bäumen. Sie mähten den Rasen absichtlich nicht, wie mir Grandy später erklären sollte, damit Klee, Mutterkraut und Wiesensalbei, Schafgarbe, Braunelle und all die anderen Blumen sich dort ansiedeln konnten, die die noch verbliebenen Bestäuber anziehen würden, den kläglichen Rest der einst summenden Wolke, damit sie im Licht der Sonnenstrahlen auf die Erde hinabschwärmten, um die eigens arrangierten süßen Blüten zu suchen. Am Ende des Obstgartens wuchs eine Hecke, danach kam der Gemüsegarten. Ich sah rote Bohnen auf hohen Stockreihen und den Artischockenbusch, der uns vor drei Wintern erfror. Ich sah den Hühnerstall und den Brunnen. Den Pfad zum Gezeitentümpel und Sally, auf dem Rückweg zum Haus mit Pauly, barfuß, das Haar nass, die Hand in ihrer.

iv

Hinterher erzählte Sally mir, sie habe Pauly zum Gute-Nacht-Sagen zu mir nach oben gebracht, doch von mir sei keine Reaktion gekommen, obwohl er durch die Tür nach mir gerufen habe. Sie sagte, er habe mich schon in diesem Moment gebraucht, aber ich hätte ihn ignoriert – aber ich bin sicher, hätte ich ihn gehört, wäre ich aufgestanden. Ich hätte die Tür geöffnet und ihn hereingelassen, damit er sich zu mir ins Bett kuscheln könnte, wie er es immer tat, dicht an mich geschmiegt, während der Abend sich zusammenfaltete und an die Nacht übergab. Ich habe ihn nicht gehört. Vielleicht habe ich geschlafen.

v

Stunden vergingen, und ich war zornentbrannt. Die Wut war eine harte Nuss in meiner Kehle, die ich weder hinaushusten noch hinunterschlucken konnte. Als der Morgen des zweiten Tages dämmerte, lag ich in meinem zerwühlten, klammmuffigen Bett und zählte die Ungerechtigkeiten – Vater weg, und Francesca – Pauly und ich zurückgelassen – High House von Fremden bewohnt. Ich hatte meine Kindheit hier verbracht, aber sie hatten es komplett umgekrempelt, sodass das gesamte Haus, als ich in der Nacht darin herumgeschlichen war, mit ihrer Vertrautheit erfüllt war, so vertraut wie ein falscher Schritt. Jede Ecke ein Zurückzucken. Jedes Fenster eine geübte Sinnestäuschung. Bekannte Türen führten in seltsame Zimmer. Flure leisteten Betrug. Dies war nicht das Haus, das ich als Kind besucht hatte, wo ich von Zimmer zu Zimmer gelaufen war, allein Verstecken gespielt oder auf Vater gewartet, ihn so lange angebettelt hatte, bis er mit mir zum Gezeitentümpel ging, an den Strand, zum Eiswagen, und diese neue Form war Teil eines Plans, den niemand mit mir zu teilen gedacht hatte. Wie lange hatte Francesca wohl daran gefeilt, an diesem sicheren Hafen – tagelang, während ich, allein zurückgelassen, Pauly zum Spielplatz gebracht, ihm Essen gekocht und seine Kleidung gewaschen hatte, ihm die Kindergartentasche gepackt, ihm vorgelesen, mein Leben an seines geknüpft? Ich stellte mir vor, wie sie im Haus und Garten herumgelaufen sein mochte, in Gedanken eine Liste der noch fehlenden Dinge erstellt hatte – und schließlich, als ihr klar wurde, dass sich noch jemand um das Anwesen kümmern musste, Sally ausgewählt hatte. Vater hatte Bescheid gewusst. Ursprünglich hatten sie wohl vor, gemeinsam herzukommen, und ich fragte mich, wann Francesca ihre Pläne geändert hatte. War es erst passiert, als das Wasser schon um sie herum anstieg und der Wind das Gebäude in seinen Grundfesten erschütterte, hat sie jener Moment zum Umdenken gezwungen, sodass nun nicht sie, sondern ich hier mit Pauly lebte? Wie dem auch sei: Wäre die Reise nicht so lang gewesen, hätte ich auch wegbleiben können, denn jetzt hatte Pauly Sally, die sich um ihn kümmerte.

vi

Sal brachte mir ein Tablett mit Essen, und ich ignorierte sie, dann, als sie gegangen war, aß ich alles auf und stellte das Tablett vor die Tür, in der Hoffnung, ihr damit so richtig eins mitgegeben zu haben.

vii

Vielleicht, so dachte ich, hatte Francesca nicht mal geplant, dass Pauly herkommt. Womöglich hatte sie High House nur für sich selbst und Vater hergerichtet. Und nicht sie hatte ihre Pläne geändert, sondern Vater, ganz allein, hatte in seinem letzten Moment an uns gedacht, als Francesca ihn am Telefon zu sich rief …

Der Gedanke an Vater war unerträglich. Ich spürte die Leerstelle, die seine Hände hinterlassen hatten. Ich hörte das Schweigen, wo seine Stimme sein sollte. Ich wollte ihn, aber er war nicht mehr da.

viii

Solche Dinge trieben mich um, den ganzen Tag, während ich im Bett lag, das Sonnenlicht schwoll und schwand, Pauly kam und ging, seine Stimme mal leise, mal lauter aus dem Haus oder dem Garten zu mir ins Zimmer drang. Ich drückte die mir widerfahrenen Ungerechtigkeiten an mich wie eine Kuscheldecke, wärmte mich daran, bis schließlich Grandy kam.

– Es reicht,

sagte er vom Flur her, seine Stimme hart und laut. Ich stieg aus dem Bett und ging zur Tür, doch als ich sie öffnete, erwischte mich der Anblick von Pauly in Sallys Armen, das Gesicht verkniffen, um ja nicht zu weinen, wie ein Peitschenhieb.

– O Gott, Pauly!,

sagte ich,

– Verzeih mir.

Er beugte sich zu mir vor, streckte die Arme aus, und ich nahm ihn, kehrte zurück in mein Zimmer, kickte die

Tür hinter uns zu. Er begann zu weinen, und irgendwann weinte ich mit. Wir standen mitten im Zimmer, und die Tränen liefen uns übers Gesicht.

– Es ist alles gut, Pauly,

sagte ich,

– Ich bin hier …

Ich setzte mich und zog ihn auf meinen Schoß, faltete seine Arme und Beine zusammen, damit er noch ganz hineinpasste, eingekuschelt, wie früher als Baby.

– Ich bin hier. Ich hab dich lieb, alles gut …,

er nickte, hörte aber nicht auf zu weinen, und ich wusste, dass nichts gut war. Ich hatte ihn gezwungen, zu mir zu kommen, meinen kleinen Bruder, noch ein Kind. Dass er mich brauchte, lag doch klar auf der Hand. Er wollte nur, dass ich da war, ein Auge auf ihn hatte und ihm auf diese Weise ein Gefühl der Sicherheit vermittelte, doch ich hatte versagt. Ich hatte ihn an diesen Ort geschleppt, wo er nicht sein wollte, wo alles fremd war, ihn Fremden überlassen, und mir obendrein noch eingebildet, ungerecht behandelt worden zu sein.

SALLY

Als Caro die Tür öffnete, streckte Pauly sofort die Arme nach ihr aus.

– O Gott, Pauly,

sagte sie,

– Verzeih mir,

und ich wollte auf dem Absatz kehrtmachen und ihn wieder runtertragen, aber Pauly hatte sich so weit zu ihr vorgebeugt, dass ich fürchtete, ich könnte ihn fallen lassen, also setzte ich ihn ab, woraufhin er sofort zu ihr rannte. Sie schloss die Tür. Ich hob die Hand und wollte klopfen, doch Grandy schüttelte den Kopf.

– Lass sie,

sagte er.

– Aber,

protestierte ich laut, in der Hoffnung, sie würden mich hören, da hinter der Tür,

– mal schnell Verzeihung sagen, macht es nicht besser. Sie kann uns nicht einfach das Kind aufs Auge drücken, wenn ihr danach ist. Wie lange bleiben die hier? Ich bringe ihr jedenfalls keine Mahlzeiten mehr nach oben.

Grandy wandte sich ab und tastete sich langsam bis zur Treppe vor, mit der Hand an der Wand abgestützt.

– Sei gütig, Sal,

sagte er, und seine Zurechtweisung traf mich wie eine Ohrfeige.

CARO

Wir lagen nebeneinander auf dem Bett und starrten an die Decke, Paulys Kopf ruhte auf meinem Arm, meine Hand umklammerte seine Taille. Ich überlegte, wie ich das, was zu sagen war, schonender ausdrücken, den Worten mit einem Trick die Endgültigkeit nehmen könnte, aber ich wusste, dass ich damit nur lügen würde. Sollte ich erwähnen, dass Francesca und Vater möglicherweise doch nicht tot waren? Schließlich hatte man keine Leichen gefunden. Man hatte sie nicht aus dem Wasser gezogen und als Opfer registriert – aber diese kleine Zweifelslücke ließ keinen Raum für Hoffnung. Zwischen dem, was ich wusste, und dem, was sicher war, lag eine Feiglingswahrheit. Ich sagte,

– Pauly, ich muss dir etwas sehr Schwieriges sagen. Es ist sehr traurig. Das Gebäude, in dem Vater und deine Mutter übernachtet haben, ist in der Nacht bevor wir hergekommen sind, bei einem Unwetter zerstört worden. Sie waren da drin, als es passiert ist, und ich sehe keine Chance, dass sie überlebt haben.

Pauly schwieg, doch ich wusste, dass er mich gehört hatte, denn ich spürte, wie sich seine Muskeln anspannten. Schließlich sagte er,

– Es gibt einen Strand, Caro. Ich war gestern da und habe einen Einsiedlerkrebs gesehen,

also standen wir auf, Pauly und ich, und ich ließ mir von ihm das Haus zeigen, und den Garten, den Gezeitentümpel, den Strand, all diese Orte, von denen er während meiner Abwesenheit Besitz ergriffen hatte, sodass sie sich noch jetzt, Jahre später, oft anfühlen, als würden sie eher ihm gehören als mir. Ich kaufte uns Eis vom Eiswagen, der immer noch auf dem Parkplatz an der Hafenmauer stand, in jenem letzten Sommer, und wir aßen es am Flussufer, wo vertäute Boote sanft im Wasser schaukelten. Die Ebbe hatte eingesetzt.

– Schau, Caro,

sagte Pauly, den Finger auf eine Schar schwarz-weißer Vögel gerichtet, die im Schlamm herumpickten.

– Austernfischer …

Danach liefen wir hinunter ans Meer und wateten hinein, ins Wasser, kalt und sehr klar, und auf einmal überkam mich Freude, sie schwappte wie eine Welle über mich herein, vom Gefühl, Paulys Hand in meiner zu spüren, die Art, wie er die Namen aller Vögel aufsagen konnte, seine eigene, besondere Persönlichkeit, so hätte ich für immer bleiben mögen, an jenem Nachmittag am Strand, aber die Zeit steht nie still. Die Sonne verschwindet. Wir müssen zusammenpacken und heimkehren.

SALLY

Ich sah Pauly, er führte Caro durch den Garten.

– Sie wirken glücklich, zumindest einigermaßen,

sagte ich.

– Sal,

sagte Grandy,

– sie haben gerade erst ihre Eltern verloren–

– Aber sie haben einander,

sagte ich. Grandy sah mich lange an.

– Und du hast mich.

i

Am späten Nachmittag half Caro beim Tischdecken, ließ sich von Pauly die Besteckschublade zeigen, den Schrank mit den Gläsern. Nach dem Essen trocknete sie neben mir ab, während ich das Geschirr spülte.

– Wo gehört das Sieb hin?,

fragte sie, und ich zeigte es ihr.

– Bist du öfter hier gewesen, früher?,

fragte ich.

– Jahrelang nicht,

antwortete sie.

– Als Kind. Jetzt ist es anders. Ich wusste das nicht, ...

und dann,

– Danke, dass ihr euch um uns gekümmert habt. Ich wusste nicht, dass hier schon jemand wohnt. Es war ein Schock. Ich dachte, Pauly und ich wären allein. Ich hatte keine Ahnung, was Francesca hier geschaffen hat. Oder mein Vater …

In diesem Moment fühlte ich mich großherzig. Ich wollte ihr etwas geben, ihr sagen, dass ihre Eltern vielleicht noch am Leben waren. Trost spenden, selbst falschen, aber wie ich hatte sie die Bilder gesehen. Außerdem kann Großzügigkeit auch eine Art Macht sein – wie Wohltätigkeit, wie nicht zu trauern, wie nicht zu wissen, wo das Geschirr aufbewahrt wird. Ich schwieg, reichte ihr aber einen Teller zum Abtrocknen.

PAULY

Caro ging mit mir an den Strand, und ich zeigte ihr all die Sachen, die ich entdeckt hatte – die Felstümpel, das Spiel, bei dem man in die Wellen rennt und wieder raus, die Stelle, wo ein paar Felsbrocken so übereinanderlagen, dass man hochklettern konnte …, und als wir zurückkamen nach High House und Caro Sally mit dem Abendessen half, durfte ich mit Grandy in sein Zimmer und mir seine Schätze angucken, die er in seinem Schrank aufbewahrte. Dort fand ich eine Holzkiste voller Krimskrams – Knöpfe und alte Postkarten, Zahnräder von alten Uhren, ein paar Ziegenlederhandschuhe, in Seidenpapier eingewickelt –, die verteilte ich auf dem Boden und suchte darin herum, bis die anderen mich nach unten riefen, weil das Essen fertig war. Sally hatte Streuselkuchen mit Rhabarber gebacken, aber mit so viel Zucker, dass Grandy sagte,

– Da tun mir ja schon vom Hinsehen die Zähne weh.

– Welche Zähne?,

fragte Sally. Als er lachte, versuchte ich, in seinen Mund zu schauen, falls Sally recht hätte und er tatsächlich zahnlos wäre. Wir setzten uns an den Tisch. Diesmal stellte Grandy aber nicht dieselbe Frage, die er mir seit unserer Ankunft auf High House gestellt hatte, *Jetzt erzähl mal, Paul, was hast du heute ausgefressen?,*

sondern wandte sich an Sally und sagte,

– Wenn das mit dem Wetter so weitergeht, müssen wir uns überlegen, wie wir den Obstgarten feucht halten.

Ich spürte, wie sie mich beobachteten, auch wenn sie mich nicht direkt ansahen. Ich wusste, dass sie sich Sorgen machten, und wünschte, ich könnte ihnen sagen, dass es keinen Grund dafür gab. Das, was Caro mir über unsere Eltern erzählt hatte, hatte mich erleichtert, so, wie man erleichtert ist, nachdem man mit Affentempo ins kalte Meer gerannt ist, denn wenn man es hinter sich hat, muss man nicht mehr auf den Schock warten. Meine Eltern waren immer weggewesen, und obwohl ich mich nicht mehr an sie erinnere, weiß ich noch genau, wie es sich angefühlt hat, auf sie zu warten – wie ich mich jede Nacht vor dem Einschlafen gefragt habe, ob sie am Morgen noch da oder schon weg sein würden. Wie anstrengend das gewesen ist, sich dauernd darüber zu freuen, dass jemand da war – jetzt wusste ich wenigstens eindeutig, wo ich stand. Sie waren für immer weg, aber es hatte sich nichts richtig geändert, außer dass ich nicht mehr auf ihre Rückkehr warten musste.

i

Irgendwas stimmte nicht mit Caro, aber ich wusste nicht, was. Manchmal, wenn ich im Garten spielte, kam sie aus dem Haus, ging in die Hocke und breitete die Arme aus, ich lief zu ihr, und sie wirbelte mich durch die Luft, immer wieder, bis ich das Gefühl hatte, ich müsste gleich weinen, wenn sie das Spiel nicht endlich beenden würde, denn so sollte es sein, jetzt reicht's, sollte sie sagen, genug – und dann kam es vor, dass ich neben ihr in der Küche ihren Namen rief und sie nicht mal den Kopf drehte, um mich anzusehen.

ii

– Caro,

sagte ich morgens am Frühstückstisch,

– können wir heute an den Strand gehen? Nimmst du mich mit ins Dorf? Können wir über die Salzwiesen spazieren gehen? Ich will Schwäne zählen.

Ich war überzeugt, wenn ich sie nur beschäftigte, ihre Aufmerksamkeit lange genug auf mich lenkte, hätte ich nicht mehr das Gefühl, sie wäre halb woanders.

– Heute nicht, Pauly,

sagte sie.

– Vielleicht geht Sally mit dir,

und nachdem sie ihren Toast aufgegessen hatte, trat sie in den Flur und zog die alten Laufschuhe von Francesca an, die sie im Schrank unter der Treppe gefunden hatte. Ich folgte ihr, sah zu, wie sie die Senkel schnürte, prüfte, ob sie fest zugebunden waren, Dehnübungen machte. Auf dem Weg sah ich, wie sie langsam losjoggte, auf den Gezeitentümpel zu, durch die Hecke lief, schneller wurde. Grandy war aus der Küche gekommen und stand nun hinter mir.

– Du bist ein lieber Junge,

sagte er,

– aber es ist nicht deine Aufgabe, deine Schwester glücklich zu machen.

iii

Ich war in der Badewanne, und Caro wusch mir die Haare, goss mir Wasser aus einem Becher über den Kopf, um den Schaum auszuspülen.

– Herrje, Pauly,

sagte sie,

– deine Ohren sind voller Sand.

Ich schüttelte den Kopf, um ihren Fingern zu entkommen.

– Caro,

sagte ich,

– vermisst du Vater?

– Natürlich vermisse ich ihn,

antwortete sie, aber ihre Finger gruben sich tiefer in meine Schultern. Ich fragte,

– Vermisst du Francesca?

– Raus aus der Wanne,

sagte sie,

– es ist spät,

dann zog sie den Stöpsel.

SALLY

Eines Morgens traf ich in der Küche auf einen Mann, der dort wartete. Er trug einen Anzug, ein sauberes weißes Hemd, saubere Lederschuhe. Wirkte ziemlich höflich. Souverän. Wie eine Führungsperson. Plötzlich fiel mir auf, wie wirr mein Haar war, vom Salzwasser verfilzt und lange nicht mehr gebürstet, und meine Hände, das Gesicht und die Füße, schmutzig von der Gartenarbeit.

– Hallo,

sagte er,

– das Tor stand offen. Und die Tür auch, also bin ich reingekommen. Etwas anmaßend, fürchte ich, aber da ich gerade hier war ... ich würde gern mit Caroline sprechen.

CARO

Sal sagte,

– Da ist ein Anwalt, der dich sprechen will.

– Ich will niemanden sehen,

sagte ich und wandte mich ab.

– Er ist wegen Francesca gekommen. Du solltest mit ihm reden, Caro,

aber ich wollte nicht. Francesca war weg. Sie hatte sich heimlich High House eingerichtet. Sich eine Zuflucht geschaffen, nur um mich dann, im letzten Moment, an ihrer Stelle hinzuschicken. Sie hatte uns aus ihrem Leben gestrichen, Pauly und mich. War einfach abgehauen und hatte Vater mitgenommen, und ich wollte nichts von dem wissen, was sie mir vielleicht als letzte Botschaft hinterlassen hatte.

SALLY

Ich stand auf dem Treppenabsatz und zählte bis zehn, bevor ich wieder runterging, so sehr musste ich mich beherrschen, Caro nicht zu ohrfeigen und den Anwalt in seinem teuren Anzug nicht sehen zu lassen, wie wütend ich war.

– Sie will nicht mit Ihnen sprechen,

sagte ich.

– Aha.

Wir sahen einander an, und innerlich verfluchte ich Caro, deren Freudlosigkeit oft wie Egoismus wirkte, die Unfähigkeit zu verstehen, dass die Dinge, zu denen sie selbst nicht in der Lage war, von anderen erledigt werden mussten. Es war manchmal schwer, sich ihre andere Seite ins Gedächtnis zu rufen – wie sie am ersten Abend hier angekommen, über den Pfad vom Gezeitentümpel zum Haus gestolpert war, den schlafenden Pauly auf dem Rücken, da hatte sie getan, was zu tun war, weil ihr nichts anderes übrig geblieben war.

– Ist es wichtig?,

fragte ich. Der Anwalt brummte unverbindlich, was nahelegte, dass es selbstverständlich wichtig war, aber er mir nichts weiter darüber sagen durfte.

– Könnten Sie mit mir darüber sprechen?,

fragte ich,

– oder mit meinem Großvater?

weil ich dachte, er würde vielleicht mit einem älteren Erwachsenen reden. Ich versuchte, nicht an mein schmuddeliges Hemd und die fleckigen Shorts zu denken, auch nicht an die vom Unkrautjäten verdreckten Hände und Knie oder die Kratzer an den Armen von den Stachelbeeren, die ich mit Pauly zum Einkochen der Marmelade gepflückt hatte. Der Anwalt ließ den Blick durch die Küche wandern, dann sah er mich lächelnd an.

– Das ist wirklich nicht nötig. Ich bin nur gekommen, weil sie auf meine Briefe nicht reagiert hat und ich mir Sorgen gemacht habe ... außerdem muss ich gestehen, dass ich neugierig war. Ich war ohnehin in der Gegend, wissen Sie. Auf dem Weg zum Haus habe ich den Briefkasten an der Mauer neben dem Tor bemerkt. Es sah aus, als wäre er prallvoll. Vielleicht sollten Sie einfach dort nachsehen, und falls Sie dann noch Fragen haben, können Sie mich gern kontaktieren. Ihre Schwester müsste die Formulare unterschreiben.

– Sie ist nicht meine Schwester,

sagte ich.

– Nein.

Er lächelte erneut, seine Miene freundlicher als sein Anzug.

– Nun ...

Er wandte sich ab, ging auf demselben Weg zurück, den er wohl gekommen war, durch die Terrassentür, und winkte mir dabei zum Abschied.

i

– Wie es aussieht, hat Francesca einen Treuhandfonds angelegt,

sagte Grandy, die Unterlagen vor ihm auf den Tisch ausgebreitet. Ich saß neben ihm und fischte die Dokumente heraus, die unterschrieben werden mussten. Caro war wieder draußen beim Laufen. Ich wollte ihr von den Briefen erzählen, aber sie hatte ihre Schuhe bereits geschnürt.

– Schau du sie durch,

sagte sie zu mir.

– Ich glaube, du musst auch dabei sein, Caro.

– Schau du sie durch,

wiederholte sie laut und machte mich damit mundtot. Dann war sie weg.

ii

Ich blätterte Seite für Seite durch, und die Wahrheit, die seit Caros und Paulys nächtlicher Ankunft fast greifbar über uns geschwebt hatte – eigentlich schon vorher, nach Grandys Sturz, als Francesca mich abgeholt hatte – wurde nun offenbar. Das war also Francescas Plan gewesen, von Anfang an. Sie hatte High House für Pauly geschaffen, nicht für sich. Ein Zufluchtsort mit Grandy und mir als Stützmauern, so wichtig wie der Generator oder der Brunnen, die Samenkartons, die Kompostboxen – ein Sicherheitsnetz für ihren Sohn.

– Caro ist bald zurück,

sagte ich zu Grandy. Pauly, der bis jetzt auf dem Boden in der Ecke gesessen und Häuser aus den von Grandy für ihn geschreinerten Bauklötzen gebaut hatte, stand jetzt auf.

– Hol sie an der Tür ab,

sagte Grandy zu mir,

– und geh mit ihr in die Scheune. Zeig es ihr. Sie muss es mit eigenen Augen sehen. Paul und ich setzen den Tee auf, ja?

Pauly sagte,
– Ich will mit, Caro abholen.
– Diesmal nicht,
sagte Grandy freundlich und ergriff seine Hand.
– Du siehst sie bald, junger Mann. Lass jetzt erst mal Sally gehen. Außerdem brauche ich deine Hilfe beim Eierholen.

iii

Ich wartete an der Hecke auf Caro, bis die Schatten länger wurden. Da war der Sommer noch jung. Er besaß noch die Frische, die ihm der Frühling hinterlassen hatte. Alles wuchs, grünte. Noch gab es keine Anzeichen der Erschöpfung, die später folgen würde, wenn alles staubig und ausgelaugt war und wir sehnlichst auf den ersten Frost warteten, der allem ein Ende setzen würde. Bienen schwebten über den wenigen geöffneten Geißblattblüten. Ein Schmetterling flatterte aus dem Gras auf. Da entdeckte ich Caro, sie lief auf mich zu, um den Gezeitentümpel herum. Ich erkannte ihre Reaktion, als sie mich erblickte, den Entschluss, nicht umzudrehen oder stehen zu bleiben. Unbeirrt lief sie weiter, mit ruhigen Schritten. Erst als sie vor mir stand, sagte sie,
– Was willst du?,
– Nichts,
sagte ich.
– Ich wollte dich nur zur Scheune begleiten, mehr nicht.

Sie zuckte die Achseln, doch als ich einfach losging, folgte sie mir. Wir liefen ums Haus, am Gemüsegarten und Hühnerstall vorbei, wo Pauly tief gebeugt nach Eiern suchte.

– Sie legen sie seit Neuestem am Boden,

sagte ich,

– das finde ich ziemlich schräg, schließlich haben sie doch so kuschelige Ställe.

Caro zuckte erneut die Achseln. Wir betraten die Scheune. Ich führte sie zwischen Stapeln hindurch und an den von Francesca mit Vorräten bestückten Regalen und Kisten vorbei, sorgfältig beschriftet und geschützt, um uns Sicherheit zu schenken, bis ganz nach hinten, wo die Kleidungsstücke lagerten. Dort blieb ich stehen.

– Na und?,

fragte sie, aber ich wusste, dass sie es verstanden hatte. Wir betrachteten die Kisten voller Schuhe, Stoffschuhe für den Sommer, robuste Stiefel für den Winter, zwei Paare in der Kiste mit Grandys Namen, zehn Paare für mich und Caro, und für Pauly ein ganzes Regal voll, kistenweise Schuhe in allen Größen.

– Ja, klar,

sagte Caro,

– wir wissen ja nicht, wie groß seine Füße werden.

Für Francesca gab es keine Schuhe. Auch keine für Caros Vater.

– Ich frage mich, ob er Bescheid wusste,

sagte sie.

– Davon gehe ich aus. Ich frage mich allerdings, ob sie darüber gesprochen haben.

Caro wandte sich ab und ging aufs Scheunentor zu.

– Ich schau mal, ob Grandy Hilfe mit dem Essen braucht,

sagte sie, und ich ließ sie gehen.

CARO

Später, nachdem Sally mir die Scheune gezeigt hatte, kehrte ich allein zurück, weil ich sicher sein wollte. Ich lief zwischen den mit Kisten gefüllten Regalen herum, vorbei an Lebensmittelvorräten und Ersatzwerkzeugen, Kleidung und Schuhen, bis nach hinten, wo in einer Ecke Sachen für Pauly lagerten, und dort kniete ich mich auf den Betonboden. Ich verharrte lange in dieser Stellung, spürte, wie mir die Kälte zwischen die Knie kroch, und starrte die Sachen an – die Schachteln mit Filzstiften, Papierstapel, Wachsmalkreiden, Spielkarten, Legokartons –, und in der Stille der Scheune spürte ich sie, die Liebe, die wie Wärme von den Regalen ausströmte. Ich spürte Francesca, die geplant hatte, den ganzen Herbst und Winter hindurch, während ich sicher gewesen war, dass sie uns einfach verlassen hatte. Sie muss ganz genau gewusst haben, wie unnötig diese Sachen waren. Muss gewusst haben, dass man den Platz besser nutzen sollte, um dort hundert weitere Glühbirnen zu lagern oder eine Segelplane fürs Boot, aber ich glaube, sie konnte es am Ende nicht ertragen – eine Zukunft für ihren Sohn zu erschaffen, in der es nichts für ihn gab, außer Utensilien fürs nackte Überleben. Möglicherweise hat sie sich bisweilen gefragt, ob es nicht besser wäre, ihn mit den anderen gehen zu lassen – und hat vielleicht nach solchen Momenten noch ein Spielzeug in diese Ecke gestellt, ein Bastelset für Dinosaurier aus Holz, einen Gummiball, einen Stapel sternförmiger Sticker?

Doch ein Gedanke bleibt: Wäre Pauly nicht gewesen – hätte es nur mich gegeben, und Pauly wäre nicht geboren worden –, hätte Francesca High House geschaffen? Und hätte ich Pauly nicht am meisten geliebt – hätte er lieber mit ihr geredet als mit mir, wäre er zu ihr ins Bett gekrochen, wenn er nachts aufwachte, hätte er ihr die Vögel gezeigt, ihre Hand ergriffen – wäre Francesca dann für ihn geblieben?

4

PAULY

Der Sommer spulte sein Programm ab. Tage zogen sich ewig hin, der Morgen weit vom Abend entfernt. Ich weiß noch, dass die Stunden voller Einzelheiten waren: wie sich meine blonden Härchen auf den braun gebrannten Beinen abzeichneten, wie sich das Meerwasser anfühlte – so klirrend kalt, die Wellen, die mir auf die Haut klatschten. Ich erinnere mich daran, wie Grandy mir den Komposthaufen zeigte, auf die Tierchen deutete, die darin lebten, Schnecken und Ohrenkneifer, ineinander verschlungene rosafarbene Würmer. Was für ein Wunder das war – ich hätte stundenlang davorstehen mögen, die matschig verfaulten Rhabarberblätter anheben, das abgeschnittene Gras und die Stöcke, um zu beobachten, was ich darunter aufgescheucht hatte, die winzigen Wesen, vom plötzlichen Licht erschreckt wimmelnd oder flüchtend oder kriechend. Ich erinnere mich an die Vögel und an dieses Gefühl, dass wir kurz davorstanden, uns zu verstehen, sie nur warteten, bis ich still genug wäre, damit sie endlich näher kommen und mit mir sprechen konnten.

CARO

Ich wartete darauf, dass Pauly mich über High House ausfragen würde, darüber, was wir hier taten, wann wir heimkehren könnten, doch er, der alles Mögliche von mir wissen wollte, erkundigte sich nie nach den Dingen, die wir zurückgelassen hatten. Stattdessen ging es ihm um die Namen der Vögel oder Blumen, er wollte wissen, ob die mehrblättrigen kohlähnlichen Pflanzen, die zwischen den Dünen wuchsen, essbar seien und wie man Hummer fing.

– Keine Ahnung,

sagte ich ihm, bestimmt zehnmal am Tag.

– Aber, Caro …

– Frag Grandy. Er weiß es sicher …

und weg war er, Enthusiasmus in Knien und Ellbogen, sauste er über den Weg zu Grandy, der auf seinem Stuhl am Rand des Gemüsebeets saß und mit dem Stock herumfuchtelte, um Sally zu zeigen, in welchem Abstand man Kohlpflanzensetzlinge einpflanzte.

i

– Ich hab dich lieb, Pauly,

sagte ich, wenn ich ihn abends ins Bett brachte und die Decke sorgfältig einschlug, zuerst auf der linken Seite, dann auf der rechten.

– Fester, Caro!,

verlangte er, und ich sagte,

– Du weißt, dass du jederzeit mit mir reden kannst, wenn dir danach ist …,

aber er rutschte nur tiefer ins Bett, bis fast nur noch seine Nase unter der Decke hervorragte.

– Du kommst später und siehst nach mir, ja?,

fragte er. Ich nickte.

– Versprochen?

– Aber klar …,

denn irgendwo im Chaos der Reise aus der Stadt nach High House und in den Tagen meiner Abwesenheit war uns die Gewohnheit verloren gegangen, in einem Bett zu schlafen.

ii

Ich saß auf einem Handtuch und beobachtete Sally, die Pauly das Schwimmen beibrachte.

– Treten!,

hörte ich sie schreien,

– du musst mit den Füßen treten …

Plötzlich spritzte rund um Pauly herum Wasser auf. Sally hatte seine Taille umschlungen, sie stand dort, wo es wadentief und der Boden sandig war, und er bemühte sich nach Leibeskräften, doch es reichte nur für eine Art hektisches Ganzkörperschlingern. Später, als ihm kalt wurde, kam er zu mir gerannt, und ich wickelte ihn in ein Badetuch, genoss seine Nähe, fütterte ihn mit belegten Broten, und dann war alles wieder im Lot. Mir wurde klar, dass Sally ein Gegengewicht war, die andere Hälfte von mir, die Pauly brauchte.

PAULY

Sally sagt,

– Weißt du noch, wie du immer weggelaufen bist, über die Heide oder runter an den Strand, und dann sind Caro und ich gekommen, um nach dir zu suchen? Wir haben uns jedes Mal solche Sorgen gemacht, dass wir dich mit dem Gesicht nach oben im Gezeitentümpel oder in einem Graben auf den Salzmarschen finden würden, bis wir dich in deinem Versteck im Baum entdeckten oder am Strand, irgendwo zwischen den Dünen, wo du unter Treibholz nach Sandflöhen gesucht hast, und du hast uns einfach angesehen und irgendwas gesagt wie: *Aber ich wollte doch wissen, wie das Meer aussieht.*

Caro sagt,

– Wenn ich mich an diesen Sommer erinnere, erscheint er mir so glücklich. Warum nur?

– Das Wetter war herrlich,

antwortet Sally,

– und wir waren sehr zufrieden mit uns. Ich habe Marmelade gemacht – weißt du noch? Viel zu lange eingekocht habe ich sie, bis sie zäh war wie Gummi, aber ich war trotzdem wahnsinnig stolz, jetzt hätten wir immer Marmelade, weil wir Obst hatten, aber natürlich mussten wir den Zucker kaufen. Und Grandy war da, hat uns Anweisungen gegeben.

Dann sind wir alle still, weil wir an Grandy denken.

CARO

Die Sonne schien auf uns herab, und wir warteten. Sally und Grandy jäteten Unkraut. Pauly fütterte die Hühner. Ich lief. Was sollten wir auch sonst tun? Mit den Wochen entspannte ich mich, achtete nicht mehr so akribisch auf Pauly. Dachte nicht mehr, dass er verletzt sein könne ...

Diese Wahrheit ist jetzt ans Tageslicht gekommen. Wir sehen sie, jedes Mal, wenn wir stürzen – wenn uns ein Messer ausrutscht oder uns ein Splitter unter die Haut dringt –, entweder geht es uns besser oder eben nicht. Wir müssen nur Zeit verstreichen lassen, um herauszufinden, ob wir auch dieses Mal heilen werden.

SALLY

Ab und zu gibt es auch gute Tage. Sie dringen wie Lichtstrahlen durch schwere Wolken, tauchen den Boden in Gold.

– Lass uns Brot backen,

sagt Caro – und weil die guten Tage gefeiert werden müssen, holen wir ein bisschen von dem Weizenmehl, das Pauly jedes Jahr mahlt und einlagert, ein Luxus, der viel Zeit in Anspruch nimmt und uns dafür recht wenig liefert, und daraus zaubern wir das beste Brot, das wir hinbekommen, mit einem der kleinen Päckchen Hefe aus der Scheune, lange abgelaufen, und bestreichen es mit Marmelade, noch so ein Luxus, denn wir haben wenig Zucker, und statt sie einzukochen, müssen wir unsere Lebensmittel sauer einlegen oder mit Salz konservieren. Pauly macht das Brot.

– O Pauly,

sagt Caro,

– noch ein Triumph,

und wir kringeln uns vor Lachen, weil das Brot grässlich schmeckt – es ist pappig und wird im Mund zu Brei.

– Ich kann mich noch an Weißbrot aus der Tüte erinnern,

sagt Caro.

– Das war so weich! Und nicht so grau wie das hier. Ich habe es für dich zum Frühstück getoastet, Pauly, und so dick Butter draufgeschmiert, dass sie dir an den Handgelenken runtergelaufen ist. Einmal hast du danach die Wand angefasst, im Stadthaus, und auf der Tapete einen perfekten fettigen Handabdruck hinterlassen. Ich habe die Kommode davorgeschoben, damit Francesca es nicht bemerkt.

– Tut mir leid, dass meine Backkunst nicht euren Ansprüchen genügt,

sagt er mit gespielter Kränkung.

– Mir schmeckt es ganz wunderbar.

PAULY

Manchmal glaube ich, dass Caro und Sal vergessen haben, wie viel ich nicht weiß. Es gab eine Zeit, ich muss sieben oder acht Jahre alt gewesen sein, in der ich mich zwanghaft mit Geld beschäftigte. Ganze Nachmittage verbrachte ich damit, im Flussschlamm nach Münzen zu suchen, nach Geldbörsen und Kreditkarten, all die Dinge, die in der Flut oder während der langen Zeit danach verloren gegangen waren, und ich trug meine Funde wie einen Schatz nach Hause. Caro mochte sie nicht ansehen, aber Sal lachte und kramte ein Behältnis hervor, wo ich sie aufbewahren konnte, eine kleine hölzerne Truhe mit Messingscharnieren und einem winzigen Schlüssel.

– Wo hast du die denn gefunden?,

fragte ich.

– Die hat Grandy gehört,

sagte sie.

– Darin hat er besondere Dinge aufbewahrt.

Gern saß ich am Boden und schichtete die Münzen zu Stapeln auf, schob sie in die Geldbörsen und nahm sie wieder heraus. Mittags kam ich mit einer Handvoll Kleingeld in die Küche und legte es auf den Tisch.

– Was soll das?,

fragte Caro stirnrunzelnd.

– Ich will für mein Mittagessen bezahlen.

Danach gab Sal mir die Münzen zurück.

– Aber ich habe Caro damit bezahlt,

sagte ich.

– Caro will sie nicht. Außerdem, womit willst du für dein Abendessen zahlen, wenn du Caro dein ganzes Geld gibst?

– Ich hole mir einfach mehr,

sagte ich und rannte davon, durch den Garten, um unten am Fluss weiterzusuchen.

i

Das Postamt war noch so ein Rätsel. Ein Verwirrspiel mit vielen Unbekannten. Dass ich weit genug von einem anderen Menschen entfernt leben könnte, um ihm einen Brief zu schicken, überstieg mein Vorstellungsvermögen. Ich konnte mir auch nicht ausmalen, was ich diesem Menschen schreiben sollte. Sal sagte,

– Nehmen wir mal an, du willst eine neue Hose. Die könntest du bestellen, und man würde sie dir mit der Post schicken.

– Aber wenn ich eine neue Hose brauche,

sagte ich,

– gehe ich einfach in die Scheune und suche mir eine aus, die passt.

– Das stimmt natürlich. Aber vielleicht möchtest du mal eine andere Farbe ausprobieren ...

Alle meine Kleidungsstücke waren grün oder blau, so hatte Francesca es für mich ausgesucht. Ich habe immer nur Sachen getragen, die sie für mich gekauft hat.

– Stört dich das?,

fragt Caro eines Tages, und ich lüge, behaupte, natürlich nicht, denn ich weiß, wie traurig sie über die Wahrheit wäre, dass ich mir keine Welt vorstellen kann, in der ich die Wahl habe.

– Grün und Blau sind gute Farben,

sagt Sal, die nur braune Kleidung hat.

– Ich glaube, sie hat sie absichtlich so ausgesucht,

sagt sie zu mir, nachdem Caro aus dem Zimmer gegangen ist, um sich ihre momentane Lektüre zu holen.

– Francesca. Früher habe ich nie Braun getragen. Darin sehe ich aus wie eine Kartoffel.

Caros Kleidung ist schwarz.

– Passend,

sagt Sal und lächelt mir zu, denn wir beide wissen, wie schwierig sie Caro findet, manchmal, und auf diese Weise zeigt sie mir, dass sie nur von ihr genervt ist. Sie mag sie trotzdem.

ii

Manchmal helfen mir Analogien, die Dinge zu verstehen. Ich bin froh, dass ich noch weiß, wie der Zug gerattert hat, an jenem Abend unserer Ankunft, wie ich dabei durchgeschüttelt wurde und unter meinen Händen am Fenster das Rumpeln des Triebwerks gespürt habe, denn so kann ich mir erschließen, wie es gewesen sein muss, mit einem Bus zu fahren oder einem Laster, auf einem Schiff, das nicht nur Segel hat. Aber ich wünschte, ich könnte mich an mehr erinnern. Manchmal denke ich, hätte ich nur gewusst, was auf uns zukommt, dann hätte ich mich mehr darum bemüht – doch ich war ja noch ein Kind, und schlussendlich ist es sowieso egal. Diese Dinge sind verschwunden oder zerstört, und wir können sie nicht wieder aufbauen.

SALLY

Frühling ist eine Verheißung, aber er ist noch nicht gekommen. Es wird früh dunkel, und am Abend sitzen wir dicht gedrängt am Küchenherd. Draußen weht kein Lüftchen, es ist eiskalt. Heute Nacht wird es frieren, deshalb haben wir die Hühner in die Waschküche geholt. Dort höre ich sie jetzt gackern und scharren – sanfte Geräusche der Geborgenheit. Caro ist von ihrem Lauf zurückgekehrt und wärmt sich die Füße in einem Eimer Wasser. Pauly repariert mit Draht und Faden ein paar Werkzeuge. Im Garten gibt es im Winter weniger zu tun, was gut ist, denn wir haben auch weniger Kraft dafür. Unsere Gedanken kreisen fast ausschließlich darum, wie wir uns wärmen könnten, ansonsten geht es um den Hunger. Ich lege Kartoffeln zum Backen ins Feuer. Wenn sie gar sind, essen wir sie mit Salz und verdrängen die Erinnerung daran, wie gut Butter war.

i

Wir drei reden nicht über das, was wir verloren haben. Verlust ist etwas ganz Privates, außerdem ist er so groß, so absolut, dass er nur schwierig in Worte zu fassen wäre, und selbst wenn wir damit anfangen würden, wie könnten wir je wieder aufhören? Für mich selbst mache ich Listen. Ich zähle die Dinge auf, die ich vermisse, während ich im trüben Winterlicht Schnecken von den Kohlköpfen lese: das saubere Gefühl von Seife. Butter. Kaffee.

Warmes Wasser aus dem Hahn. Die ganz normale Freiheit von Hunger und Sorgen. Nicht ständig darüber nachdenken müssen, wie wir mit unseren Vorräten auskommen können. Zitronen. Pizza aus dem Gefrierfach. Eiswürfel. Grandy.

CARO

Ich vermisse Pauly als kleines Kind. Ich vermisse die Zeit, als ich keine Gelenkschmerzen hatte, als meine Finger morgens nicht steif waren. Ich vermisse es, schlafen zu können. Ich vermisse Vater – nicht so sehr seine Persönlichkeit, an die ich mich kaum erinnere, sondern die Gewissheit, dass er zwischen mir und der Welt stand und ich in Sicherheit war. Mitunter vermisse ich sogar Francesca.

5

SALLY

Am ersten Samstag im September ging ich mit Pauly ins Dorf, wo das Postamt vor der saisonalen Schließung das letzte Eis zum reduzierten Preis verkaufte. Wir kauften je ein Cornetto, setzten uns auf die Schaukeln und sahen den Leuten beim Zusammenpacken zu. Um uns herum wurden Wege gefegt. Läufer ausgeklopft. Autos vollgeladen. Alle Sommergäste fuhren nach Hause, der Anblick erinnerte mich an Schwalben, die sich einst ebenso auf die Abreise vorbereitet, sich im September zu Schwärmen zusammengefunden hatten, der sommerlichen Stille plötzlich müde.

Pauly beobachtete, wie eine Frau ihr Kind in den Sitz schnallte, wie sie verärgert erst an den Gurten, dann am sich windenden Kind herumzerrte.

– Kommen sie zurück?,

fragte er.

– Kommen sie alle nächstes Jahr zurück?,

und kaum hatte er die Frage ausgesprochen, sagte jemand hinter uns,

– Wir werden wohl nicht wiederkommen …

Eine Möwe landete auf dem Dorfanger. Das Kind im Auto begann zu weinen. Wir aßen unser Eis auf.

– Komm, Pauly,

sagte ich.

– Lass uns gehen. Caro fragt sich bestimmt schon, wo wir stecken.

PAULY

Nach und nach, während sich das Dorf langsam leerte, erweiterte ich mein Territorium. Ich wanderte und stöberte. Es war ein Paradies für einen kleinen Jungen, den ganzen Tag über die Heide oder die Salzmarschen zu stromern, irgendwann nach High House zurückzukehren, müde, und sich neben Grandy in der Küche mit Brot und Marmelade vollzustopfen, während Caro, am Herd, mahnte,

– Ach, Pauly, du verdirbst dir doch den Appetit ...

Sogar damals, vor der Flutkatastrophe, war diese Landschaft gezeichnet, von Menschen geschaffen und verloren. Da gab es Windmühlen, Deiche, Gräben, und das Schilf, einst zur Rohrweberei verwendet, wucherte nun ungezähmt. Früher sind sie im Winter immer verdorrt, sagte Grandy, aber dann, im Frühling, ragten neue Sprösslinge wie Speerspitzen aus den Resten empor. Er erklärte mir, dass sie früher Netze und Seile daraus gewoben hatten, Matten für den Boden – sogar Dächer, wenn nötig. Er erzählte mir von den Bäumen oben auf der Heide, vom Meer entfernt, ein Niederwald mit Eichen, die zu bizarren Formen heranwuchsen, die Stämme tief gespalten, sodass ausladende Hohlräume entstanden, und dass man damals einen einzigen Ast achtzig Jahre lang hegte, bis man ihn endlich als Schiffsmast verwenden konnte. Die Bäume seien fast ein Jahrhundert ungestört geblieben, sagte er, aber jetzt waren sie nur noch ausgewaschene Skelette ihrer vorgesehenen Form.

– Da möchte ich draufklettern,

sagte ich. Er wuschelte mir lächelnd durchs Haar.

– Ja, dazu sind sie perfekt geeignet. Eine zufällige Nebenwirkung.

Manchmal ging Sally nachmittags mit mir in die Kirche, dann stand ich stumm da und schaute zur Decke hinauf, zu den Holzengeln, wortlos und wunderbar, die Flügel mit der verblassten Farbe, die aufmerksam hinabspähenden Gesichter. Es gab eine Zeit, da waren all die Dinge neu gewesen, mit Absicht geschaffen – und damals hatte ich gespürt, dass sie in dieser Landschaft Spuren hinterließen, rund um mich herum, geisterhafte Relikte, so wie jetzt die Ruinen des Dorfes, die verrosteten Autowracks und ungepflügten Maisfelder, die Boote, die wir vor der Küste ankerlos treiben sahen, und manchmal, mit der Strömung, hinaus aufs Meer.

i

Irgendwann im Sommer hatte ein Silberreiherpärchen im Schilfgürtel sein Nest gebaut. Ich hatte es eines Tages durch Zufall entdeckt und war hocherfreut zum Haus zurückgerannt, um es Grandy zu erzählen.

– Wir haben großes Glück,

sagte er.

– Sie halten uns wohl für was ganz Besonderes.

ii

Als unser Leben zunehmend enger wurde, sich nur noch auf uns vier reduzierte, im Dorf nicht mal mehr Fremde auftauchten, die uns die Illusion vermittelt hätten, dass wir einer nicht nur aus uns bestehenden Gemeinschaft angehörten, wurden die beiden zu meinen Gefährten – Fantasiefreunde, von meinem Glauben, meiner Sehnsucht erschaffen. Die anderen hatten ständig zu tun. Ich hingegen hatte das Gefühl, dass sich im Haus Dinge abspielten, die ich weder sehen noch verstehen konnte – Unterhaltungen, die außerhalb meiner Hörweite stattfanden –, daher suchte ich nach einem Trost und fand ihn in diesen beiden Geistervögeln, aufrecht und wunderschön, in den Salzmarschen. Sie wollten mir nicht mehr aus dem Kopf, ich malte Bilder von ihnen in ein Notizheft, das ich in der Scheune gefunden und unter meinem Kissen versteckt hatte, und so oft es ging, den ganzen Frühherbst hindurch, besuchte ich sie. Ich ging allein oder mit Caro, wenn sie sich breitschlagen ließ, Hand in Hand balancierten wir über den schmalen Bohlenweg, mitten durch das aus dem schlammigen, brackigen Wasser hochgewachsene Schilf. Dazwischen befanden sich in regelmäßigen Abständen in den Boden gegrabene Rinnen, Schlote für die Bewässerung oder als Abflussgräben frei gehalten, um Hochwasser umzuleiten, hier und da erhoben sich die Überreste einer Windmühle, verrottete Segel hingen über gähnenden Eingängen, offen und leer. Dies war und ist noch heute der Lebensraum vieler Vogelarten. Oft trafen Caro und ich unvermittelt auf Schwäne, zu zweit oder zu dritt, die langsam vorwärtsglitten, wir sahen Brachvögel mit ihren langen Schnäbeln, die den Abend mit ihren Rufen erfüllten, und die Reiher, auf einem Bein im Wasser, das andere weit hochgezogen. Hier gab es Strandläufer und Sanderlinge, Rotschenkel und Schnepfen. Die Austernfischer mochte ich besonders gern, denn sie wirkten so fröhlich, mit ihrem schwarz-weißen Federkleid und den orangefarbenen

Schnäbeln, und am Ende des Strands, wo die Felsen über dem Meer aufragten, sah man oft Uferschwalben herabsausen und ins Wasser tauchen.

iii

Da sich das Nest der Reiher mitten in den Salzmarschen befand, brauchten Caro und ich eine Stunde bis dorthin. Wir kamen nur langsam voran, denn ich stocherte bei jeder Gelegenheit im weichen Schlamm herum, um Larven oder Käfer aufzuspüren, Würmer, Asseln. Es fühlte sich gut an zu zweit, weg von den anderen.

– Ich hab dich lieb, Caro,

sagte ich. Sie drückte mir die Hand.

– Ich dich auch.

Als wir uns dem Nest näherten, bedeutete ich ihr, still stehen zu bleiben, wir gingen im Schlamm in die Hocke, bis sich einer der Vögel aufrichtete, weiß und schlank – ein Geisterreiher, der aufs Wasser zustakste. Spät am Nachmittag, wenn die Sonne tief stand und das Wasser golden schimmern ließ, schienen die Vögel zu leuchten, ihre Flügel vergoldet wie die der Engel in der Kirche – und in solchen Momenten war ich überzeugt, dass sie die Macht hatten, uns zu beschützen. Grandy hatte mir erzählt, unsere Marschen seien eigentlich nicht ihr Lebensraum, der lag nämlich weiter südlich, daher erschien es mir nur folgerichtig zu glauben, sie seien aus einem bestimmten Anlass hergekommen – sie seien aus unerfindlichen Gründen meinetwegen hier.

SALLY

Mit dem Ende des Sommers setzte der Wandel ein. In den langen Ferienwochen war es leicht gewesen, High House wie ein Paradies zu genießen, alles, was wir brauchten und wollten, lag für uns in der Scheune bereit, wir hatten nichts zu tun, außer den Garten zu pflegen, zum Strand zu spazieren und wieder zurück – doch jetzt wurden die Tage kürzer, der Himmel dunkel, Tintenflecke breiteten sich aus, wenn wir Pauly ins Bett brachten, und immer noch kein Regen. Die Hecken waren staubig. Das Gras verdorrte. Das Laub wurde weder rot noch fiel es, die Blätter, braun und eingerollt, klammerten sich an den Zweigen fest, sodass sie knisterten, wenn Wind aufkam. Am Abend, wenn die anderen im Bett waren, verfolgte ich wieder die Nachrichten. Es gab Städte auf der südlichen Erdhalbkugel, die kein Wasser mehr hatten, nach zwei Jahrzehnten Dürre waren die Speicherseen ausgetrocknet. Ich sah, wie Laster Trinkwasser herankarrten, die Menschen standen mit Fünf-Liter-Kanistern Schlange, Soldaten bewachten die Abgabe. Überall herrschte große Hitze, Trockenheit, und unten, am Strand hinter den Marschen, kletterte das salzige Meer an Land.

i

Grandy und ich standen im Obstgarten, wo die Äpfel sonnenprall von den Ästen hingen, obwohl die Blätter bereits braun waren.

– Es gibt kein Wort dafür,

sagte er.

– Kein Wort für diese Jahreszeit, die mittlerweile zwischen Sommer und Herbst stattfindet. Ich bin des Wartens müde.

Er hatte sich bei mir untergehakt und verließ sich darauf, dass ich ihn stützte.

– Das sind wir alle,

sagte ich und wusste nicht, warum mir Tränen in die Augen stiegen.

ii

Irgendwann konnte ich nicht mehr stillhalten. Alles nervte mich. Das Haus nervte mich – die Unordnung, nichts war mehr an seinem Platz, sondern irgendwo abgelegt, auf der Fensterbank, und danach nicht weggeräumt worden, einzelne Socken zusammengerollt in Ecken, der Fettfilm oben auf dem Küchenregal. Caro nervte mich mit ihrem devoten Getue.

– Kann ich dir irgendwie helfen?,

fragte sie, als ich auf dem Küchenboden kniete, umgeben von Dosen, den Kopf im Schrank, den ich gerade auswischte.

– Herrje, Caro!,

zischte ich.

– Sieh dich einfach um, okay? Ich muss dir doch nicht alles vorbeten.

Pauly, der mich mit Fragen löcherte, ständig um Süßes anbettelte, ging mir auf den Keks. Die Hühner nervten mich. Sogar Grandy nervte mich.

– Dieser Stuhl ist widerlich,

sagte ich, als er sich an die offene Terrassentür setzte.

– Such dir einen anderen, ich mach ihn sauber.

Er lächelte.

– Du bist aber schlecht gelaunt, Sal …,

aber ich runzelte nur die Stirn und füllte eine Schüssel mit Wasser, um seinen Stuhl zu schrubben.

iii

Abends, im Dunkeln, wenn alle anderen im Bett lagen, saß ich auf der untersten Stufe, drückte mir die Fäuste in die Augen, erschöpft, überreizt, aber nicht willens, den Tag als erledigt abzuhaken, denn ich wusste, dass mich im Bett, wenn ich auf den Schlaf wartete, die große Trostlosigkeit überkommen würde, der Gedanke an all die Menschen – all diejenigen, die woanders starben, an Hunger, an der Dürre, Feuer oder Sturm oder Kälte, während ich, in meiner Zuflucht, meinen Zorn an den Bodendielen abarbeitete, mit Wasser und Seife.

CARO

Die letzten Wochen vor dem Wetterwechsel hatte ich das Gefühl, in einem großen Kopfschmerz zu existieren. Der Himmel schien mich zu erdrücken, quetschte meinen Körper in eine ständig schrumpfende Kammer, und das Licht, das seit einem Monat hell geleuchtet, jeden müden Zweig angestrahlt hatte, jeden erschöpften Grashalm, war jetzt kränklich gelb getrübt. Ich ging nicht mehr raus. Ich hatte Pauly *Der Löwe, die Hexe und der Kleiderschrank* vorgelesen, und er war so versessen darauf, dass wir uns auch den Rest der *Chroniken von Narnia* vorgenommen hatten, wir lasen sie morgens im Bett, nach dem Frühstück im Wohnzimmer, ich auf dem Sofa, die Füße auf der Lehne verschränkt, Pauly mit Lego am Boden, wo er Häuser baute.

– Können wir heute Nachmittag zu den Vögeln gehen?, fragte er nach dem Mittagessen.

– Lass uns erst noch das Kapitel zu Ende lesen, sagte ich, denn das Vorlesen bereitete mir genauso viel Freude wie Pauly das Zuhören, und so blieben wir den Rest des Tages im Haus, und der nächste Tag verlief genauso. Sogar Sal hielt sich in der Nähe des Hauses auf, und Grandy blieb in der Küche. Beide wirkten rastlos. Grandy saß am Fenster, starrte hinaus, als würde er auf etwas lauern, und Sally, mies gelaunt, hatte sich darauf kapriziert, eine Inventur des Hauses vorzunehmen, zu putzen, zu fegen, die Matratzen umzudrehen und die Betten zu lüften, Waschbecken und Spülen zu schrubben.

– Als Nächstes entsorgst du uns auf dem Komposthaufen,

sagte ich, aber sie lächelte nicht einmal, sondern zog ungerührt die Winterdecken aus der Truhe, um nachzusehen, ob sie Motten hatten.

SALLY

Tagelang hielt ich mich in der Nähe des Hauses auf, irgendein Instinkt machte mich anhänglich, aber schließlich hielt ich es nicht mehr aus.

– Ich geh schwimmen,

sagte ich und suchte das Weite, bevor sich jemand anschließen konnte. Das war am letzten Nachmittag vor dem Regen, und als ich auf dem Rücken im Meer trieb, sein Auf und Ab spürte, sich meine Muskeln entspannten, erwischte mich eine Qualle, und ich musste mit roten Striemen an Schultern und Armen zurücklaufen, dabei versuchte ich, nicht zu weinen. Grandy zupfte mir die Reste der Tentakel aus der Haut.

– Du musst das unter heißes Wasser halten,

sagte er, als er fertig war,

– so heiß es geht,

und er goss den Inhalt des Kessels direkt in die Spülschüssel. Ich schnappte sie mir, stinksauer auf mich, die Qualle und auf Grandy, den ich als mitleidslos empfand.

– Ich setz mich nach draußen,

sagte ich. Caro folgte mir, obwohl ich sie nicht in meiner Nähe haben wollte.

– Wo ist Pauly?,

fragte ich.

– Der spielt mit Lego,

antwortete sie.

– Er hat sich Sorgen gemacht, aber ich habe ihm gesagt,

dass es dir gut geht. Er will dich sehen, bevor er ins Bett geht.

Grandy kam zu uns nach draußen.

– Das Wetter schlägt um,

sagte er, und noch während er sprach, spürte ich es selbst: Kälte, die einsetzt, wenn die Temperatur von einem Augenblick auf den anderen sinkt, als hätte jemand einen Schalter umgelegt. Der Wind trug Meergeruch in den Garten. Wir sammelten unsere Siebensachen ein und zogen uns ins Haus zurück.

i

Caro badete Pauly und brachte ihn ins Bett, während ich im Herd das Feuer schürte. Nach so vielen Monaten der Hitze kam die Kälte derart plötzlich, dass sich unsere Haut runzlig zusammenzog. Grandy ging früh zu Bett, aber Caro und ich, unwillig, die warme Küche zu verlassen, blieben auf, spielten *Uno*, warteten. Dann, endlich, hörten wir sie – die ersten Tropfen tappten ans Fenster, trommelten aufs Dach der Waschküche, ich hatte glatt vergessen, wie es war, wenn der Regen einsetzte, sein sanfter Klang, beständig, beharrlich, wie er reinwusch und Behaglichkeit vermittelte. Wir hüllten uns in Decken und stellten uns an die offene Terrassentür in der Küche, das Licht ausgeschaltet, damit wir ihn sehen konnten, wie er fiel, unentwegt, durch die Dunkelheit. Es war eine Freude, ja, eine Wiedersehensfreude, bis dahin hatte ich nicht gemerkt, wie sehr ich mich danach gesehnt hatte: das Ende des Sommers; der Abschluss des Jahres; der Regen.

ii

Pauly war unbemerkt nach unten gekommen, während Caro und ich Schulter an Schulter in den Garten gestarrt hatten, und stand jetzt weinend mitten in der Küche. Er hatte ein Kissen in der Hand, die Ärmel seines Schlafanzugs hingen ihm über die Finger, seine Haare waren verwuschelt, die Wangen vom Schlaf gerötet. Nachts hatte er immer schon jünger gewirkt, dachte ich. Caro ging zu ihm und schloss ihn in die Arme.

– Pauly,

sagte sie, während er weiterschluchzte.

– Pauly, was ist los? Hat dich das Geräusch geweckt? Das ist nur der Regen, Pauly. Nur der Regen …

– Meine Vögel, Caro,

jammerte er mit tränenerstickter Stimme,

– meine Vögel werden nass.

CARO

Als es anfing zu regnen, kam Pauly nach unten, er machte sich Sorgen um seine Vögel. Als ich ihn trösten wollte, bemerkte ich, dass seine Hände und Füße eiskalt waren.

– Er friert,

sagte ich zu Sal,

– O Pauly, du bist ja halb erfroren. Komm, ich bringe dich zurück ins Bett.

Ich legte mich dazu und schmiegte mich eng an ihn, deckte uns zu. Sally kam mit Decken aus der Truhe und Pullovern aus der Scheune, dicken Socken. Ich legte eine zusätzliche Decke über Paulys Bett, dann noch eine drüber.

– Haben wir Wärmflaschen?,

fragte ich.

– Weiß nicht,

sagte Sally.

– Ich nehme es an, aber es ist zu dunkel, um jetzt danach zu suchen. Ich schaue morgen mal nach.

Sie sagte Gute Nacht, ich hörte, wie sie zuerst nach unten und kurz danach wieder hoch in ihr Zimmer ging. In der Dunkelheit lag ich wach, lauschte Paulys Atem, der sich entspannte und langsamer ging, bis er wieder eingeschlafen war, lauschte dem Regen, wie er gegen das Fenster trommelte, und dem sanften Rauschen von Wind und Meer. Ich hatte das Gefühl, dass sich darin Worte verbargen, tief darunter versteckt, doch so sehr ich auch versuchte, sie zu verstehen, es wollte mir nicht gelingen, und irgendwann schlief ich ein, um erst am Morgen zu erwachen, der Geruch der feuchten Erde wie ein Erntedankgebet.

SALLY

Beim Frühstück sahen wir zu, wie der Regen die Fensterscheiben herabströmte. Pauly wollte unbedingt, dass Caro mit ihm zu seinen Vögeln ging.

– Was, wenn sie zu nass werden, Caro?,

fragte er.

– Was, wenn ihr Nest weggespült wird?,

fragte ich.

– Das sind Vögel, Pauly, die wissen sich schon zu helfen,

was mir einen mahnenden Blick von Grandy einhandelte, denn natürlich waren es für Pauly nicht einfach Vögel, das wussten wir alle. Als Wiedergutmachung sagte ich,

– Also gut. Wenn Caro nicht mitkommen will, gehe ich mit dir.

Er lächelte, sprang sofort auf und rannte in den Flur.

– Aber wenn du nasse Füße kriegst,

rief ich ihm hinterher,

– will ich kein Jammern hören. Ich trage dich nicht heim, nur weil dir die Socken triefen.

i

Es war die helle Freude, an jenem Tag im Regen draußen zu sein. Pauly und ich trugen Wachsmäntel und -hosen aus der Scheune, dazu Gummistiefel und Handschuhe, Schal und Mütze unter der Kapuze, sodass wir trotz des Wetters warm und trocken blieben, und auf dem Weg zu den Salzmarschen, am Gezeitentümpel vorbei, platschten wir durch die Pfützen, glitschten durch den Matsch und sangen laut, waren aber im unablässigen Prasseln trotzdem kaum zu hören. Wir spielten Fangen. Auf dem Bohlenweg mussten wir aufpassen, denn die Bretter waren teilweise glitschig.

– Halte dich gut an mir fest,

sagte ich zu Pauly.

– Ich will dich nicht verlieren. Stell dir vor, was Caro sagen würde.

Die Vögel saßen immer noch in ihrem Nest, doch als sich der größere von beiden erhob und auf einen Graben zustakste und dort am Rand stehen blieb, ein Bein elegant gehoben, als wollte er sich nicht im Schlamm schmutzig machen, sah er recht mitgenommen aus, sein Gefieder platt. Er beugte den Kopf tief, um ins Wasser zu spähen. Wir sahen ihm zu, geduckt, bis sein Schnabel plötzlich vorschoss, er seinen Hals blitzschnell ausfuhr, um die regenvernarbte Oberfläche zu durchstoßen und einen Fisch herauszuziehen, der noch kurz mit dem silbrigen Schwanz zuckte und dann verschwunden war, von der langen Kehle des Vogels verschluckt.

– Na, das ist doch prima, Pauly,

sagte ich.

– Jetzt weißt du, dass er sein Fressen bekommen hat. Komm, wir müssen langsam zurück.

Auf halbem Weg zerrte Pauly an meinem Ärmel und sagte etwas, aber der Regen prasselte so laut auf meine Kapuze, dass ich ihn erst verstand, als ich mich tief zu ihm hinabbeugte.

– Meine Füße sind ein bisschen nass, Sal,

sagte er,
– aber das ist nicht so schlimm,
dann lächelte er und rannte voraus zum Haus.

CARO

Jeden Nachmittag wollte Pauly nun die Vögel besuchen, und so gingen ich oder Sally täglich mit ihm durch den Regen, ob es nieselte oder in Strömen goss, manchmal kam auch Nebel vom Meer. Wenn das Wetter richtig schlecht war, der Wind mir den Regen wie Nadelspitzen ins Gesicht fegte und mir Tränen in die Augen trieb oder sinkende Temperaturen den Regen gefrieren ließen, schlug ich Pauly vor, die Vögel einen Tag lang allein zu lassen.

– Sie werden sich in einem Unterschlupf versteckt haben, Pauly. Bei solchem Wetter sind sie bestimmt nicht im Nest. Wir bekommen sie garantiert nicht zu Gesicht,

doch allein der Gedanke schien ihn zu erschrecken.

– Sie haben Angst, Caro. Das weiß ich ganz genau,

und letzten Endes brachen wir trotzdem auf.

– Ich weiß nicht, wie lange sie noch durchhalten,

sagte Grandy eines Abends, als Pauly schon im Bett war.

– Sie hätten schon vor Monaten nach Süden fliegen sollen, aber das Wetter hat sie eingelullt. Jetzt sitzen sie fest. Bei dem Regen schaffen sie die Reise nicht. Du musst ihn darauf vorbereiten, Caro …,

doch obwohl ich wusste, dass er recht hatte, tat ich es nicht. Ich fand den Gedanken an Paulys Angst unerträglich, oder seine Trauer, erneute Trauer, also schob ich es vor mir her, schwieg von einem Tag auf den nächsten, und wie ein Wunder hielten die Vögel durch, bei jedem Besuch ausgezehrter und bemitleidenswerter, aber noch am

Leben, die letzten Novemberwochen hindurch bis in den Dezember.

i

Der Regen wurde zur Konstante, aber er hatte verschiedene Formen. Manchmal herrschte feiner Sprühregen, dessen Tröpfchen Haar und Kleidung benetzten und dort wie winzige Juwelen funkelten, dann wieder prasselte er gleichmäßig vom Himmel und drang durch Reißverschlüsse und Säume. Es gab Tage, wenn der Wind ihn zu dolchscharfen Geschossen machte, die uns in Hände und Gesichter stachen. Und andere, wenn nur unendliches, nasses Grau herrschte, einmal, eines Nachmittags, stand ich am Flussufer und sah, wie draußen auf dem Meer die Wolkendecke aufbrach, um einen einzelnen Sonnenstrahl durchzulassen, der zersprang und glitzerte und einen Regenbogen über die Marschen spannte. Doch meist war es nur Regen. Wir gewöhnten uns daran, durchnässt zu werden. Unsere Kleidung, zum Trocknen auf einer Leiste vor dem Küchenherd aufgehängt, erfüllte das Haus mit Dampf. Unsere Stiefel rochen zunehmend schimmelig und nach dem faulenden Klebstoff, der das Obermaterial und die Sohle zusammenhielt. Ich gewöhnte mich daran, noch feuchte Handschuhe überzustreifen, meine Finger hineinzuzwängen, die Daumen. Meine Haut, dauerfeucht, wurde weich und bildete aufgeplatzte Schwielen an den Rändern der Handinnenflächen.

SALLY

Es regnete immer weiter, und irgendwann kam mir der Gedanke, dass es jetzt so weit war, dass gekommen war, auf was wir uns vorbereitet hatten – und wie ich mir innerlich gratulierte, jedes Mal, wenn ich eine Regenrinne oder ein Abflussrohr freiräumte, zu unserer Widerstandskraft. Ich schlüpfte in Gummistiefel und Grandys alten Südwester und ging hinaus, um den Garten zu inspizieren, die Blätter vom ständig nachwachsenden Spinat zu zupfen. Ich ließ die Hühner zum Scharren in der feuchten Erde ins Freie, dann rief ich sie zurück in die Waschküche, und die ganze Zeit über sonnte ich mich in dem Wissen, dass wir bestens vorbereitet waren. An die Supermarkttransporter, die uns immer noch monatlich belieferten, dachte ich nicht. Auch nicht an die Dinge, die wir verwendeten, aber nicht selbst machen konnten: Zucker, Milch, Olivenöl. Und nicht an die Ärzte und die Krankenhäuser, fragte mich nicht, ob sie im Notfall für uns da wären. Genauso wenig dachte ich an die mechanischen Geräte, den Kühlschrank und den Generator, die Lampen mit ihren Birnen, die Klick- und Drehschalter. Ich dachte nicht an das riesige Netz, unsichtbar, unbemerkt, das uns aufrechterhielt.

i

Schon während dieser langen grauen Regenwochen konnte man sich leicht einbilden, zu den einzigen Überlebenden zu gehören, aber in Wahrheit habe ich sie damals noch gespürt – die anderen; die Städte und Orte voller Menschen, die einfach ihrem Alltag nachgingen, sich an kleinen vertrauten Dingen erfreuten und einander sagten, dass ihnen ohnehin nichts übrig blieb, als das Beste daraus zu machen. Der Regen fiel auf uns alle herab. Wir alle wurden nass, und das haben wir verloren, in den Wochen und Monaten nach der Flut: das Gefühl, ein kleiner Teil des großen Ganzen zu sein, das unvergänglich war, selbst wenn wir alles daran verabscheuten. Danach gab es nur noch Fragmente, vereinzelte Menschen, die sich durchschlugen, wie wir. Wir sahen sie. Sie kamen oft, in jenen ersten Wochen, um nachzuschauen, was mit dem Dorf passiert war. Vielleicht meinten sie auch, dort eine sichere Zuflucht zu finden. In den Nachrichten wurde nur von betroffenen Städten berichtet, daher musste man schon selbst herkommen, um herauszufinden, wie es hier auf dem Land aussah. Pauly hatte ein Fernglas, ein Weihnachtsgeschenk von Grandy, mit dem wir sie aus unserem Versteck im kleinen Wäldchen zwischen Dorf und High House aus beobachteten. Sie wagten sich bis ans Ufer vor, blieben dort stehen und blickten aufs Wasser – fünf Minuten, eine halbe Stunde sogar, aber irgendwann wandten sie sich ab und gingen davon, zurück zur Straße.

– Sie sind weg!,

rief Pauly, woraufhin Caro und ich wieder hervorkamen und unsere Suche fortsetzten. Wir durchkämmten das Dorf nach gut erhaltenen, nützlichen Dingen, die das Wasser nicht zerstört hatte, weil sie weiter oben gelagert waren, auf Dachböden oder oberen Etagen, vor allem Kleidung, Decken, Nähutensilien. Wir drehten Glühbirnen aus Fassungen. Wir durchsuchten Schubladen nach Batterien, Draht, Scheren. Holzmöbel zerteilten wir mit einer Axt und trugen die Scheite zum Feuermachen zurück zum Haus. Caro fand das entsetzlich. Sie schwieg beharrlich, die ganze Zeit über. Spurtete in die Zimmer und so schnell wie möglich wieder hinaus. Klagte über Kopfweh. Obwohl sie früh ins Bett ging, war sie morgens blass und hatte dunkle Ringe unter den Augen, daher wusste ich, dass sie nicht schlief.

ii

Mittlerweile sehen wir nur noch selten jemanden. Hier und da kommen Boote, kleine Jachten oder Jollen, deren Segel sich scharf gegen den Himmel abzeichnen. Manchmal, wenn ich das Feld auf der anderen Seite der Heide beackere – das wir nutzen können, weil es zuverlässig über dem Wasserspiegel liegt, sogar bei Höchststand, und der Boden deshalb der Versalzung entkommen ist –, sehe ich in der Ferne versprengte Grüppchen, die langsam die Straße entlanggehen. Einmal flog sogar ein Helikopter über uns hinweg. Früher haben wir auch vereinzelt Flugzeuge gesehen, aber das ist schon Jahre her. Am Anfang fürchteten wir uns vor Plünderern, aber Francesca hat uns offenbar gut versteckt. Sie hat ihre Pläne niemandem verraten, nicht mal uns, und von High House aus kommt man nur ans Meer. Von der Straße aus kann man das Haus nicht sehen. Ich glaube, es gibt Gegenden auf der Welt, die glimpflicher davongekommen sind als andere – beziehungsweise Gegenden, wo die Menschen noch warten. Sie werden uns nicht retten, denn wo sollte das enden? Sie haben gerade genug, und es ist nicht einfach damit getan, jeden reinzulassen.

CARO

Wir sind nicht autark. So etwas gibt es gar nicht. Wir verlassen uns auf die Vorräte in der Scheune. Wir verlassen uns auf die Hühner, aber die Schar wird immer kleiner. Wir verlassen uns auf den Weizen, aber ein schlechtes Jahr genügt, dann haben wir keine Reserven mehr zur Aussaat. Wir verlassen uns auf den Gezeitentümpel und den Generator, den wir nicht reparieren könnten, wenn er kaputt wäre. Wir verlassen uns auf High House, auf seine Grundmauern, die uns bergen und schützen, aber auch diese Dinge werden nicht ewig überdauern. Wir verlassen uns aufeinander. Ich versuche, keine Angst zu empfinden, aber es will mir nicht gelingen.

PAULY

Wenn Caro mich nachts weckt und mir erzählt, dass ihr Kopf so voll ist, dass sie das Denken nicht mehr ertragen kann, und sie meine Versicherung braucht, dass sie keine Schuld hat oder zumindest genauso viel wie wir alle – wenn sie auf der Matratze am Boden liegt und ich ihr Geschichten zuflüstere, bis sie einschläft, meine Hand umklammert, wenn ich sehe, wie ihr Körper endlich erschlafft, entspannt –, dann wäge ich die Risiken ab. Wir sind alle drei relativ gesund, Caro hat sich zwar ein paar Frostbeulen eingehandelt, aber um die kümmern wir uns gründlich, damit sie sich nicht entzünden. Wir haben einen kleinen Vorrat an Antibiotika in der Scheune, die wir für den absoluten Notfall aufsparen. Die Regale sind voll mit Paracetamol und Ibuprofen. Wir haben einen Karton mit einundzwanzig kleinen Morphium-Ampullen, drei davon fehlen bereits. Wir leben in ständiger Furcht vor Unfällen – ein falscher Schritt, ein Stolpern. Ein gebrochener Knochen, selbst die kleinste Fraktur, birgt Risiken, und wir versuchen, sie mit Schutzkleidung und Aberglauben abzuwehren. Vor Werkzeugen haben wir großen Respekt. Klingen schärfen wir mit Achtsamkeit und tragen Handschuhe. Trotz allem können wir davon ausgehen, dass jeder von uns ins Zukunft extreme Schmerzen leiden wird.

Manchmal denke ich daran, einfach abzuhauen, aber wo wäre es besser als hier?

SALLY

Als der Dezember kam, hatte es schon sechs Wochen am Stück geregnet. Die Straßen waren überschwemmt. Wir hatten die letzte Butter gegessen, die letzte Milch getrunken. Immer öfter nutzten wir den Gezeitentümpel, um uns für die rund sechs Stunden, die wir Licht brauchten, wenigstens eine Stunde Strom zu liefern. Den Rest der Zeit zündeten wir Kerzen an oder schürten das Feuer, und dann herrschte Stille, es war aufregend, wenn wir uns im Gefühl der Belagerung zusammenrotteten, um uns gegenseitig zu wärmen. Die letzte Post, die uns erreichte, war ein Informationsblatt, das davor warnte, vor dem Hochwasser in Dachkammern Zuflucht zu suchen. Ich stellte mir vor, wie es wäre, mit dem Gesicht an die Sparren gepresst zu ertrinken, während zwischen den Ziegeln der unerreichbare Himmel durchschien. Ich dachte an das Risiko zu erfrieren, mit nasser Kleidung, ausgesetzt auf dem schmalen Grat eines Spitzdachs. Ich dachte an Kinder, die auf Rettung warteten, während ihnen das Wasser schon fast bis zum Hals stand. Es regnete immer weiter, die Flüsse schwollen an. In London hatte das Sperrwerk, gebaut, um die östlichen Stadtteile bei außergewöhnlich hohen Wasserständen zu schützen, seine Schleusentore mittlerweile permanent geschlossen, eine Art Damm, hinter dessen glänzenden Metallsegeln das Leben von Millionen in der Schwebe hing. Die Menschen, die flussabwärts wohnten, an den Ufern der langen

Flussmündung, wurden evakuiert. Diejenigen, die keine andere Unterkunft hatten, wurden in Sammelquartieren untergebracht, große Lager im Landesinneren, auf ausladenden Hügeln, weiter oben. Man gab ihnen Zelte, und ich stellte mir vor, wie sie versuchten, die Planen auf dem durchweichten Untergrund zu verankern. Ich sah ihre Gesichter, durch Drahtzäune gefilmt. Sie kauerten, in Anoraks gehüllt. Saßen da, als fehlte ihnen der Wille, etwas anderes zu tun – was vermutlich auch vergeblich gewesen wäre. Ich erinnerte mich an eine Szene aus meiner Kindheit, Grandy kniete vor mir und zog mir den Reißverschluss des Schneeanzugs hoch und sagte, es sei wichtig, sich bei Regenwetter so zu schützen, dass die Feuchtigkeit nicht durch die Kleidung dringe, denn war man erst mal nass, sei es extrem schwer, alles wieder trocken zu bekommen, und ich stellte mir vor, ständig nass zu sein. Es gab Gerüchte über den Ausbruch vorsintflutlicher Krankheiten: Schützengrabenfuß, Ruhr, Cholera.

i

Zur Bedrohung durch das Wasser gesellte sich die absehbare Hungersnot. Ertrunkene Nutztiere trieben auf überschwemmten Weiden. Der Boden war zu nass für Aussaat oder Ernte. Häfen, überflutet, evakuiert, konnten selbst die wenigen Containerschiffe nicht löschen, die noch kamen. Das ganze komplizierte System der modernen Welt, das uns aufrechterhalten, von der Erde entfremdet hatte, bröckelte nun, machte uns wieder zu dem, was wir einst gewesen waren: frierend, voller Angst vor dem Wetter und voller Angst vor der Dunkelheit. Während wir alle irgendwie beschäftigt gewesen waren mit diesen ganzen

Nichtigkeiten, die in Summe unser Leben ausmachten, hatte sich die Zukunft in die Gegenwart geschlichen – und obgleich wir gewusst hatten, dass es kommen würde, reagierten wir jetzt, da es so weit war, mit überwältigter Überraschung, so, wie wenn man morgens aufwacht und erkennt, dass man einst jung gewesen sein mochte, es aber nun, praktisch über Nacht, nicht mehr war. Ich sah, was geschah, und meine Sicherheit lastete schwer auf mir, doch ich musste an Pauly denken, an Caro und an Grandy. Wir hatten gerade genug, um unsere eigene Haut zu retten.

ii

Als Caro von ihrer Laufrunde zurückkehrte, berichtete sie uns, unser Fluss sei hinter der Brücke über die Ufer getreten und liege nun ausgebreitet wie Silberpapier auf den Feldern und Weiden, aber dennoch – noch immer – trotz allem, was ich gesehen hatte und wusste, redete ich mir ein, dass es sich vielleicht doch nur um ein weiteres schlechtes Jahr handelte. Irgendwas würde passieren, man würde was unternehmen, um alle in Sicherheit zu bringen. Es war, glaube ich heute, eine Art Selbsterhaltungstrieb, mit dem mein Verstand sich um die Wahrheit herumdrückte. Meine Art, uns zu schützen. Caro schaffte das nicht. Auf diese Weise war sie wie Francesca, zumindest in dem Jahr, in dem ich ihr regelmäßig begegnet war, aber ihr fehlte Francescas Pragmatismus, ihre alles infrage stellende Wut – oder es lag einfach daran, dass sie nicht früher geboren worden war und freier. Sie konnte das Leid der anderen nicht ausblenden oder sich damit herausreden, dass jemand anderes für diese Menschen verantwortlich sei. Sie konnte die Kosten und Verluste nicht gegeneinander abwägen und eine Lösung finden, sondern sah nur die große Ungerechtigkeit – wir auf High House, im Trockenen, während im ganzen Land Menschen im Regen ausharrten. Eines Nachts kam sie in mein Zimmer, setzte sich neben mich aufs Bett und schaute auf meinem Laptop die Nachrichten, und danach war sie untröstlich. Wir sollten, sagte sie, alle Zimmer füllen. Wir sollten Tür und Tor öffnen. Wir sollten sie kommen lassen, alle, die Not litten, nach High House kommen lassen, ins Trockene – ich nahm sie in den Arm, zum ersten und letzten Mal, und erklärte ihr, dass das nicht ging. Ich sagte ihr die Wahrheit: dass es nicht möglich war, neben uns auch alle anderen zu retten – außerdem, wen sollten wir auswählen, aus dem Meer der Verzweifelten, und wie? Der Platz reichte nicht für alle. Und wenn wir uns später entscheiden müssten zwischen ihnen und Pauly, was wäre dann? Sie antwortete nicht auf meine Fragen, und im Gegenzug verschwieg ich ihr, was in den Nachrichten gesagt wurde.

iii

– Pauly,

sagte ich,

– das ist wichtig. Wenn du auf der Heide unterwegs bist und dort jemanden siehst, musst du dich verstecken, okay? Und falls dich doch jemand anspricht, sagst du, du kommst aus der Stadt. Erzähle niemandem von High House. Er nickte, und ich widmete mich wieder den Zweigen, die ich mit Schnüren zu einem Floß zusammenband.

iv

Am Ende traf ich die Entscheidung, weil es niemand sonst tat. Ich sah die Gesichter, Tausende und Abertausende, hoffnungslose Heerscharen mit regennasser Kleidung, schlammverschmiertem Haar, und entschied, dass Pauly wichtiger war, und Caro ebenfalls, denn auch für sie musste ich sorgen. Das nehme ich auf meine Kappe. Ich hätte auch beschließen können, sie alle kommen zu lassen, oder auch nur einen oder zwei. Hätte mir überlegen können, dass wir zu mehreren eine Möglichkeit gefunden hätten, in einer Gemeinschaft zu leben, dass das, was wir hier hatten, nur ein Anfang war – aber was, wenn wir ein Jahr später nichts aufgebaut hätten, wenn nichts mehr übrig gewesen wäre? Was, wenn zu viele gekommen wären, uns überrannt hätten? Ich musste eine Grenze ziehen, und das tat ich, und Pauly ist noch am Leben, genau wie Caro, und ich auch.

CARO

Pauly hatte seine Vögel, Sally hatte die Vorräte und den Garten und ich das Laufen. Darin verloren wir uns, denn an das, was um uns herum geschah, konnten wir nicht denken. Ich weiß nicht, wie es bei Grandy war. Sally behauptete stets, er würde an uns denken und an all die Dinge, die er uns noch beibringen müsse, und möglicherweise stimmt das sogar. Es schien mir allerdings, als wäre er seit dem Einsetzen des Regens träge geworden, und ich fragte mich, ob ihm wegen der Feuchtigkeit die Gelenke schmerzten. Sally hatte seinen Sessel neben den Herd geschoben, und er bewegte sich kaum noch von dort weg. Er saß davor, eine Decke über den Knien, und sah uns kommen und gehen. Manchmal las er Pauly etwas vor. Gelegentlich erzählte er ihm Geschichten. Pauly saß am Boden, mit dem Rücken an Grandys Beine gelehnt, und schob die Füße, links und rechts stets unterschiedliche Socken, so nah wie möglich an den Herd heran.

– Vorsicht, Pauly,

sagte ich,

– oder deine Füße fangen Feuer.

Ich wollte nicht, dass Pauly so eine tiefe Zuneigung zu Grandy entwickelte. Ich schnürte meine Schuhe und ging laufen.

i

Ich lief in den frühen Morgenstunden, wenn die Dämmerung langsam hinter den Wolken hervorkam. Ich lief am Nachmittag, wenn es trüb und grau war. Ich lief über vertraute Wege, über die Heide, durchs leere Dorf, durch den Schilfgürtel hinunter ans Meer, wo die Wellen wogten und an den Strand krachten, denn so lange ich lief, hatte ich keine Angst.

ii

Ich lief nach Einbruch der Dunkelheit, wenn Pauly bereits im Bett lag. Mit einer Kurbeltaschenlampe, im hellen Kreis, den sie vor mir auf den Weg malte. Im Lichtstrahl leuchtete der Regen, jeder Tropfen glitzerte, und das war meine Welt: der kleine Lichtkegel, der Regen, darin gefangen, meine Füße im Dunkeln. Als ich das Meer erreichte, kam es mir verändert vor, jetzt, in der Nacht. Größer und lauter, nicht Wasser oder Küste oder Gischt oder Wellen. Es war ein Wesen, mächtig und einzigartig, und seine Stimme ein Brüllen, es war nicht still, seine Gedanken galten nicht uns. Ich spürte, wie kalt es war. Ich spürte die Flüsse, die sich in seine hohen Wellen ergossen, die Strömungen, die daraus entstanden. Ich roch den faulenden Seetang am Strand, den wir, Grandys Anweisung folgend, nach Hause schleppten und über unserem Kartoffelacker ausbrachten. Ich hörte einen Vogel *chiu-witt* sagen.

iii

Jetzt laufe ich dieselben Strecken ab, und jedes Mal, wenn ich den Rückweg antrete, am Gezeitentümpel vorbeilaufe, durch die Hecke und den Obstgarten an die Terrassentür komme, habe ich das Gefühl, mich befreit zu haben. Ich merke, dass es mir besser geht, endlich, und kann mir wieder vorstellen, wie herrlich es sein wird, in die warme Küche zu kommen und derart mit mir im Reinen zu sein. Ich stelle mir vor, wie sehr es Sally freuen, was sich dadurch für Pauly ändern wird – aber das hält nie an. Ich überschreite die Grenze, trete aus der Dunkelheit ins Licht, aus dem Regen ins Trockene, und spüre, wie ich wieder zusammenfalle. Wieder kriecht Angst in mir hoch, Trauer und Schuldgefühle.

SALLY

Ein paar Tage vor Weihnachten waren Pauly und Caro und ich in der Küche bei Grandy und bereiteten den Blätterteig für Mince Pies zu, allerdings mit Talg statt Butter, denn die war uns ausgegangen, jetzt, da die Lieferwagen aus der Stadt nicht mehr kamen. Wir kneteten ihn, rollten ihn aus, dann gab ich Pauly ein Glas zum Ausstechen.

– Mag ich Mince Pies?,

fragte er, und Caro antwortete,

– Ich bin nicht sicher, ob die überhaupt jemand mag, aber die hier schmecken garantiert niemandem …

Es klingelte, das Geräusch kam so unerwartet, dass wir alle zusammenzuckten. Pauly wischte sich die mehligen Hände an seinem Pullover ab und sauste zur Tür. Ich sagte,

– Wusste gar nicht, dass wir überhaupt eine Klingel haben.

Grandy zuckte die Achseln.

– Am besten sehen wir mal nach, wer das ist,

sagte er, also folgte ich Pauly, der schon an der Tür, aber damals noch zu klein war, um an den Riegel zu kommen.

– Da ist jemand vor der Tür, Sally,

sagte er,

– Wer ist das?,

– Ach, Pauly, woher soll ich das wissen?,

fragte ich zurück, öffnete die Tür, und da stand der

Pfarrer, in einer Art Regencape mit Kapuze, das über seinem Priestergewand herumflatterte.

– Du lieber Gott,

sagte ich.

Er lächelte.

– Nicht ganz …

und dann,

– Fürchterliches Wetter.

– Entschuldigung. Natürlich. Kommen Sie rein.

Ich trat auf die Seite und ließ ihn eintreten, Pauly führte ihn in die Küche, wo Caro mit verschränkten Armen wartete, mit dem Rücken zum Tisch.

– Caro,

sagte ich zu ihr,

– das hier ist der Pfarrer. Von der Dorfkirche. Er ist ein alter Freund von Grandy.

Sie antwortete nicht. Ihre Miene wurde noch starrer.

– Freut mich, Sie kennenzulernen,

sagte der Pfarrer.

– Die Sache mit Ihren Eltern hat mich sehr traurig gemacht. Es war sicher ein schwerer Verlust …

– Mein Vater,

unterbrach Caro.

– Francesca war nicht meine Mutter. Nur die von Pauly.

Der Pfarrer nickte.

– Dennoch,

sagte er,

– in mancherlei Hinsicht wird es dadurch noch schwieriger, manchmal.

Caro antwortete nicht. Er wandte sich an Grandy.

– Es ist schon lange her, mein Freund.

Grandy lächelte.

– Ich habe festgestellt, dass ich mittlerweile zu alt bin für Kirchen,

sagte er,

– aber ich muss zugeben, dass ich mich freue, dich zu sehen.

i

In Gesellschaft des Pfarrers wurde der Abend zu einem Fest. Ich kochte einen Topf Graupensuppe, die wir am Küchentisch aßen, gefolgt von den Mince Pies. Alle außer Pauly waren zu höflich, um sie als ungenießbar zu bezeichnen.

– Mag ich nicht,

sagte Pauly.

– Ich dachte, die würden schmecken, tun sie aber nicht. Kann ich was anderes haben?,

und ich brachte ihm eine kleine Schachtel Pralinen, die ich vor einiger Zeit im damaligen Dorfladen gekauft hatte, danach aber in meiner Sockenschublade vergessen hatte.

– So bin ich schon lange nicht mehr verwöhnt worden,

sagte der Pfarrer, als wir fertig und die Teller abgeräumt waren,

– aber ich muss gestehen, dass ich nicht ohne Grund hergekommen bin.

Grandy musterte ihn.

– Jetzt kommt es also,

sagte er, als würde er uns alle ansprechen, und die beiden Männer lächelten einander zu.

– Die Entscheidung ist gefallen,

sagte der Pfarrer und lehnte sich auf dem Stuhl zurück,

– die Kirche im Dorf hat ihre Schuldigkeit getan. Es kommen zwar noch Leute, Pilger, nicht viele, aber man ist übereingekommen, sie nicht weiter zu ermutigen.

– Sie schließen die Kirche,

sagte ich. Er zuckte die Achseln.

– Es sei eine vorübergehende Maßnahme, heißt es. Bis der Winter vorüber ist …

– Doch wer weiß,

sagte Grandy,

– wann der Winter vorbei ist.

– Im Frühling, hätte ich jetzt mal getippt,

sagte der Pfarrer etwas scharf.

– Wie dem auch sei,

fuhr er fort,

– ich werde einen letzten Gottesdienst abhalten. Ich bin alt …

Grandy schnaubte.

– Ich bin alt und sentimental. Am Weihnachtsmorgen, hatte ich gedacht. Wäre doch schön, wenn über uns die Sonne aufgeht.

– Bitten Sie uns zu kommen?

– Ich bitte euch zu kommen.

Pauly, das Gesicht mit Schokolade verschmiert, fragte,

– Werden Sie für meine Vögel beten?

– Deine Vögel?

– Ein Reiherpaar,

erklärte ich.

– Sie haben in den Salzmarschen ihr Nest gebaut. Das Wetter hat sie offenbar durcheinandergebracht, und jetzt versuchen sie, hier zu überwintern. Pauly geht sie jeden Tag besuchen und sorgt dafür, dass ihnen nichts geschieht.

– Na dann,

sagte der Pfarrer,

– warum nicht. Gerade die Vögel können unsere Gebete jetzt am dringendsten gebrauchen.

ii

Am frühen Nachmittag an Heiligabend gingen Pauly und ich hinunter auf die Salzmarschen.

– Es ist nicht so, dass ich dich nicht liebhabe,

hatte Pauly zu mir gesagt, als ich ihn darauf hingewiesen hatte, dass ich dran sei, mit ihm nach den Vögeln zu sehen.

– Caro ist einfach besser. Für das hier. Nicht für alles.

– Tut mir leid, Pauly,

hatte Caro gesagt,

– ich habe Weihnachtssachen zu erledigen …,

denn sie sollte den Nachmittag in der Scheune verbringen, um Weihnachtsgeschenke für Pauly zu suchen und in aufbewahrtes Papier einzuwickeln, das sie, wie ich nach unserer Rückkehr entdeckte, mit Hunderten Sternchen bemalt hatte.

iii

Das Wasser, stellte ich auf dem Weg zum Reihernest fest, stand mittlerweile fast auf Höhe des Wegs, und die Bohlen waren extrem rutschig, hier und da sogar mit Seetang bedeckt, aber ich dachte mir nichts weiter dabei.

– *Schneeglöckchen, Weißflöckchen,*

sang Pauly, und seine Stimme war so voller Freude, dass auf der Welt kein Platz mehr war für irgendetwas anderes. Ich ignorierte das Wasser und dachte stattdessen darüber nach, wie seltsam es war, Weihnachten auf High House zu feiern und dennoch so viel Liebe, solches Glück zu empfinden – was auch immer geschehen mochte, nie könnte ich bedauern, dass Caro gekommen war und Pauly mitgebracht hatte.

iv

– Vögel, Vögel, Vögel,

flüsterte Pauly und ging vor dem Nest in die Hocke,

– Vögel, Vögel, Vögel – morgen ist Weihnachten, Vögel. Euch wird nichts geschehen.

– Zeit zu gehen, Pauly,

sagte ich.

– Meine Hände sind kalt.

v

– Wenn Gott irgendwas wäre,

bemerkte Pauly, als er in einem großen Bottich vor dem Feuer in der Küche hockte und es duldete, dass Caro ihm zum Haarewaschen mit einem Topf warmes Wasser über den Kopf goss,

– dann wäre er ein Löwe.

– Ich hätte gewettet,

sagte ich,

– dass du Vogel gewählt hättest.

– Nein, nicht Vogel.

– Nicht mal Adler?

Pauly sah mich an, als wäre ich dumm.

– Natürlich nicht,

sagte er.

– Ein Löwe.

vi

Nach dem Bad packte Pauly seinen neuen Schlafanzug aus und schlüpfte hinein. Ich kochte allen Kakao mit Milchpulver und Wasser.

– Frohe Weihnachten,

sagte Grandy – und wenn ich alles geben könnte, was danach kam, um diesen einen Nachmittag noch einmal erleben zu dürfen, Paulys Stimme, als er Weihnachtslieder sang, Caros winzige Sterne auf dem Papier, und Grandy, dann würde ich es wahrscheinlich tun.

PAULY

Grandy hatte mir das mit dem Beten erklärt, eines Nachmittags, als ich ihn über die Kirche ausgefragt hatte und wissen wollte, wozu sie da war.

– Es ist eine Möglichkeit, mit Gott zu sprechen,

sagte er.

– Wenn man an so etwas glaubt. Was manche tun, und andere nicht.

– Und du?,

fragte ich.

– Ich bin ein alter Mann,

antwortete er.

– Ich gehe lieber auf Nummer sicher. Aber es ist schon lange her, seit ich das letzte Mal eine Kirche betreten habe.

Dann, als ich mich fürs Bett fertig machte, vor dem Feuer meinen neuen Schlafanzug anzog, stellte ich mir vor, wie es am nächsten Morgen sein würde – wie wir vier und der Pfarrer in der Kirche stehen würden, die Köpfe gebeugt, die Hände gefaltet – und wie, als Antwort, ein Löwe herbeikäme, mit dem Morgengrauen würde er hereinlaufen, die riesigen Pranken würden durch die Luft zischen. Ich stellte mir vor, wie er auf dem Bohlenweg stehen bliebe, weit draußen vor dem Dorf, wo die Vögel nisteten, sein goldenes Haupt heben, die Nase in die Luft recken und sich dann den Weg durchs Schilf bahnen würde – und schließlich, wenn er die Stelle gefunden hätte, würde er die Vögel in seine weiche Schnauze nehmen und sie für den Winter gen Süden tragen.

SALLY

Wir standen im dunklen Flur, früh am Weihnachtsmorgen, eingemummelt in Pullover und Schals, Mützen und Handschuhe.

– Ich will keinen Mantel anziehen,

sagte Pauly.

– In der Kirche ist es kalt,

sagte ich,

– die Heizung ist schon seit Wochen abgestellt.

– Kannst du ihn für mich tragen?,

– Nein.

– Caro, trägst du ihn? Bitte?,

aber Caro hörte nicht zu. Sie sah blass aus und hielt Abstand zu uns, starrte aus dem Fenster in die Dunkelheit, wo es unablässig regnete.

– Ich glaube, es wird wieder stärker,

sagte sie, und Grandy antwortete,

– Es dauert nicht mehr lang.

Wir warteten, bis der Pfarrer kam, eine schwarze Krähe unter einem großen Regenschirm, und an die Tür hämmerte, dann folgten wir ihm hinaus, wie eine zusammengewürfelte Prozession müssen wir ausgesehen haben, wenn jemand da gewesen wäre, um uns zu beschreiben – langsam schritten wir in einer Reihe den Weg bis zum Tor entlang. Der Pfarrer war mit dem Auto gekommen, in das wir jetzt stiegen, Grandy vorn, den Stock zwischen den Beinen, Caro und ich rechts und links auf der Rückbank, Pauly zwischen uns. Die Heizung lief, der Geruch war unvergleichlich, Autoheizung an einem kalten, dunklen Morgen, er gehörte zu einer Welt, die wir bereits verloren hatten. Wir atmeten ihn ein. Irgendwo unter der dichten Wolke, die sich um die Erde gelegt hatte, unter der Wolke, die ihr Wasser herabfallen, Flüsse schwellen ließ, das Meer füllte, wurde es am Himmel sicher schon heller, aber es war unmöglich zu erkennen.

– Alle angeschnallt?,

fragte der Pfarrer, während er den Motor anließ, und wir fuhren los zur Kirche.

i

– Caro, Caro, mir ist schlecht,

sagte Pauly. Der Wagen schaukelte über den unbefestigten Weg zur Brücke.

– Wird ihm vom Autofahren übel?,

fragte ich.

– Weiß ich nicht,

sagte Caro.

– Die letzte Fahrt ist schon so lange her. Aber damals ging's ihm gut.

– Das ist bestimmt die Wärme,

sagte der Pfarrer,

– davon wird mir auch immer ein bisschen mulmig, wenn ich hinten sitze. Besonders, wenn es dunkel ist. Wenn du spucken musst, kannst du das hier benutzen.

Er gab mir eine Plastiktüte, die ich die ganze Fahrt über Paulys Schoß hielt, obwohl er sich am Ende gar nicht erbrechen musste – und dann waren wir da, parkten am

Straßenrand neben der Kirchenmauer, es war alles so stinknormal – und so befremdlich. Wir stiegen aus, gingen durchs Friedhofstor, am kahlen Apfelbaum vorbei über den Rasen, den Grandy das ganze Jahr über nicht gemäht hatte. Ich fragte mich, wer es an seiner Stelle getan hatte, denn er war zwar lang, aber bei Weitem keine Wiese. Wir kamen ans Portal mit seiner schweren Tür. Der Pfarrer schob sie auf.

– Geht hinein,

sagte er,

– ich komme gleich …

Dann zögerte er, die Hand auf der Klinke, und sagte,

– Danke.

Wir gingen durchs Kirchenschiff nach vorn. Das Licht war jetzt grau, der Sonnenaufgang nahte, und da waren die Engel in den Balken, ihre Gesichter spähten aus den Schatten herab, eine uralte, vertraute Versammlung. Ich beobachtete Caro, die mit Händen in den Taschen zum Altar vorlief und in eine Bank glitt, während Grandy Pauly die Maus zeigte, in den Fuß des Taufbeckens geschnitzt, und die Katze, die sie jagte. Ich sah die Brandflecken, dort, wo vor dreihundert Jahren ein Blitz durch die Eisennieten der dicken Eichentür bis zur Erde gefahren war, und spürte die Dellen in den Steinplatten. Es roch nach Weihrauch und Kälte. Ich setzte mich auf meinen alten, vertrauten Platz, und kniete, allem Unglauben zum Trotz, die Augen geschlossen.

ii

Während des Gottesdiensts ging irgendwann die Sonne auf, aber wir konnten sie nicht sehen. Es goss in Strömen, und vom Meer her blies ununterbrochen der Wind, warf sich gegen das schmucklose Glasfenster über der Kanzel.

– Allmächtiger Gott,

sagte der Pfarrer,

– Du hast uns Deinen eingeborenen Sohn gegeben, verleihe, dass wir, die von Neuem geboren und zu Deinen Kindern adoptiert wurden, täglich durch Deinen Heiligen Geist auch erneuert werden.

– Wohl kaum,

murmelte Grandy leise.

iii

Auf dem Rückweg nach High House war es bereits hell, und als wir die Brücke überquerten, sahen wir erst, wie voll der Fluss war, er rauschte braun und schnell dahin, das Wasser reichte fast bis ans Ufer.

– Morgen ist Vollmond,

sagte Grandy.

– Springflut. Und der Wind dazu. Es sei denn, er lässt nach oder dreht ab,

und ich dachte kurz an den Seetang auf den Bohlenwegen in den Marschen, aber wir waren in Festlaune, und ich wollte es nicht verderben. Das Wasser konnte warten, dachte ich, und wir sangen »Good King Weceslas«, der Pfarrer übernahm den Part des Königs, Caro und ich sangen die Antwort des Knappen. Wir sangen »Once in Royal David's City« und »O Little Town of Bethlehem«. Wir sangen »God Rest You Merry, Gentlemen«, und weil wir den Text vergessen hatten, erfanden wir reihum den Rest dazu. Wir sangen »Hark! The Herald Angels Sing«, und Caro sang überraschend hoch und klar die zweite Stimme dazu.

– Das habe ich in der Schule gelernt,

sagte sie achselzuckend, weil ihr unser Lob peinlich war.

Zurück auf High House stürmten wir aus dem Auto ins Haus, warm und heimelig, und wir knipsten die Lampen an, die alle funktionierten.

– Ein Weihnachtswunder,

sagte Grandy. Wir gingen in die Küche, und während ich das Feuer im Kamin schürte und ein weiteres im Ofen entfachte, bereitete Caro mit dem Löffel Scones zu. Pauly zerbrach Eier und gab sie in die Schüssel.

– Schau, dass diesmal nicht so viel Schale hineinfällt, Pauly,

aber ein Stück fiel trotzdem mit rein, und als es im Frühstück des Pfarrers auftauchte, lachten wir und erklärten ihm, es bringe Glück.

– Ich habe schon seit Jahren keinen solchen Weihnachtsmorgen mehr erlebt,

sagte er.

– Normalerweise habe ich so viel zu tun,

und er lehnte sich lächelnd zurück in seinen Stuhl. Caro sagte,

– Bleiben Sie bei uns. Sie könnten bei uns bleiben. Hier leben.

Sie sah meinen Blick.

– Was? Könnte er, Sal. Ist schließlich mein Haus,

und ich zuckte die Achseln.

– Danke,

sagte der Pfarrer, der plötzlich sehr müde aussah, und ich fragte mich zum ersten Mal, wo er eigentlich die ganze Zeit gewohnt, was er gemacht hatte, in diesen langen Monaten seit unserer letzten Begegnung,

– das ist ein sehr großzügiges Angebot, und ich bin wirklich dankbar, aber ich halte das nicht für vernünftig. Außerdem fürchte ich, dass ich schon sehr bald anderswo gebraucht werde.

Er erhob sich.

– Ich muss langsam los. Es war mir ein großes Vergnügen, und wenn ich eines Tages zurückkehre, könntet ihr mir den Garten zeigen, der sicher wunderschön ist. Ich habe mir überlegt, den Schlüssel zur Kirche hier bei euch zu hinterlegen. Im Sekretariat der Diözese liegt natürlich ein zweiter Schlüssel parat, aber ich glaube, da High House am nächsten liegt, solltet ihr diesen hier bekommen.

Er legte den Schlüssel auf den Tisch, und ich fand, dass er zu groß und zu alt aussah für so eine gewöhnliche Funktion, die Tür aufzuschließen. Der Pfarrer wandte sich an Caro und sagte,

– Noch einmal herzlichen Dank für das freundliche Angebot. Nur Mut,

und zu Pauly,

– Ich werde weiter für deine Vögel beten.

Mir lächelte er nur zu und senkte den Kopf.

Da erhob sich auch Grandy, und die beiden Männer gingen zusammen zur Tür. Ich folgte ihnen, sah zu, wie sie einander im Flur gegenüberstanden. Der Pfarrer ergriff Grandys Hand.

– Und wo ist dein Platz, Freund?,

fragte er. Grandy antwortete nicht.

– Ich glaube,

sagte der Pfarrer,

– dass wir in Zeiten wie diesen ein flexibleres Verständnis von Sünde haben sollten …

– Oh, Sünde,

antwortete Grandy.

– Nun, dafür hatte ich noch nie viel übrig.

CARO

Nach dem Mittagessen am Weihnachtstag fragte Pauly,

– Können wir jetzt die Vögel besuchen, Caro?

Draußen rüttelte der Wind so brutal an den Ästen des Apfelbaums, dass sie sich bogen, und obwohl es noch Stunden dauerte bis zum Sonnenuntergang, war es dunkel genug, dass man meinen könnte, die Dämmerung hätte bereits eingesetzt. Der Regen fiel, heftig und unablässig.

– Echt jetzt, Pauly? Einen Tag kommen sie sicher ohne uns aus.

– Tun sie nicht! Caro, tun sie nicht!,

protestierte Pauly, und ich gab nach.

– Du musst dir zwei Pullover anziehen,

sagte ich,

– und dein Regenzeug. Alles.

– Mach ich,

sagte Pauly,

– und meine Mütze. Zwei Mützen!

Er rannte davon, um sich fertig zu machen.

i

Wie viel Zeit meines Lebens verbrachte ich in jenen Tagen damit, Pauly zu sagen, was er anziehen musste? Und wann war das letzte Mal? Wie seltsam, dass so gewöhnliche Dinge eine solche Bedeutung bekommen, und wie traurig. Ich vermisse diesen kleinen, jungen Pauly manchmal mit solcher Heftigkeit, dass alles andere dagegen verblasst – und da haben wir es. Eine Welt ist vergangen, aber wir sind es nicht.

ii

Der Wind, als wir am Gezeitentümpel vorbeigingen, um Paulys Vögel zu besuchen, war so stark, dass wir uns dagegenstemmen mussten, um überhaupt vorwärts zu kommen.

– Pass auf, dass dich der Wind nicht wegbläst,

rief ich Pauly zu, aber meine Stimme wurde vom Unwetter verschluckt. Ich hielt seine Hand ganz fest, und es dauerte über eine halbe Stunde, bis wir endlich die Marschen erreicht hatten. Mein Gesicht fühlte sich vom Regen und Wind ganz wund an, und mir schmerzten die Ohren. Wir kamen an die Hecke am Rand des Wäldchens, das High House und das Dorf von den Marschen trennte, und dort sah ich, dass das Wasser bei einigen Gräben, die sich durch den Schilfgürtel zogen, bereits über die Ufer getreten war. Braunes Wasser mit gelblichen Schaumkronen schwappte über die Bretter des Bohlenwegs. Ich ging neben Pauly in die Hocke, und sagte,

– Ich glaube, wir sollten umkehren. Hier ist zu viel Wasser, Pauly, wir können morgen wiederkommen,

aber er schüttelte den Kopf, und nachdem das Wasser nur ein paar Zentimeter über dem Weg stand und es leichter wäre, schnell nachzusehen, als lange mit ihm zu streiten, ließ ich ihn gehen, wir setzten unseren Weg fort, bis ich, unweit von dort, wo das Vogelnest sicher bereits unter Wasser stand, vor mir eine Welle erblickte und einen Zug an den Fesseln spürte, ein plötzliches Tieferwerden des Wassers, und verstand, dass wir nicht mehr nur über die überschwemmten Salzmarschen liefen, vom Regen überflutet, sondern durchs Meer, das über den Kiesdamm ins Land gekommen war, und ich nahm Pauly auf den Arm, wandte mich um und rannte los.

PAULY

Ich sah Wasser wirbeln, dort, wo meine Vögel gewohnt hatten. Ich sah, dass ihr Nest verschwunden war, und da wusste ich, dass mein Gebet erhört wurde – der Löwe war gekommen, und die Vögel waren gerettet, und wir wären es auch.

CARO

Noch immer erfasste ich nicht das Ausmaß. Vermutlich hatte es bei dem extremen Hochwasser einen Durchbruch gegeben, und jetzt, bei Ebbe, lief das Wasser über den Strand wieder ab. Darüber, was passieren würde, wenn das Wasser wieder auflief, dachte ich nicht nach. Ich überlegte mir nicht, dass der vom Meer her wehende Wind das Wasser ans Land drücken und es daher noch stärker steigen lassen würde. Auch dachte ich nicht an den Vollmond. Schutzwälle hatten uns diese Bedrohung bisher vom Leib gehalten, und trotz allem kam es mir nicht in den Sinn, dass es vielleicht mal nicht mehr so sein könnte. Pauly war klatschnass bis zu den Knien, Wasser lief ihm aus den Stiefeln, also trug ich ihn zurück nach High House, und dabei fiel mir noch auf, wie sehr er gewachsen war in den sieben Monaten, seit wir nach High House gekommen waren, und ich fragte mich, wie lange er sich noch von mir tragen lassen würde, vermutlich war dies sogar das letzte Mal, und ob er begriff, dass die Reiher vermutlich tot waren, oder ob er glaubte, sie hätten sich retten können – und nach unserer Rückkehr zog ich zuerst Pauly, dann mir den Mantel aus und hängte beide in die Waschküche, wo die Hühner sich gackernd über die Störung ereiferten, holte ein Handtuch und setzte mich ans Feuer.

i

– Herrje, Pauly,

sagte Sally, einen Stiefel in der Hand,

– wie hast du das denn geschafft? Die sind ja klatschnass.

– Das war nicht seine Schuld,

sagte ich, aber ich schämte mich zu sehr dafür, dass ich Pauly erlaubt hatte, den überschwemmten Weg zu betreten, daher verschwieg ich ihr den Rest.

ii

Noch heute, Jahre später, erfasst mich das nackte Grauen bei der Vorstellung, was passiert wäre, wenn Pauly und ich eine Stunde früher losgegangen wären, die Flut später eingesetzt hätte oder wir herumgetrödelt hätten. Ich male mir den plötzlichen Wasserschwall aus, in dem Moment, als das Meer übers Land hereinbrach. Ich denke daran, wie leicht Pauly hätte ausrutschen, ich ihn hätte verlieren können. Sogar jetzt noch, so lange danach, da das Wasser sich zurückgezogen hat, aber wohl nie weiter zurückweichen wird, und der Fluss seinen neuen Lauf gefunden und sich darin eingerichtet hat, erinnert uns vieles an die Flut. An Land, das schon lange getrocknet ist, sehen wir nach feuchtem Wetter einen Salzstreifen; und wenn ich grabe, finde ich Muscheln, Schiefer, abgeschliffenes Glas, glatt und grün, und wenn ich in solchen Momenten gebeugt im Schlick stehe, diese Fundstücke in der Hand, gerät die Welt aus den Angeln, neigt sich auf das zu, was hätte sein können.

SALLY

Ich fand Paulys Stiefel in der Waschküche, wo Caro sie abgestellt hatte. Weil sie völlig verdreckt und klatschnass waren, trug ich sie in die Küche, um sie vor dem Ofen zu trocknen. Caro und Pauly saßen in Handtücher gewickelt auf dem Kaminvorleger. Grandy hatte sich in sein Zimmer zurückgezogen, um sich auszuruhen.

– Herrje,

sagte ich,

– Wie ist das denn passiert?

– Wir sind nass geworden,

sagte Caro,

– als wir nach Paulys Vögeln geschaut haben. In den Marschen ist das Wasser über den Bohlenweg geschwappt …,

das geschah manchmal, im Winter, nach heftigen Regenfällen, daher kam mir überhaupt nicht in den Sinn, sie könnte damit andeuten, dass das Meer den Damm durchbrochen hatte.

i

Wir saßen am Feuer, und Grandy las uns Geistergeschichten vor. Pauly, erschöpft vom langen Tag und dem Erlebnis in den Marschen, legte den Kopf auf Caros Schoß und schlief ein. Auch ich dämmerte langsam weg.

– Es war ein langer Tag,

sagte ich.

– Zeit fürs Bett, glaube ich. Frohe Weihnachten, Grandy. Frohe Weihnachten, Caro. Soll ich dir helfen, Pauly ins Bett zu tragen?

Sie schüttelte den Kopf.

– Ich lass ihn noch ein bisschen so liegen,

sagte sie,

– bin sowieso noch nicht bereit fürs Bett.

Ich drückte Grandy ein Küsschen auf die Wange, ging nach oben, kroch ins Bett, wartete, bis das klamme Bettzeug warm wurde, und schlief ein.

ii

Und als ich erwachte, hämmerte jemand gegen meine Tür und Caro schrie,

– Sally! Sally!

– Du meine Güte,

schrie ich zurück, während ich mir die Hose anzog.

– was zum Teufel, Caro? Was ist los?

Grandy gab mir die Antwort.

– Das Meer hat die Salzmarschen überschwemmt,

sagte er.

– Die Flut ist gekommen.

iii

– Das Meer ist schon im Dorf,

sagte Caro,

– oder der Fluss. Weiß nicht genau. Es ist schwer zu sagen.

– Woher weißt du das?,

fragte ich.

– Ich konnte nicht schlafen. Bin laufen gegangen …

– Heilige Scheiße, Caro! Es ist drei Uhr morgens. Draußen wehen Orkanböen.

– Es ist zehn vor elf,

korrigierte sie mich, in der Defensive wurde sie zickig.

– Du bist schon um neun ins Bett gegangen.

– Das reicht!

Grandys Ton war scharf, und wir verstummten sofort.

– Wir haben keine Zeit für euer Gezänk. Uns bleibt noch eine Stunde bis Hochwasser, vielleicht ein bisschen länger. Das Wasser läuft noch auf, und selbst wenn die Ebbe einsetzt, gibt es keine Garantie, dass es nicht noch weiter steigt. Wir sind hier in Sicherheit. Pauly bleibt hier bei mir, aber wir müssen Alarm schlagen.

– Alarm? Für wen?,

fragte ich.

– Alle sind weg. Das Dorf ist leer. Es ist niemand übrig, der es hören könnte, sogar wenn wir eine Möglichkeit hätten …

– Du weißt nicht, ob es leer ist,

sagte Caro,

– vielleicht sind da noch Leute. Was, wenn noch jemand dort ist und schläft? Was, wenn es beim Aufwachen schon zu spät ist?

Sie war den Tränen nah, doch ihre Uneinsichtigkeit machte mich langsam rasend, denn es schien mir, als würde sie die Entscheidung mal wieder mir überlassen, mich zwingen, die Verluste, die sie noch nicht mal anerkennen wollte, gegeneinander abzuwägen.

– Und was, wenn du ertrinkst, während du versuchst, Touristen zu wecken, die gar nicht da sind? Was sollen wir Pauly dann sagen …

– Nimm den Kirchenschlüssel,

fuhr Grandy dazwischen, und wieder ließ uns sein Ton verstummen.

– Läute die Glocken und hör nicht auf damit. Sal weiß, wie das geht. Ihr könnt euch abwechseln. Nehmt Handschuhe mit. Und Taschenlampen.

Als ich den Mund öffnete, um etwas zu erwidern, ergriff Grandy meine Hand.

– Es geht nicht um das Dorf,

sagte er.

– Du hast recht, Sal, aber das Wasser wird sich ausbreiten. Noch hat es die Stadt nicht erreicht, aber es wird an der Küste steigen, mit der Flut. Läute die Glocken, und es besteht eine gute Chance, dass sie gehört werden. So schnell ihr könnt,

und Caro schlüpfte in Regenzeug und Stiefel, gab mir meine Sachen, ich tat es ihr gleich, denn obwohl ich fluchte,

– Das ist doch bescheuert,

zog ich den Reißverschluss meines Regenmantels hoch, setzte mir die Mütze auf und nahm die Taschenlampe, denn ich wusste, dass Grandy und Caro recht hatten, ich hatte nur an uns gedacht, an High House, an Pauly.

– Geht kein unnötiges Risiko ein,

sagte Grandy,

– aber wenn ihr in der Kirche seid, läutet die Glocken so lange es geht. Wenn ihr es nicht schafft, habt ihr es wenigstens versucht.

Ich verabschiedete mich nicht. Ich schaute nicht zurück. Wir eilten zur Tür hinaus, rannten fast, und kurbelten dabei die Taschenlampen an.

iv

Es kam mir vor, als wäre überall Wasser, noch bevor wir an den Fluss kamen und die Überschwemmungen sahen. Wasser auf der Erde und Wasser in der Luft, sogar in unseren Stiefeln, in unseren Augen und Mündern. Sein Geräusch erfüllte die Dunkelheit, und ich glaubte, das Meer zu hören, aber es kam aus der falschen Richtung, oder es kam von überallher.

v

Als wir auf der Straße oberhalb der Brücke standen, reichte es uns schon bis zu den Fußgelenken.

– Wir sind zu spät,

sagte ich zu Caro. Das Wasser stieg rasant an, wie eine Badewanne, die sich rasch füllt, und obwohl es in den Lichtkegeln unserer Taschenlampe ruhig wirkte, war da bereits eine Strömung, ich spürte, wie es an uns schmatzte und zerrte. Caro ignorierte mich und machte sich auf den Weg hinunter zur Brücke. Ich packte sie am Arm, hielt sie fest. Sie blieb stehen, drehte sich aber nicht zu mir um. Auf der anderen Seite, wo sich die Heide erhob, nicht mal anderthalb Kilometer entfernt, stand die Kirche, hob sich schwärzer gegen den Himmel ab.

– Wir sind zu spät, Caro,

wiederholte ich.

– Bis wir auf der Brücke sind, reicht uns das Wasser bis zur Taille, und Gott weiß, was darin herumschwimmt.

Ich zerrte sie am Arm.

– Es ist zu schnell. Wir müssen zurück, Caro. Es ist zu gefährlich. Wenn du reinfällst, reißt es dich mit. Es spült dich weg. Um Himmels willen, kehr um. Bitte, Caro.

Sie schüttelte den Kopf.

– Caro,

sagte ich,

– das ist absurd. Niemand wird die Glocken hören. Niemand wird kommen. Caro, was wird aus Pauly, wenn du ertrinkst?

– Du hast keine Ahnung,

sagte sie,

– Du hast keine Ahnung, ob noch jemand da ist. Wir haben das Dorf nicht beobachtet. Wir haben …

Sie schleuderte die Worte hinaus über die rauschende Flut, und ich hörte das Reißen in ihrer Kehle, spürte die harten Muskeln in ihrem Arm, als sie die Hände zu Fäusten ballte …

– Vielleicht schläft da noch jemand. Vielleicht ist da noch jemand. Vielleicht …

Sie strömte Furcht aus wie einen Geruch, aber diese Angst galt nicht uns – nicht mal Pauly. Caro fürchtete um das Leben aller, aller Menschen auf einmal – es ging ihr um diejenigen, die in dieser Nacht geflohen und nicht geflohen waren, die in der Dunkelheit vergeblich auf Hilfe warteten, die auf ihren Dächern ausharrten, die ihre Habseligkeiten in ihre Autos packten und ziellos umherfuhren – um alle, die entlang der Küste bereits ertrunken waren oder noch ertranken, während der Regen auf sie herabprasselte, wie er auf uns niederging, alles durchnässte, was er berührte. Es war Mitleid in dieser Furcht, und Wut, und ihre Wucht trieb uns an. Ich nahm ihre Hand, und wir wateten hinaus, gemeinsam, auf die Brücke.

vi

Das Wasser reichte uns bis zur Taille, wir hielten einander fest umklammert, tasteten uns Schritt für Schritt vorwärts. Irgendwas erwischte mich im Rücken, ein Ast oder ein Stück Holz, vielleicht ein Zaunpfahl, und ich bekam keine Luft mehr, verlor den Halt, hielt mich gerade noch an Caro fest und suchte panisch nach Boden unter den Füßen. Für einen Augenblick – bevor ich wie ein Wunder den Asphalt der Brücke spürte – war ich überzeugt, dass ich sterben würde, und es war bedauernswert, was ich gegeben hätte, um zu leben. Caro ließ mich nicht los.

– Danke,

sagte ich, aber meine Stimme war nur ein Flüstern, und das Wasser toste.

vii

Nachdem wir uns endlich aus dem Wasser befreit hatten, fand ich es eine Weile lang leichter, auf allen vieren durch Ginster und Gestrüpp zu kriechen. Ich hatte meine Taschenlampe verloren, daher blieb mir nichts anderes übrig, als dem kleinen Lichtkreis vor Caro zu folgen, bis wir das Friedhofstor erreicht hatten, wo sie mich wieder auf die Beine zog und ich in der Tasche nach dem Schlüssel zur Kirche suchte, den Grandy mir gegeben hatte. Hand in Hand gingen wir über den Friedhof zum Portal. Caro schob den Schlüssel ins eiserne Schloss und drehte ihn, dann waren wir endlich in der Kirche, vor dem Regen geschützt, und das tosende Wasser lag hinter uns.

viii

Die ganze Nacht läuteten wir die Kirchenglocken. Wir zogen am Seil, bis wir Blasen bekamen, und die Blasen platzten auf und bluteten, bis die Haut unserer Hände wundgescheuert war, und dennoch zogen wir weiter daran, und das Glockengeläut hallte durch die Nacht, im langsamen Takt. Wir zogen am Seil, bis die Dämmerung hereinbrach und die Sonne aufging, und erst dann hörten wir auf. Wir kletterten auf den Turm und schauten hinaus auf den Morgen und sahen, dass der Regen endlich abgezogen war, Wolkenfetzen rasten über den frischblauen Himmel, und das gesamte Land, all die Orte, die ich mein Leben lang gekannt hatte, lagen unter Wasser. Das Dorf lag unter Wasser. Nur die Dächer ragten noch daraus hervor, glänzend im Sonnenlicht. Der Strand war weg und die Salzmarschen. Wasser stand auf den Feldern und Weiden. Und in diesem großen Ganzen bewegte sich nichts, außer uns.

ix

Wir waren zu erschöpft, um zurückzulaufen nach High House, also legten wir uns einfach hin, oben auf dem Kirchturm, den Rücken zur Brüstung, aneinandergeklammert, und ich fragte mich, ob wir am Ende einfach hier sterben würden, an Erschöpfung und Unterkühlung – aber dann, wie unser ganz eigenes Wunder, öffnete sich unten die Tür und eine Stimme, Pauly, rief,

– Caro! Caro! Wo bist du? Caro, wir sind mit dem Boot gekommen! Grandy hat uns hergerudert! Caro!,

und ich rief zurück,

– Hier oben, Pauly! Ich bin's, Sally. Wir sind hier oben!

Ich hörte seine Schritte, sie polterten auf den Stufen der Wendeltreppe, rund herum und rund herum, immer näher, dann stürzte er endlich durch den schmalen Gang zu uns ins Freie. Er rannte zu Caro. Schlang die Arme um ihren Hals. Er küsste ihre Stirn, und sie begann zu weinen.

x

Ich ließ Caro und Pauly auf dem Kirchturm zurück und ging allein die Wendeltreppe hinab, durch die Kirche, über den Friedhof. Hundert Meter entfernt, am Rand des Wassers, neben einem kleinen Ruderboot, stand Grandy, und kurz dachte ich, dass die Erschöpfung mir vielleicht die Sinne geraubt hätte, denn derjenige, der da aufrecht stand, die Sonne hinter ihm, war nicht der Grandy, den ich auf High House zurückgelassen hatte, gebeugt und humpelnd und alt geworden, sondern der andere, der Großvater aus meiner Erinnerung, der mich einst, als ich weggelaufen war, gefunden und auf dem Rücken nach Hause getragen hatte.

CARO

Es ist schwer zu glauben, dass der Regen plötzlich vorbei gewesen sein soll, nach so langer Zeit, aber so war es, daran erinnere ich mich, genau wie an den Heimweg nach High House, in hellem Sonnenschein, Grandy ruderte über das Wasser, nun glatt und still. Ich erinnere mich, wie Pauly eine Hand über den Rand hängen ließ und sich von seinen Fingerspitzen aus kleine Wellen ausbreiteten. Ich weiß, dass er sich mit der anderen an mir festhielt, seine Finger umklammerten meine, doch ob er es aus Angst vor seinem oder meinem Ertrinken tat, kann ich nicht sagen. Ich bin aus dem Boot geklettert und die Anhöhe nach High House hinaufgegangen und erinnere mich, dass es sauber und glänzend im Sonnenlicht vor mir aufragte, dass ich durch die Tür getreten, nach oben gestolpert und ins Bett gekrochen bin. Und dann habe ich geschlafen.

i

Als ich wieder erwachte, war die Welt hell und klar, ein blassblauer Winterhimmel, mittendrin brannte die Sonne, sie schien in der Luft und schien auf dem Wasser. Es roch frisch und neu. Als ich in die Küche kam, saß Sally in Mantel und Stiefeln am Tisch. Sie sei hinausgegangen, um nachzusehen, wie hoch der Schaden war. Der Fluss war über die Ufer getreten und floss nun durchs Dorf Richtung Meer, das Meer selbst hatte den Kiesdamm durchbrochen und war rund einen Kilometer weit ins Landesinnere vorgedrungen. Der Dünengürtel war zerstört. Die Salzmarschen waren komplett überflutet. Wer weiß, wie es aussieht, wenn das Wasser zurückgeht, sagte sie. Falls es zurückgeht.

– Wir sind zwar nicht ganz Insel,

sagte sie,

– aber fast. Der Gezeitentümpel ist in Sicherheit. Das Mühlrad ist in Sicherheit. Wir könnten die Heide von Westen her betreten. Die Brücke steht noch. Francesca hat gut geplant.

SALLY

An jenem Tag – dem Tag nach der Sturmflut – erfüllte mich die nackte Freude. Freude, wie man sie empfindet, wenn der Himmel nach monatelangem Regenwetter endlich aufklart. Freude, wie man sie empfindet, wenn man übergesetzt, ein fernes Ufer erreicht hat, es ist die Freude des Abschlusses und der Erleichterung. Ich lief von High House über die neu geschaffene Erde und sang, sehr laut, bis Pauly, mit seiner unverdrossenen Direktheit, an meine Seite trat und mir mitteilte, dass mein Lied schön sei, aber mein Gesang nicht, und dass ich damit außerdem die Vögel verschrecke.

i

– Das Abendessen ist fertig,

sagte ich zu Grandy, der im Sessel in seinem Zimmer saß, eine Decke über den Knien.

– Ofenkartoffeln. Gute, solide Kost.

– Ich bin schrecklich müde, Sal,

sagte er, und da fiel mir auf, dass sein Gesicht aschfahl war und seine Augen eingesunken.

– Könntest du mir das Essen vielleicht auf einem Tablett bringen?

– Warum setzt du dich nicht einfach in deinen Sessel in die Küche?,

fragte ich,

– dann bist du wenigstens nicht allein.

Doch er schüttelte den Kopf, und ich brachte ihm eine Ofenkartoffel, die er nicht aß.

ii

Caro ging mit Pauly zum Gezeitentümpel, und er fand einen Stein mit zwei Löchern drin. Er kam zurückgerannt, beide Hände ausgestreckt und den Stein darin gebettet wie ein heiliges Relikt.

– Kann ich ihn Grandy zeigen?,

fragte er,

– Ich weiß, dass er ihn sehen will.

– Nicht jetzt,

sagte ich,

– er ruht sich aus.

Paulys Freude erlosch.

– Immer ruht er sich aus.

– Na, er ist ein alter Mann, und es hat ihn sehr angestrengt, Caro und mich zu retten. Warum suchen wir nicht erst mal eine Schachtel für den Stein, und du zeigst ihn Grandy später?

iii

Pauly saß auf dem Bettrand neben Grandy.

– Glaubst du, das ist ein richtig besonderer Stein?,

fragte er Grandy.

– Hast du je so einen gesehen? Also noch einen zweiten?

– Noch nie,

sagte Grandy.

– Und jetzt gehst du am besten Caro suchen. Ich brauche Sally für einen Moment.

Als Pauly gegangen war, konnte ich förmlich zusehen,

wie Grandys Gesicht wieder in sich zusammenfiel und seine Schultern ins Kissen sanken.

– Wie ist es mit den Schmerzen?,

fragte ich. Er verzog den Mund zu einem Lächeln.

– Geht so,

sagte er.

– Ich muss mal auf die Toilette …,

und so legte ich seinen Arm um meine Schultern und zog ihn aus dem Bett auf die Beine, stützte ihn, versuchte, meine Schritte an seine anzupassen, sanft, liebevoll zu sein, ohne ihn zu bevormunden, während wir uns langsam zum Nebenzimmer bewegten, wo ich ihn auf die Toilette setzte und mich abwandte.

CARO

Es war so ein erhebendes Gefühl am nächsten Tag, überlebt zu haben. Wir hatten auf das Ende gewartet, und es war gekommen – aber es war, als hätten wir einen Gipfel erreicht, nur um herauszufinden, dass dahinter noch ein weiterer zu erklimmen war. Das hier war das Nachspiel. Wir hatten überlebt – aber ab jetzt galt es, immer weiter zu überleben. Grandy hatte sich verausgabt und lag nun im Bett, und Sally verbrachte die meiste Zeit bei ihm. Der Garten musste immer noch gepflegt werden, das Essen gekocht. Nachmittags begaben Pauly und ich uns auf die Suche nach Treibholz, das liegen geblieben war, als die Flut sich leicht zurückzog, aber zu diesem Zeitpunkt hatte ich bereits Angst vor dem Wasser. Immer wieder musste ich an Pauly denken, wie ich ihn auf den Arm genommen hatte, in den Salzmarschen. Immer wieder hatte ich vor Augen, wie leicht er hätte ertrinken können, und es wäre meine Schuld gewesen. Ich ging nicht zu nah ans Wasser. Nachts konnte ich schlecht einschlafen. Und wenn es mir doch gelang, hatte ich Alpträume.

i

– Wir sollten ins Dorf gehen,

sagte Sally, ihre Stimme ausdruckslos wie ihre Miene, die seit Neuestem stets blank war. Seit Wochen hatte ich sie nicht mehr lächeln sehen.

– Wir müssen mitnehmen, was noch zu retten ist.

Das war keine Einladung, sondern eine Anweisung, deswegen erzählte ich ihr auch nichts von meiner Angst. Ich verriet ihr nicht, dass es mich mit Grauen erfüllte, diese überschwemmten Häuser zu betreten – dass ich fürchtete, eine Leiche zu finden, die Hände gegen ein Fenster gestemmt, obwohl ich wusste, dass sie bereits leer gestanden hatten. Stattdessen schloss ich mich ihr und Pauly an, einen großen Rucksack auf dem Rücken, und bemühte mich, ihnen zu helfen, berührte Dinge, wenn ich mich dazu überwinden konnte, hielt mich immer so nah wie möglich am Eingang auf, doch ich wusste, dass ich nicht das tat, was Sally von mir wollte, und dass ich sie damit zur Weißglut trieb.

ii

Das war die Nacht, in der Grandy stürzte. Sally fand ihn am nächsten Morgen am Boden in seinem Zimmer. Gemeinsam gelang es uns, ihn wieder ins Bett zu hieven, ihn auszuziehen und mit dem Schwamm zu waschen, ihm einen neuen Schlafanzug überzustreifen, während er immer wieder das Bewusstsein verlor und manchmal vor Schmerz aufschrie.

– Ich glaube, er hat sich die Hüfte gebrochen,

sagte Sally, als wir allein in der Küche standen.

– Was sollen wir tun?,

fragte ich, und als ich die Frage ausgesprochen hatte, wurde mir klar, wie dumm sie gewesen war. Sally sah mich wuterfüllt an.

– Was wir können,

sagte sie.

SALLY

Ich hatte Grandy eine halbe Ampulle Morphium verabreicht, und jetzt hatten sich seine Gesichtszüge geglättet. Ich dachte, er sei eingeschlafen, daher öffnete ich die Schachtel Antibiotika, die ich aus dem Schuppen geholt hatte, und las den Beipackzettel. Ich dachte, ich müsste Grandy nur vor Infektionen schützen, dann würde seine Hüfte von selbst verheilen und er könnte weiterleben. Wie dieses Leben aussehen würde, stellte ich mir lieber nicht vor.

– Ich bin ein alter Mann,

sagte er. Er hatte mich beobachtet.

– Das Ende kann schnell kommen oder langsam, aber es ist unvermeidlich. Mir wäre es lieber, du würdest das behalten, was ihr braucht.

Eine Woche lang führten wir jeden Abend dasselbe Gespräch, und heute glaube ich, dass er sich sehr zur Geduld zwingen musste. Ich hatte kein Recht, die Sache so lange hinauszuzögern, während er solche Schmerzen litt. Er hatte mich noch nicht angefleht, aber allein der Gedanke, ihn durch mein Warten dazu zu bringen, war mir unerträglich. Ich legte den Kopf auf seinen Schoß, lauschte seinem Herzschlag, langsam,

– Es ist viel verlangt,

sagte er,

– aber es ist, glaube ich, kein Verbrechen, wenn es aus Gnade geschieht.

Ich schloss die Augen und ergriff seine Hand.

i

Irgendwann, kurz vor dem Morgengrauen, kam Grandy kurz zu sich und sagte,

– Ich bin so stolz …,

und dann war er nicht mehr.

PAULY

Ich erinnere mich an den Tag, als wir Grandy auf dem Kirchenfriedhof begruben, ich sah zu, wie Sally und Caro das Grab aushoben, die Spaten immer wieder in die nasse Erde trieben. Ich weiß noch, dass Caro weinte und Sally nicht. Mittendrin legten sie die Spaten nieder, und wir machten Picknick, es gab Kartoffelpuffer, zu dritt saßen wir unter dem Apfelbaum. Die Sonne strahlte vom Himmel, nach so viel Regen. Ich glaube, wir lachten, obwohl ich nicht mehr weiß, worüber. Es war eine Erlösung, weil wir seit unserer Ankunft auf High House gewusst hatten, dass wir am Ende zu dritt sein würden. Grandy hatte es auch gewusst. Sally und Caro setzten ihre Arbeit fort, bis das Loch lang und tief genug war. Grandy trug alte Kleider, weil wir es selbst bei diesem Anlass nicht fertigbrachten, Dinge zu verschwenden, die uns eines Tages vielleicht fehlen würden. Sie hatten ihn in einer großen Schublade zur Kirche gekarrt.

– Du musst nicht mitkommen, Pauly,

hatte Caro gesagt und,

– Muss er doch,

hatte Sal geantwortet. Sie hatte recht, glaube ich. Ich ging neben ihnen. Ich sah, wie sie ihn in die Erde warfen und begruben, und hinterher, zurück auf High House, als ich Sally in die Scheune gehen sah, folgte ich ihr und beobachtete sie, wie sie die Schachtel mit dem Morphium zurück ins Regal schob.

i

Das ist Gnade, und sie ist das Beste, was wir uns erhoffen können. Wir tun für einander, was wir können. Wir versuchen, gütig zu sein.

SALLY

Nach und nach ist alles, was wir noch hatten retten können, aufgebraucht oder verloren oder es beginnt zu faulen. Vielleicht, wenn wir lange genug ausharren, vergessen wir, welchem Zweck diese Dinge einst gedient hatten – das verbogene Metall, der gesprungene Baustein, das Plastik, das immer noch übers Meer treibt und an unsere Küste schwemmt –, und dann wird die Last womöglich leichter.

CARO

Ich denke über all das nach, was geschehen ist – darüber, wie die Dinge einst waren und wie sie heute sind –, und obwohl ich immer noch Alpträume habe, kann ich nicht behaupten, lieber tot zu sein. Ich wäre nicht lieber tot.

i

Am Ende fällt die Wahl immer auf uns. Oder auf unsere Kinder. Wir sind nur hier, weil Francesca den Gedanken nicht ertrug, dass Pauly ertrinken könnte, aber High House ist keine Arche. In Wahrheit sind wir nicht gerettet. Wir sind nur die Letzten, die warten.

PAULY

Als Letzter, der geht, wie lange werde ich wohl hier ausharren, wenn die anderen gestorben sind? Es wäre nicht gut, hier allein zu sein, aber schlimmer wäre es, glaube ich, allein ohne den Trost der anderen den Tod wählen zu müssen. Ich glaube, es würde sich sehr kalt anfühlen. Ich glaube, es würde sich sehr leer anfühlen. Ich stelle mir vor, wie ich zum letzten Mal durchs Haus gehe. Ich stelle mir vor, wie ich die Fenster schließe, die Türen. Der Letzte von uns wird nicht begraben. Der Letzte wird hier für immer liegen, auf High House, das unsere Zuflucht ist und unser Grab sein wird.

Danksagung

Dank schulde ich meiner Agentin Lisa Baker für die unerschütterliche Unterstützung und Ermutigung und für die Einführung von Abgabeterminen; Dank geht auch an meinen Lektor Mark Richards, der das Buch besser gemacht hat, als es war, als ich es geschrieben habe. Ebenfalls Dank an Paul Miller für seine juristische Beratung, an Holly und James Arnott für das, was sie mir über Hühner erzählt haben, an Polly und Ada, weil sie so viel besser waren als die Kinder aller anderen, und an Ben, für eigentlich alles andere.